Le chantage d'un mari

La mésalliance inattendue

JULES BENNETT

Le chantage d'un mari

Traduction française de
ROSA BACHIR

PASSIONS

HARLEQUIN

Collection : PASSIONS

Ce roman a déjà été publié en 2021

Titre original :
MARRIED IN NAME ONLY

HARPERCOLLINS FRANCE
83-85, boulevard Vincent-Auriol, 75646 PARIS CEDEX 13
Service Clients — www.harlequin.fr
ISBN 978-2-2805-1331-9 — ISSN 1950-2761

Édité par HarperCollins France.
Composition et mise en pages Nord Compo.
Imprimé en février 2025 par CPI Black Print (Barcelone)
en utilisant 100% d'électricité renouvelable.
Dépôt légal : mars 2025.

FSC www.fsc.org MIXTE Papier issu de sources responsables FSC® C159065

Pour limiter l'empreinte environnementale de ses livres, HarperCollins France s'engage à n'utiliser que du papier fabriqué à partir de bois provenant de forêts gérées durablement et de manière responsable.

1

— Je ne savais pas vers qui me tourner.

Rien qu'en prononçant cette phrase, Paisley Morgan sentit sa nervosité grimper en flèche. Comme si la vie ne lui avait pas réservé assez de coups durs ces derniers temps, voilà qu'elle se retrouvait assise face à Lucas Ford. Il la toisait d'un œil noir, apparemment fâché qu'elle ait le toupet de faire appel à ses services.

Du toupet, elle en avait, en effet. Elle avait quitté Lucas brutalement douze ans plus tôt, et ne lui avait plus adressé la parole depuis. Mais tout cela, c'était du passé. Non ?

Il s'adossa à son fauteuil de cuir, sans dire un mot. Apparemment, la façon cavalière dont elle l'avait abandonné l'avait beaucoup affecté. Plus qu'elle ne l'aurait cru.

N'avait-il pas tourné la page ? N'y avait-il pas une autre femme dans sa vie, qui le rendait fou de désir d'un simple regard ? Ou repensait-il encore à leur histoire ? En ce qui la concernait, il ne s'était pas passé un jour sans qu'elle ait remis en question leur rupture.

Pour l'heure, elle avait d'autres soucis que leur passé commun ou la réaction de Lucas face à elle. Notamment le fait qu'elle puisse être la fille de Sterling Perry. Un homme coupable d'escroquerie, de vol et de blanchiment d'argent, et que presque toute la ville de Houston détestait. Dernièrement, il avait été arrêté pour tentative de fraude.

— Qu'est-ce qui te fait penser que Sterling est ton père, et pourquoi devrais-je t'aider ?

Paisley serra plus fort la lettre de sa défunte mère.

— J'ai une bonne raison de croire qu'il est mon géniteur, et j'ai besoin que tu mènes l'enquête afin d'en être certaine.

Lucas l'observa un long moment, puis se leva et la détailla de pied en cap. Il avait la même beauté brute qu'autrefois, mais ses épaules étaient plus larges, ses plis au coin des yeux plus creusés, sa mâchoire plus carrée.

Lorsqu'elle était jeune fille, elle trouvait Lucas Ford tout à fait irrésistible. Et malgré les années, elle éprouvait encore les mêmes réactions physiques face à lui. Certains souvenirs étaient trop vivaces pour être étouffés... Ces moments inoubliables faisaient toujours partie de sa vie, bien qu'elle fasse tout son possible pour aller de l'avant.

— Et quelle est cette raison ? demanda-t-il.

Paisley déglutit et fixa la lettre qu'elle tenait dans sa main. Elle ne prit pas la peine de la déplier et se contenta de la lancer sur le bureau.

Elle se mordilla l'intérieur de la joue afin de contenir ses émotions. Ce n'était pas le moment de s'effondrer. Rester forte face à Lucas était impératif. Ce n'était pas avec des larmes qu'elle obtiendrait ce qu'elle voulait. Ou plutôt, ce dont elle avait besoin.

Lucas était l'homme de la situation. Lui seul pouvait l'aider à découvrir qui était son géniteur, puisque sur son certificat de naissance, il n'y avait aucune mention de son père.

S'il y avait eu une autre solution...

Glissant une main dans sa poche, Lucas prit la lettre, la déplia et se mit à la lire. Paisley connaissait par cœur les mots que sa mère avait rédigés de son écriture parfaite et délicate. C'était le contenu qui la troublait, et qui la poussait à remettre en question toutes ses certitudes et ses perspectives d'avenir.

Lorsqu'il eut terminé sa lecture, Lucas reporta son regard sur elle.

— Tu crois à ce qui est écrit ? Ta mère n'était pas la plus...

— Je sais bien que ma mère avait ses défauts. Ce n'est pas pour ça que je suis là.

Lucas marmonna un juron dans sa barbe.

— Ce n'est pas ce que je voulais dire, Paisley. Malgré ce qui s'est passé entre nous, j'ai été désolé d'apprendre la disparition de ta mère.

Elle accepta ses excuses d'un signe de tête tandis qu'une autre vague d'émotions menaçait de la submerger. La plupart du temps, elle essayait de ne pas songer à ces derniers mois difficiles. Les inondations qui avaient dévasté Houston avaient coûté la vie à sa mère, et semé la destruction dans leur sillage. Elles avaient aussi mené à la découverte d'un corps non identifié sur l'un des chantiers de Sterling Perry, dont l'entreprise rénovait le huppé Texas Cattleman's Club. Plusieurs mois s'étaient écoulés depuis, mais l'identité du défunt était toujours inconnue. Aucun papier d'identité n'avait été retrouvé sur lui, et il ne portait aucune marque distinctive.

La police avait d'abord pensé qu'il s'agissait de Vincent Hamm. Mais ce dernier avait envoyé un message à son patron pour annoncer qu'il démissionnait et allait vivre dans les îles Vierges. Toute cette histoire demeurait une énigme.

Sterling était maintenant soupçonné de meurtre. Mais s'il était incarcéré, c'était à cause du système de Ponzi qu'il avait mis en place, et qui avait plongé une bonne partie des banques de la région dans le chaos. Beaucoup de gens avaient perdu tout leur argent... comme la mère de Paisley. Lorsqu'elle était décédée, Paisley avait dû puiser dans ses propres économies pour payer les obsèques.

Comme si les conséquences financières des actes de Sterling ne suffisaient pas, Paisley craignait maintenant pour l'avenir de sa boutique de mariage, car ses caisses étaient vides. Toutefois, elle pensait sincèrement pouvoir sauver son commerce, et sa situation financière. Si Perry, milliardaire tout-puissant, était bien son père, elle avait peut-être une chance.

— Il faut que je sache si Sterling est mon père, insista-t-elle. Je sais que maman n'était pas la personne la plus fiable ni la plus honnête qui soit, mais je ne vois pas pourquoi elle aurait menti sur un tel sujet. Elle ne m'a pas donné cette lettre, je l'ai trouvée dans un livre qu'elle lisait peu avant son décès.

Lucas observa la missive.

— Si tu es bien la fille de Sterling, ce type ne mérite pas de connaître la vérité.

— Peut-être qu'il ne sait rien.

Elle prit une grande inspiration puis reprit la parole :

— Écoute, je sais que je suis la dernière personne que tu aurais voulu voir débarquer dans ton bureau...

— En fait, c'est Sterling, la dernière personne, mais puisqu'il est incarcéré, ça règle la question.

— Comme je le disais, je ne suis pas dans tes petits papiers, je le sais et je le comprends. Si tu as besoin de reparler de notre passé et de laisser libre cours à ton ressentiment, soit. Mais tu es le meilleur dans ton domaine et j'ai besoin de ton concours.

Cela l'ennuyait beaucoup de se sentir vulnérable face au seul homme qu'elle ait jamais aimé.

— Tu as suivi mon parcours, Tart ? demanda-t-il, affichant un petit sourire.

Un frisson la parcourut en entendant son surnom, un diminutif de *Sweetarts*, les bonbons acidulés dont elle raffolait. Lucas avait été le seul à l'appeler ainsi, et elle n'avait jamais oublié ce détail. À l'évidence, lui non plus. Ce rappel de leur relation passée éveilla une lueur d'espoir en elle. Peut-être que Lucas ne la jetterait pas dehors sans l'avoir écoutée. Peut-être lui laisserait-il au moins une chance de se défendre.

Il resta muet, et elle tenta de déchiffrer son expression. Elle percevait du désir, mais aussi une autre émotion. Du dédain ? De la colère ? Elle ne saurait le dire.

Autrefois, quand Lucas posait les yeux sur elle, elle se retrouvait nue en un temps record. Ils ne s'étaient jamais disputés, ils avaient planifié tout leur avenir... jusqu'à ce qu'un jour, elle se rende compte qu'elle devait lui rendre sa liberté.

Mais céder à la nostalgie ne l'aiderait pas à conserver sa boutique.

— Tu vas m'aider, oui ou non ? demanda-t-elle.

— Mon assistant peut se charger des formalités et de l'acompte pour mes services.

Il lança la lettre sur le bureau.

— Je te tiens au courant, conclut-il.

Elle sentit la colère monter en elle. Certes, ils ne s'étaient pas quittés en bons termes, mais ça n'effaçait pas tout ce qu'ils avaient partagé. Il ne se débarrasserait pas d'elle aussi facilement.

— Primo, je ne veux pas traiter avec ton assistant, mais uniquement avec toi. Secundo, je n'ai pas la somme nécessaire pour l'instant. Mais je te promets que je te paierai jusqu'au dernier dollar. Je ne partirai pas tant que tu n'auras pas accepté de prendre cette affaire.

Lucas prit une profonde inspiration. D'un pas lent et assuré, il la rejoignit et se plaça face à elle. Elle respira une bouffée de son après-rasage, mélange de luxe et de sensualité.

Un parfum qui correspondait tout à fait à Lucas. Il venait d'un milieu favorisé, contrairement à elle, mais elle avait été assez naïve pour croire que cela n'aurait pas d'importance.

Elle avait eu tort sur toute la ligne, et tous deux avaient eu le cœur brisé, au bout du compte.

— Tu as besoin de moi, dit-il.

Oui, en effet.

— Sans moi, tu es coincée. C'est ce que tu es en train de dire ?

Paisley serra les dents et acquiesça d'un signe de tête. Il l'avait acculée, et il le savait pertinemment. Et, comme elle le lui avait dit, elle ne partirait pas tant qu'il n'aurait pas accepté de l'aider. Elle n'avait plus rien à perdre, et tout à gagner.

Un sourire se peignit sur ses traits, et une lueur malicieuse brilla dans son regard bleu azur.

— Il y a peut-être un autre moyen de régler mes honoraires.

Lucas ignorait à quel jeu il jouait, mais maintenant qu'il avait commencé, il semblait ne plus pouvoir s'arrêter. Paisley était arrivée à l'improviste dans son bureau, sous une apparence douce et innocente, or il savait qu'elle n'était ni l'un ni l'autre. Sinon, elle n'aurait pas rompu avec lui par une simple lettre. Un message qui lui avait fait oublier toute la « douceur » qu'il avait vue en elle. Quant à son innocence, il la lui avait volée par une nuit d'orage, dans l'abri de jardin de son père.

Ils avaient connu leur première fois ensemble. Et il avait été assez bête pour penser qu'ils allaient se marier et vivre heureux pour toujours...

Aujourd'hui, Paisley venait lui présenter une autre lettre, qui sous-entendait que le diable en personne était peut-être son père biologique.

La mère de Paisley ne citait pas nommément Sterling, mais elle donnait des indices tels que « milliardaire », « homme d'affaires bien connu de Houston », et l'expression la plus parlante : « un homme à qui personne ne veut chercher des problèmes ».

Sterling Perry avait gâché la vie de bien des gens, et les retombées se feraient sentir pendant des années. Pour être franc, Sterling était la raison pour laquelle Lucas était devenu détective privé. Cet homme avait ruiné l'entreprise du père de Lucas, un homme d'affaires intègre. Sterling l'avait accusé de vol, affirmant avoir des preuves de ses dires. Tout cela s'était révélé faux, mais la réputation du père de Lucas avait été ternie à jamais.

Lucas s'était alors fait le serment d'obtenir justice pour ceux qui ne pouvaient pas s'en charger eux-mêmes.

Récemment, les investissements frauduleux de Sterling avaient poussé les banquiers à tout faire pour sauver leur réputation et leurs affaires. Beaucoup de petites entreprises en avaient pâti, comme la boutique de mariage de Paisley.

Sterling avait récemment été arrêté pour complot en vue de commettre une fraude, et Lucas espérait qu'il ne sortirait jamais de prison... Toutefois, il faudrait des preuves plus accablantes pour que Sterling purge la peine qu'il méritait.

Lucas n'avait jamais apprécié cet homme, et il n'avait jamais voulu prononcer son nom. Et voilà que Paisley lui demandait d'enquêter sur lui ? Y avait-il une once de vérité dans cette lettre énigmatique ?

Bien que Paisley l'ait fait souffrir en l'abandonnant du jour au lendemain, il ne pouvait imaginer qu'un monstre comme Sterling ait enfanté une femme comme elle. Il ne voulait surtout pas être mêlé à la vie de l'un ou de l'autre… Mais si ces deux personnes étaient liées par le sang ?

Il refusait des dossiers tous les jours. Il pourrait cesser de travailler dès maintenant s'il le souhaitait, puisque sa fortune était déjà faite. L'argent n'avait jamais été un problème, et ce n'était pas la raison pour laquelle il hésitait à accepter ce dossier.

Quelque chose le retenait. Non, pas quelque chose. Paisley. Même après toutes ces années, elle avait toujours une emprise sur sa conscience. Il savait qu'elle travaillait dur pour se maintenir à flot, et qu'elle traversait une très mauvaise passe, sur le plan émotionnel et financier.

Et puis, il savait le vide que laissait la perte d'un parent. Comment pourrait-il rejeter Paisley alors qu'elle avait besoin de quelqu'un et que, de toute évidence, il était ce quelqu'un ?

Mais il n'était pas idiot. Et il était plus sage qu'autrefois. Sa générosité aurait un prix, pour sûr.

— Écoute, reprit-elle, je sais que je t'ai fait du mal il y a douze ans…

— Tu m'as quitté avec une fichue lettre, accusa-t-il.

Une lettre qu'il avait gardée bien trop longtemps, avant de finalement la jeter dans la cheminée et de la regarder brûler, tout en avalant de copieuses rasades de son bourbon préféré.

— Après tout ce que nous avions partagé, je méritais mieux, Paisley. Mais peut-être que notre relation était unilatérale ?

— Tu sais bien que non, protesta-t-elle d'une voix peinée. Il fallait que je te rende ta liberté, Lucas. Ton père…

— Mon père, quoi ? tonna-t-il, à la fois curieux et agacé.

Paisley passa la langue sur ses lèvres et replaça une mèche de cheveux derrière son oreille. Un signe de nervosité qu'il connaissait bien. Puis elle redressa les épaules et leva le menton.

— Ton père m'a dit que je t'empêchais d'avancer. Tu venais d'être accepté à Harvard, tu avais décroché une bourse et... Eh bien, il avait raison. J'aurais été une entrave pour toi. Tu aurais mis tous tes projets en suspens pour rester avec moi.

Serrant les dents, Lucas repensa au soir où il avait trouvé la lettre sur le siège de son pick-up. Lorsqu'il l'avait lue la première fois, il avait cru à une plaisanterie. Mais il l'avait lue une seconde fois, puis une troisième. Et il avait compris que Paisley avait eu peur, qu'elle n'avait pas eu foi en leur relation... Foi en lui.

Au bout du compte, c'était cela qui lui avait fait le plus de mal. Que Paisley n'ait pas eu confiance en lui, alors qu'il aurait déplacé des montagnes pour être avec elle. Pour passer sa vie entière à ses côtés.

Mais jusqu'à cet instant, il ignorait que son propre père avait joué un rôle dans leur rupture. C'était une nouvelle blessure. Son père avait vu à quel point il était désemparé, et pourtant il l'avait poussé à aller de l'avant et à oublier ses amours d'adolescent. Lucas se sentait trahi une seconde fois.

Chassant les souvenirs douloureux de son esprit, il croisa les bras.

— C'est une belle histoire, rétorqua-t-il. Peut-être est-elle vraie, peut-être pas. À présent, ça n'a plus d'importance.

Il vit de la tristesse passer dans son regard noisette. Elle s'apprêta à répondre, puis hocha simplement la tête, comme si elle ne pouvait pas trouver d'argument plausible. Ce qui prouvait qu'elle n'en avait pas.

La revoir réveillait bien des souvenirs. Mais le problème était la réaction physique que sa présence suscitait en lui.

Il pouvait occulter la peine, il pouvait même oublier qu'il avait été assez bête pour croire que Paisley et lui seraient ensemble pour toujours, mais il ne pouvait pas chasser les images de Paisley nue, allongée sur lui, ni le souvenir de son souffle chaud sur son torse.

Il marmonna un juron et alla se rasseoir à son bureau. S'il ne reprenait pas le contrôle sur ses pensées érotiques, ce rendez-vous impromptu deviendrait très vite embarrassant pour lui. Il se targuait d'être le meilleur détective de la région, mais la visite de Paisley menaçait de le transformer en un adolescent lubrique.

— Je n'aurais pas dû venir ici, murmura-t-elle. C'était une erreur.

Elle tendit la main vers la lettre.

Lucas posa la main sur la sienne. Elle était en difficulté, et il pouvait l'aider… contre un certain prix. Il n'avait pas envie d'être un goujat, mais lui aussi avait des besoins et des envies. Pourquoi ne pourraient-ils pas s'entraider ?

Il avait cessé de croire aux amours éternelles depuis longtemps. Il savait désormais que l'*amour* n'était qu'un mot de cinq lettres que les gens utilisaient à leur profit.

— La seule erreur serait de t'en aller maintenant, Tart.

Elle pinça les lèvres.

— Puisque notre histoire est finie depuis longtemps, cesse de m'appeler ainsi.

Elle était si sexy quand ses joues devenaient roses de colère… Il avait très envie de tirer sur sa main pour l'entraîner sur le bureau, afin qu'ils fêtent dignement leurs retrouvailles.

Mais d'abord, les affaires. C'était Paisley qui lui avait enseigné cette précieuse leçon.

— Je vais t'aider, affirma-t-il, gardant sa main sur la sienne.

Il se leva lentement et se pencha par-dessus le bureau.

— Je vais enquêter discrètement sur Sterling, et je vais sauver ton magasin, car je sais que tu es au bord de la faillite.

Elle baissa les yeux. Était-elle honteuse ou furieuse ? Difficile à dire.

— Tu veux quelque chose en échange. Qu'est-ce que c'est ? demanda-t-elle, soutenant son regard.

Il relâcha sa main et replaça une mèche de cheveux blond miel derrière son oreille.

— Un mariage. Épouse-moi, Paisley.

2

Lucas était l'homme le plus agaçant, le plus arrogant qu'elle ait jamais rencontré ! De toutes les choses qu'il aurait pu lui demander…

Se moquait-il d'elle et de la vie à deux qu'ils avaient imaginée autrefois ?

Ou pensait-il honnêtement que si elle l'épousait, cela résoudrait tous ses problèmes ? Croyait-il qu'un certificat de mariage était une baguette magique qui transformait la vie en conte de fées ?

Même Lucas n'avait pas le pouvoir de faire disparaître toutes ses difficultés. Et quand bien même il l'aurait, il était hors de question qu'elle l'épouse. Elle n'avait pas de temps à perdre avec de telles bêtises !

Voilà pourquoi elle avait simplement repris la lettre sur le bureau de Lucas hier, et quitté la pièce sans un mot. Elle s'en sortirait toute seule… d'une manière ou d'une autre.

Le plus important était de sauver sa boutique de mariage, Lilac Loft. Paisley repoussa deux robes de mariée sur le portant afin de faire de la place à la nouvelle robe parsemée de perles qu'elle venait de recevoir, une commande spéciale. Chaque mariage était unique, et chaque mariée était traitée comme si elle était la seule cliente du magasin. Paisley était fière de consacrer à chaque mariage le temps et l'attention nécessaires. Elle avait une employée à temps partiel mais avait dû s'en séparer après sa débâcle financière.

Dire au revoir à Margaret avait été très douloureux. La jeune fille était adorable, mais Paisley n'avait plus les moyens de lui verser un salaire.

Elle passa la main sur la housse de protection de la robe, et ne put empêcher ses rêves de mariage d'envahir son esprit – les risques du métier.

Un jour, elle porterait une robe fabuleuse provenant de sa propre boutique. Elle se dirigerait vers l'autel, le long de l'allée bordée de lilas – sa fleur préférée – afin de rejoindre l'homme idéal. Un homme qui n'aurait pas recouru au chantage pour la convaincre de l'épouser.

Que cherchait Lucas, au juste ? Voulait-il prouver qu'il pouvait l'obliger à se marier avec lui ? Ou désirait-il seulement coucher avec elle ?

Elle sortit une autre robe du carton. Toutes les tenues de mariage de son magasin pouvaient donner à celles qui les portaient le sentiment d'être une princesse, ou une guerrière, selon les préférences. À la seconde où la mariée apparaissait au bout de l'allée, c'était comme si elle arpentait un tapis rouge.

Certaines clientes voulaient une robe spectaculaire pour briller de mille feux, tandis que d'autres préféraient un modèle sobre et élégant. Certaines souhaitaient un voile, d'autres une fleur dans les cheveux ou un serre-tête scintillant. Paisley adorait son travail, et elle aimait le fait que chaque cliente apporte des opinions et des idées uniques pour son jour spécial.

Incapable de résister, Paisley suspendit la robe au portant et ouvrit la housse. Elle effleura du bout des doigts les perles travaillées. Chaque fois qu'elle visualisait son mariage, elle hésitait entre une cérémonie intime avec une robe fourreau simple et un mariage somptueux avec une robe travaillée, assortie d'une longue traîne comme celle de la princesse Diana.

Bien évidemment, l'époux comptait plus que la robe et le lieu. Un jour, Paisley se marierait, aurait des enfants et mènerait une vie de famille heureuse. Ce n'était pas une chimère, selon elle. Elle gagnait sa vie en croyant aux amours de contes de fées, et elle pensait sincèrement que chacun avait une âme sœur quelque part.

Son âme sœur n'était pas Lucas Ford. Plus jeune, elle avait cru le contraire, mais si tel était le cas, Lucas et elle seraient encore ensemble aujourd'hui, non ?

— C'est une robe splendide.

Paisley sursauta et se retourna brusquement, la main sur son cœur. Le diable en personne se tenait devant elle, bien qu'il n'ait ni cornes ni fourche. À la place, il arborait un Stetson noir et une boucle de ceinture brillante.

— La boutique n'est pas encore ouverte, asséna-t-elle.

Avec son costume noir et sa chemise noire, Lucas Ford semblait absolument parfait parmi ces robes immaculées. On aurait dit un mystérieux cow-boy venant emporter sa fiancée. À cette idée, son cœur se mit à palpiter. Si seulement sa vie était aussi romantique...

— Ce n'était pas fermé à clé, répondit-il, s'appuyant contre la porte donnant sur la réserve.

Paisley remisa ses rêves dans un coin de son esprit et reporta toute son attention sur son invité indésirable.

— La pancarte est du côté « Fermé », répliqua-t-elle. Mais je suppose que tu ne suis pas les règles. Qu'est-ce que tu veux ?

— Tu as quitté mon bureau hier sans répondre à ma demande en mariage.

Elle ricana et résista à l'envie de lever les yeux au ciel.

— N'importe quel autre homme aurait pris mon silence et ma sortie théâtrale pour une réponse suffisante.

— Les autres hommes ne te connaissent pas comme je te connais, Tart.

— Cesse de m'appeler ainsi, tu veux ?

— Pourquoi ? demanda-t-il, avançant vers elle. Tu n'aimes pas repenser à nous ?

— Il n'y a pas de « nous ».

Elle aurait pourtant aimé que leur histoire dure. À l'époque, elle envisageait son avenir avec Lucas. À présent, elle avait de nouveaux projets, et aucun d'entre eux n'incluait un ancien petit ami.

— Si tu mettais ta fierté de côté, tu verrais que m'épouser est la meilleure solution pour toi, plaida-t-il.

Il avança encore. Il était maintenant tout près, bien trop près. Elle respira une bouffée de son parfum luxueux et viril, et se sentit attirée dans les filets de son charme et de sa séduction.

— Tu ne me devras rien pour l'enquête sur ton père, argua-t-il. Je sais que l'escroquerie de Sterling t'a impactée, et je ferai en sorte que ton commerce ne périclite pas. Tu n'auras plus jamais de soucis d'argent.

— Et pour obtenir tout cela, il me suffira de vendre mon âme ?

Lucas l'observa des pieds à la tête, puis arrêta son regard sur ses lèvres.

— Ce n'est pas après ton âme que j'en ai.

Bien qu'elle s'efforçât d'ignorer ses remarques suggestives, un frisson la traversa. Tout son corps se mit à la picoter, et sa raison livra une bataille contre ses sens. Elle savait déjà qui l'emporterait.

— Nous ne sommes plus les jeunes amoureux que nous étions autrefois, rappela-t-elle. Nous ne sommes même pas amis.

— Nous pourrions être plus proches.

Il se fendit d'un sourire arrogant et tendit la main vers elle, mais elle l'esquiva.

— Tu veux bien arrêter ton numéro de charme ? Ça ne va pas m'inciter à retirer mes sous-vêtements.

— Tu portes des sous-vêtements ? Il fut une époque où tu n'en portais pas.

Paisley serra les dents et se rappela que la violence n'était pas la solution. Reprendre le contrôle de cette conversation était le seul moyen de montrer à Lucas qu'elle n'était pas vulnérable au point de l'épouser. Elle n'était pas une demoiselle en détresse et n'attendait pas qu'un chevalier vienne la secourir. Elle avait juste besoin que quelqu'un découvre la vérité sur son père. Et, hélas, Lucas était le meilleur dans son domaine.

Elle se dirigea vers la porte d'entrée de la boutique. Être

entourée de robes de mariée splendides tout en réfléchissant à une demande en mariage tentante ne l'aidait pas à rester raisonnable. Et elle était tentée... Mais c'était seulement parce que les souvenirs de sa romance avec Lucas étaient merveilleux.

Elle avait pourtant essayé d'oublier Lucas. Sa vie serait bien plus facile si elle ne se souvenait pas de la douceur de ses caresses, du réconfort qu'elle éprouvait quand elle s'endormait dans ses bras.

— Je ne vais pas t'épouser, affirma-t-elle.

Elle espérait qu'il finirait par la croire... et qu'elle finirait par se convaincre elle-même.

— Si Sterling est mon père, je n'aurai pas besoin de ton argent. Il voudra prendre soin de ce qui est à lui, et je mérite qu'il me donne une compensation après ce qu'il a fait à ma mère. Je dois simplement maintenir la tête hors de l'eau en attendant.

Elle arrangea les coussins rose poudré sur le canapé blanc près de l'entrée. Ils étaient parfaitement disposés, mais elle avait besoin d'occuper ses mains.

— Tu préférerais prendre l'argent de ce salaud plutôt que d'accepter mon aide ?

Si elle était naïve, elle dirait qu'il était blessé par son refus. Mais elle ne laisserait pas les émotions entrer en jeu.

Elle retourna vers lui.

— Ce que j'attends de toi, c'est que tu mènes l'enquête pour savoir qui est mon père. Rien de plus. Tu acceptes de prendre mon dossier, oui ou non ?

Il se balança sur ses talons et glissa les mains dans ses poches, comme s'il n'avait pas le moindre souci au monde. Il ne risquait pas de perdre son entreprise, ni de découvrir que son père était peut-être un meurtrier, et il n'essayait pas de faire le deuil de sa mère. Contrairement à elle. Elle était à deux doigts de s'effondrer, mais elle refusait de le faire devant Lucas.

— Tu penses vraiment que Sterling reconnaîtra sa paternité sans discuter, et qu'il t'accueillera dans sa famille ?

Eh bien... oui. Elle le pensait, mais si elle se trompait ? Et si

Sterling se fichait qu'elle soit sa fille ? Il avait déjà beaucoup d'enfants, et ce n'était pas comme s'il avait besoin d'elle. Paisley était juste… inutile pour lui.

— Indépendamment de sa réaction, je veux connaître la vérité.

Elle regagna la porte d'entrée, retourna le panneau du côté « Ouvert » et tourna la poignée ancienne.

— Je ne suis pas à vendre, Lucas, alors à moins que tu ne sois ici pour préparer le mariage de quelqu'un d'autre, cette conversation est terminée.

Elle serra la poignée qui s'enfonça dans sa paume. Cela l'offensait que Lucas pense pouvoir la manipuler à sa guise.

Elle ne le laisserait pas remporter ce round. Si elle devait enquêter elle-même, eh bien soit.

Elle entendit les pas de Lucas sur le parquet quand il approcha. Il s'arrêta juste à côté d'elle et se pencha vers son visage. Son souffle chaud effleura sa clavicule, son cou, provoquant des frissons délicieux sur ses bras. Mais elle ne pouvait pas se permettre de les apprécier.

— Quand tu auras repris tes esprits, tu sais où me trouver, conclut-il.

Elle ferma les yeux lorsqu'il passa devant elle, et tenta de retenir sa respiration pour ne pas inhaler son parfum si enivrant.

Malgré tout, quand il fut sorti, elle se sentit encore troublée. Lucas était d'un charme si débordant qu'il n'avait pas besoin de dire le moindre mot pour lui faire de l'effet.

Mais c'était elle qui était allée le trouver, elle qui avait réveillé la bête. Elle ne pouvait donc s'en prendre qu'à elle-même.

À sa décharge, elle avait pris ce risque car elle l'avait jugé nécessaire. Lucas était le meilleur détective privé de la région, et elle méritait de savoir qui était son père. Ce n'était pas comme si elle pouvait simplement entrer dans la cellule de Sterling et lui demander de lui avouer ce qu'il savait… Si toutefois il savait quelque chose.

À présent, il lui faudrait trouver une autre solution.

Poussant un soupir, elle se dirigea vers son bureau ancien

au fond de la boutique. Elle devait vérifier ses mails et s'assurer que ses commandes arriveraient à temps. Le respect des délais était très important dans ce métier, car on ne pouvait pas décaler aisément la date d'un mariage.

Elle s'assit à son bureau et alluma son ordinateur portable pour consulter ses mails. Lorsqu'elle ouvrit le plus récent, elle se figea net.

Non... Ce n'était pas possible !

Elle relut le message, en priant pour avoir mal lu la première fois. Ses mains tremblaient quand elle les joignit dans son giron. Des larmes lui brûlèrent les yeux, et elle sentit sa gorge se bloquer.

La robe à trente-cinq mille dollars qu'elle avait commandée pour sa cliente n'était plus utile. Le mariage avait été annulé et la mariée refusait de payer le restant dû. Elle était sûre que Paisley comprendrait et qu'elle pourrait rendre la robe.

Bien sûr, en théorie, cela ne posait pas de problème. Mais dans le monde réel, une robe d'un tel montant ne pouvait pas être retournée comme une simple paire de chaussures.

Paisley oscillait entre l'effusion de larmes et l'explosion de colère. Son regard se porta sur le minibar qu'elle réservait aux mariées et à leur entourage. Des cocktails mimosas pour le matin, et du rosé pour l'après-midi. Paisley ne s'était jamais permis de boire de l'alcool pendant le travail, mais aujourd'hui, elle s'autoriserait un petit remontant.

Une fois chez elle, elle ouvrirait la bouteille de riesling qu'elle gardait pour les occasions particulières ; après tout, elle avait abandonné l'idée que quelque chose de spécial lui arrive.

S'adossant à sa chaise, elle se demanda comment elle allait se remettre de ce coup dur. Non seulement l'escroquerie de Sterling lui avait fait perdre ses économies, mais maintenant, elle se retrouvait avec une robe impayée sur les bras qui coûtait plus cher que sa voiture. Un tel revers de fortune pourrait la conduire à la faillite. Et elle perdrait son gagne-pain.

À cette pensée, une vague de terreur l'envahit. Il y avait

une réponse temporaire à ses problèmes. Paisley ne voulait simplement pas admettre laquelle.

Mais au point où elle en était, elle n'avait pas beaucoup d'options. Elle devait épouser Lucas Ford.

3

Sterling Perry était assis au bord de son lit de camp, les coudes appuyés sur les genoux. Ce n'était pas une vie pour un homme de son rang. Il était Sterling Perry, bon sang ! Quand il prenait la parole, les gens l'écoutaient et lui obéissaient au doigt et à l'œil.

La personne qui l'avait piégé, qui qu'elle soit, allait regretter le jour où elle avait croisé son chemin. S'il était en détention, ce n'était pas par hasard. Quelqu'un en dehors des murs de cette prison connaissait la vérité, et ne s'était pas encore manifesté. Sterling n'était pas un meurtrier.

Pourtant, il était là, dans cette maudite cellule, tout cela parce qu'il avait commis quelques erreurs mineures et qu'un cadavre avait été découvert sur l'un de ses chantiers, lorsque les eaux des inondations s'étaient retirées. Le corps n'avait pas été identifié, alors comment diable la justice pouvait-elle lui mettre un meurtre sur le dos ?

Il était enfermé depuis bien trop longtemps. Sa demande de liberté sous caution avait été refusée. Selon les autorités, il y avait un trop grand risque qu'il s'enfuie.

Sottises. Il n'irait nulle part, sauf peut-être chez son fils, Roarke. On pourrait croire qu'un avocat engagé comme Roarke prendrait la défense de son père. Mais il n'en était rien.

Que fallait-il donc faire pour avoir droit à un peu de respect de la part de son fils ?

Selon son avocat, il y avait une chance qu'une nouvelle

demande de mise en liberté sous caution aboutisse. Sterling devait absolument sortir d'ici et se rendre au Texas Cattleman's Club. Car il avait la ferme intention d'en devenir le prochain président.

Il se leva et soupira. Il n'allait pas rester dans cette cellule éternellement. Ces dernières semaines, entre ces quatre murs, il avait eu le temps de ruminer sa colère mais aussi de réfléchir. Roarke n'avait jamais approuvé les affaires de Sterling, alors quoi d'étonnant à ce qu'il ne soit pas venu à sa rescousse ?

D'ailleurs, Roarke était-il bien son fils ? Sterling n'en était pas sûr, car il avait de sérieux doutes sur la fidélité de sa défunte épouse.

Peut-être y avait-il un moyen de répandre cette rumeur sans passer pour un mari méfiant. Roarke ne devrait-il pas connaître la vérité sur sa filiation ? Il y avait eu une période où la femme de Sterling avait été fuyante, distante. Sterling avait toujours pensé qu'elle avait eu une liaison.

Il ne serait pas surpris le moins du monde si Roarke était un enfant adultérin.

Il esquissa un sourire. Bientôt, très bientôt, les gens sauraient à quel point Sterling Perry était puissant. Ceux qui considéraient qu'il était un requin n'avaient encore rien vu. Et ils feraient bien de redoubler de prudence. Même ces barreaux ne pourraient pas le retenir.

Sterling devait décrocher la présidence du Texas Cattleman's Club, découvrir la vérité sur Roarke, et faire en sorte que le vrai meurtrier soit retrouvé. Il avait du pain sur la planche, et il était impatient de passer à l'action.

Lucas n'essaya même pas de cacher son sourire pendant qu'il attendait que l'ascenseur s'ouvre. L'agent de sécurité de son immeuble l'avait prévenu qu'une jeune femme blonde se rendait chez lui, et selon Nyle, elle ne semblait pas de bonne humeur.

Raison de plus pour se réjouir. Si Paisley était de mauvais

poil, cela ne pouvait signifier qu'une chose : les cloches du mariage allaient bientôt retentir.

Il glissa les pouces sous sa ceinture et se mit à siffler la marche nuptiale. Cela semblait approprié, mais il était inutile d'agacer Paisley, alors il changea d'air et opta pour un classique de la musique country.

La porte de l'ascenseur s'ouvrit, et Paisley entra dans son appartement-terrasse. Son regard plissé et ses lèvres pincées en disaient long. Non, ce n'était vraiment pas le moment de siffler la marche nuptiale.

— C'est une belle journée pour une visite, lança-t-il.

Paisley le fusilla du regard, et Lucas se mordit la joue pour ne pas éclater de rire.

— Ne prends pas cet air arrogant, s'indigna-t-elle en se dirigeant vers lui. Tout ne se passera pas comme tu le crois.

Elle passa devant lui, faisant comme si elle était chez elle, Lucas gloussa. Il avait la ferme intention d'obtenir exactement ce qu'il voulait : passer ses nuits avec Paisley, et avoir un enfant avec elle. Selon lui, ce n'était pas un prix élevé en échange de tout ce qu'il ferait pour elle.

Il suivit Paisley vers l'espace salon, en admirant le balancement de ses hanches.

— Tout d'abord, dit-elle, se retournant vers lui et agitant l'index dans sa direction, nous allons nous marier. Mais ne te méprends pas, ce ne sera pas une union classique. Ne crois pas que je t'aime ou que je rêve que ce mariage soit un conte de fées.

Amour et conte de fées ? Non, rien de tout cela ne lui avait effleuré l'esprit. Qu'est-ce que l'amour avait à voir avec le mariage ? Heureusement, Paisley savait exactement ce que ce mariage était et ce qu'il n'était pas.

Toutefois, il y avait une chose qu'elle ignorait, mais il lui parlerait de son désir d'enfant plus tard. Il avait réussi à la faire venir ici, et il devait faire en sorte qu'elle y reste.

— D'autres conditions ? demanda-t-il.

Il valait mieux la laisser croire que c'était elle qui décidait.

Tant qu'il obtenait ce qu'il voulait, il se fichait de ce qu'elle pensait.

Il voulait un héritier, et il tenait aussi à ce que Sterling Perry paie pour ses méfaits. Et grâce à Paisley, il pourrait réaliser ces deux souhaits.

— Je veux un contrat prénuptial et je veux que tout soit consigné par écrit, répondit-elle. Ainsi, il n'y aura pas de surprises, et mon commerce sera protégé.

Lucas ne put s'empêcher de l'admirer. Elle arrivait à mettre leur passé et ses propres émotions de côté, afin de continuer à vivre son rêve. Lui aussi avait des rêves, mais ils étaient assez différents des siens.

— Qu'est-ce qui t'a fait changer d'avis ? interrogea-t-il en croisant les bras.

— Il y a eu un... petit incident à la boutique.

Elle joua avec la bretelle de son sac.

— J'ai simplement pris conscience que je ne peux pas m'en sortir seule, et bien que ça m'ennuie d'être ici, je ne vais pas laisser mon entreprise faire faillite simplement parce que ma fierté s'est mise en travers de mon chemin.

Elle venait de grimper un autre échelon sur l'échelle de son admiration. Peut-être n'était-elle plus cette jeune fille qui avait eu trop peur pour faire face à ses difficultés.

Quoi qu'il en soit, ils étaient des personnes différentes aujourd'hui, et leur passé ne jouait aucun rôle dans la situation présente. Il n'était plus un garçon naïf, jeune et amoureux. Il était à la tête d'une entreprise lucrative, et bien qu'il ne croie pas en l'amour entre mari et femme, il croyait en l'amour filial, et désirait fonder sa propre famille. Ainsi, il pourrait transmettre un héritage à ses enfants.

Il laissa retomber ses mains et effaça l'espace qui les séparait. Tandis qu'il approchait, Paisley releva le menton et l'observa. Son regard noisette aux éclats vert émeraude provoquait toujours une décharge de désir en lui.

Le désir, il pouvait l'accepter. Mieux, il l'accueillait volontiers. Coucher avec Paisley ne serait pas une épreuve, loin de là.

— Pour m'assurer que tout est clair, récapitulons. Tu veux que je soutienne financièrement ta boutique. Tu as besoin que je découvre la vérité sur l'identité de ton père. Et tu veux que ce mariage soit temporaire.

Elle détourna les yeux. Cette légère faille dans sa résolution le réjouit. Paisley paraissait peut-être obstinée, mais il y avait encore une certaine vulnérabilité en elle, comme avant.

Et c'était là le cœur du problème. Il aimait l'idée d'être celui qui venait à sa rescousse. Même après la façon dont leur histoire s'était terminée, et malgré toutes ces années, il était flatté qu'elle soit venue lui demander de l'aide. Car cela signifiait qu'elle avait continué de penser à lui.

Il s'interrogeait encore sur leur rupture, et même si on ne pouvait pas revenir en arrière, il exigerait des réponses, plus tard. Son père avait-il vraiment œuvré pour que Paisley le quitte ? Lucas n'était pas sûr qu'elle lui ait dit toute la vérité.

— Tu ne me demandes pas ce que j'attends de ce mariage ? questionna-t-il.

Il effleura sa joue du bout de l'index.

— Ou est-ce que tu vas simplement me faire confiance ?

Elle passa la langue sur ses lèvres et continua de le fixer.

— Je... Je suppose que tu vas me le dire.

Il sourit et effleura sa bouche humide avec son pouce.

— Je te veux dans mon lit. Nous serons mari et femme dans tous les sens du terme. Il est impossible que je vive avec toi sans te désirer, sans te toucher. Sans t'avoir pour moi seul.

Paisley ouvrit de grands yeux et poussa un soupir de surprise.

— Tu sais que je ne vais pas rester éternellement. Pourquoi voudrais-tu que nous fassions semblant d'être vraiment mariés ?

Fini de jouer, décida-t-il. Il prit son visage entre ses mains et pressa sa bouche sur la sienne. Le sac qu'elle tenait tomba au sol dans un bruit sourd.

Paisley émit un petit cri tandis qu'il poursuivait le baiser. Elle entrouvrit les lèvres, comme autrefois. Elle n'avait jamais hésité quand elle était dans ses bras, et apparemment, cela n'avait pas changé. Elle agrippa ses biceps comme si elle avait besoin de s'accrocher à lui, ou de le retenir – les deux hypothèses lui convenaient très bien.

Elle était aussi délicieuse que dans son souvenir… Il plongea les mains dans sa chevelure soyeuse et inclina sa tête vers l'arrière. Paisley se pressa contre lui tandis qu'il lui mordillait les lèvres.

Après quelques instants, il recula.

— Est-ce que tu étais en train de faire semblant ? demanda-t-il.

Étonnamment, sa voix ne trahissait pas son trouble.

— Car je veux juste être sûr de ne pas confondre ce qui est réel et ce qui ne l'est pas, ajouta-t-il.

Elle recula d'un pas, puis d'un autre, jusqu'à ce qu'elle heurte l'escalier en colimaçon. Elle porta une main tremblante à ses lèvres et ferma les yeux.

Lui-même avait un peu de mal à reprendre le contrôle sur ses sens. Il brûlait de la déshabiller et de prendre possession d'elle, ici, dans son salon. Mais s'il faisait cela, il agirait comme l'adolescent qu'il avait été. À l'époque, ils étaient fous de désir l'un pour l'autre. Leur amour les avait transportés, mais n'avait pas été assez fort, au bout du compte.

Néanmoins, le fait que Paisley soit dans son appartement réveillait quelque chose de primaire en lui. C'était peut-être égoïste, mais il avait envie de faire l'amour avec Paisley ici. Chez lui.

— L'alchimie ne veut rien dire, rétorqua-t-elle.

S'il y avait eu la moindre conviction dans son ton, il aurait pu la croire. Si elle n'avait pas plaqué son délicieux corps pulpeux contre le sien, il aurait pu penser qu'elle ne voulait pas aller plus loin. Mais il la connaissait. Et puis, bien qu'elle ait sa fierté, c'était lui qu'elle était venue trouver.

Elle aurait pu choisir un autre détective. Si elle avait fait appel à lui, c'était parce qu'elle le désirait. Malgré tout ce qui s'était passé entre eux, un lien les unissait encore. Et Lucas savait que Paisley avait confiance en ses compétences.

Il caressa sa joue, puis glissa la main dans ses cheveux.

— Tu veux que ce mariage soit temporaire, je le comprends, concéda-t-il. Tu as une date d'expiration en tête ?

Elle le regarda sans ciller.

— Si Sterling se révèle être mon père et qu'il me reconnaît comme sa fille, nous divorcerons. Je ne veux pas que quelqu'un subvienne à mes besoins éternellement. Je souhaite me débrouiller seule. Mais je ne suis pas assez stupide pour nier que j'ai besoin d'aide, et je ne laisserai pas mon commerce couler. Ma boutique est tout ce qu'il me reste.

Donc, tout se résumait à l'argent. Comme bien des choses dans la vie, s'avisa-t-il. D'ailleurs, Lucas comprenait le besoin de protéger quelque chose que l'on avait construit. N'était-ce pas la raison pour laquelle il voulait un enfant ? Pour lui transmettre son entreprise ? Tout ce que Paisley souhaitait, c'était garder sa boutique de mariage. Et vivre confortablement – ce qu'elle pouvait faire ici, chez lui.

— Très bien, dit-il.

Il déposa un petit baiser sur ses lèvres.

— Tu partageras mon lit. C'est non négociable, décréta-t-il. Nous nous marierons à Las Vegas, nous y passerons notre lune de miel, et à notre retour, je mènerai l'enquête sur l'identité de ton père.

— Las Vegas ? s'étonna-t-elle. Ça ne te ressemble pas.

Il sourit.

— C'est rapide, et simple. À moins que tu ne veuilles organiser un grand mariage ? Une grande cérémonie à l'église me conviendrait, et ça ne ferait pas de mal à ma réputation. Nous pourrions inviter la presse et...

— Va pour Las Vegas. J'ai une autre condition : tu m'offres la robe de mon choix.

Lucas se moquait bien de la robe – il se souciait de ce qui se trouvait en dessous. Il comptait bien faire livrer des sous-vêtements sexy dans leur suite pour leur nuit de noces.

Il commanderait aussi à son joaillier un immense solitaire. Son mariage avec Paisley n'était peut-être pas traditionnel, mais Lucas voulait ce qui existait de mieux pour son épouse.

— D'accord, finit-il par concéder.

Elle l'observa un instant, masquant prudemment ses émotions. Cela le dérangeait de ne pas pouvoir lire en elle. La Paisley qu'il connaissait avait toujours été un livre ouvert, et elle réapparaissait par moments. La Paisley d'aujourd'hui était la femme indépendante qu'elle avait eu tant de mal à devenir ; elle était forte, résistante... et elle était à lui. Enfin.

Elle porterait sa bague et partagerait son lit. Lorsqu'ils étaient plus jeunes, ce n'était pas ainsi qu'il avait imaginé leur avenir. Mais ils seraient ensemble malgré tout. Ils obtiendraient tous les deux ce qu'ils souhaitaient.

Douze ans plus tôt, Lucas avait été assez naïf pour croire que l'amour durait toujours. Mais ensuite, la vie l'avait brutalement ramené à la réalité, et aujourd'hui, il savait que l'amour n'existait pas. L'argent, le succès, le pouvoir... Ces choses-là duraient et pouvaient être contrôlées. Mais l'amour n'était rien de plus qu'une émotion inventée pour des gens qui vivaient dans un monde fantasmé.

L'amour n'était pas pour lui... et ne le serait jamais.

4

Ils n'ont toujours pas découvert que c'est moi le coupable. Sterling est exactement là où il doit être. Oh ! il n'a tué personne, mais le fait qu'il paie pour mon erreur me réjouit au plus haut point.

Ce type est un sale menteur, et il mérite de croupir en prison... ou en enfer. Ce sont des lieux appropriés pour cet homme égoïste et cupide. Il a anéanti ma vie et celle de beaucoup d'autres. La ville et le Texas Cattleman's Club sont bien mieux sans lui.

Tant qu'il reste en prison et que le corps n'a pas été identifié, je serai chez moi, libre. J'ai déjà perdu beaucoup, alors je mérite de connaître le bonheur, et c'est exactement le but que je vais poursuivre... Peu importe qui je devrai écraser ou enjamber pour l'atteindre.

Ryder Currin a détruit ma vie également, mais il paiera, lui aussi. Il le mérite autant que Sterling. Ils paieront tous les deux, peut-être de manière différente, mais ils paieront.

Les gens se souviendront de moi pour mes exploits, et non pour le meurtre que j'ai été obligé de commettre. Je n'avais pas le choix ! J'ai été acculé et ensuite, j'ai paniqué. Mais mon plan s'est mis en place. Je triompherai. Vous verrez.

Mon avenir sera assuré, et tout le monde connaîtra mon nom

Je vous le garantis. Vous verrez.

— Mais qu'est-ce que c'est que ça ? s'exclama Lucas.

Paisley observa la combinaison en dentelle qu'elle portait. Le décolleté plongeant, le dos nu, la fente sur le devant des jambes qui remontait jusqu'aux cuisses... C'était une tenue provocante et flamboyante, complètement à l'opposé de la robe de mariée de ses rêves.

Voilà précisément pourquoi elle avait acheté cette pièce exubérante – avec la carte de crédit de Lucas, bien sûr. Des bandes de doublure couleur chair étaient placées à des endroits stratégiques sous la dentelle, mais pour le reste, le vêtement ne laissait aucune place à l'imagination.

L'expression de Lucas valait le coup d'œil et compensait largement la nervosité qui la tenaillait.

Rassemblant tout son capital confiance, elle fit un tour sur elle-même.

— Tu aimes ? Puisque nous sommes à Las Vegas, j'ai pensé que je pourrais m'amuser un peu. Et puis, je tenais à être sexy pour mon fiancé.

Il la parcourut du regard, et cette caresse visuelle la fit vibrer. Elle n'était pas censée être excitée. Elle était supposée agacer Lucas. Maudit soit-il, avec son regard azur irrésistible !

— N'importe qui peut voir à travers cette chose, grommela-t-il.

Il l'agrippa par le bras et la conduisit dans une alcôve de la chapelle de l'Amour Torride. Malgré son nom, c'était la chapelle la plus chic de la rue, et Lucas avait payé le prix fort pour avoir le meilleur service. Il avait réservé toute la chapelle, et seuls le célébrant et un couple de témoins étaient présents.

— Ça ne te ressemble pas, lâcha-t-il, la plaquant contre le mur.

Paisley posa les mains sur son torse ferme et le dévisagea.

— Me marier pour une tout autre raison que l'amour ne me ressemble pas non plus, pourtant je suis là, avec toi. Je me trouve superbe, merci.

Il prit son visage entre ses mains, la piégeant davantage. Elle respira son parfum envoûtant et éprouva l'envie de se presser contre lui, mais se retint à temps.

Lucas était bien trop séduisant. Paisley savait que si elle ne restait pas sur ses gardes, si elle ne protégeait pas son cœur, elle finirait par tomber amoureuse de lui de nouveau.

D'ailleurs, elle n'était pas sûre d'avoir cessé de l'aimer. Certes, c'était elle qui l'avait quitté, mais uniquement parce qu'elle avait eu les mains liées. Cela lui avait coûté, mais à l'époque, elle avait eu la certitude que Lucas devait s'éloigner d'elle pour atteindre ses buts.

Elle lui avait rendu sa liberté, par amour. Ironie du sort, douze ans plus tard, elle était à Las Vegas, dans la tenue la plus vulgaire qu'elle ait pu trouver, prête à vendre son âme au seul homme qu'elle ait jamais aimé.

Lucas se pencha vers elle, et son souffle chaud taquina son cou tandis que, du bout de l'index, il effleurait le creux entre ses seins dévoilés par son décolleté. Des frissons la parcoururent, bien malgré elle. Son corps était en train de la trahir alors qu'elle tenait absolument à garder le contrôle sur ses sens.

— D'habitude, tu portes des vêtements plus traditionnels, murmura-t-il.

Il fit dériver ses lèvres sur son cou, d'un côté à l'autre.

— Tu crois que ce vêtement me perturbe ? Tu es à moi, Tart. Les gens peuvent te regarder, mais c'est moi qui te toucherai, qui te donnerai du plaisir.

Paisley ferma les yeux, incapable d'arrêter le flot d'images qui déferla dans son esprit. Lucas continuait d'effleurer sa peau, et elle se maudit d'avoir choisi cette tenue. Elle aurait dû choisir une robe à manches longues, avec un col roulé. Mais non, elle avait opté pour quelque chose d'extravagant et de sexy à souhait, dans le seul but d'irriter Lucas.

— Si tu as fini ton petit numéro, allons rendre la chose officielle, conclut-il.

Sans lui laisser le temps de reprendre son souffle, Lucas prit possession de ses lèvres. Presque aussitôt, elle se lova contre lui. Il caressa ses bras nus, serra ses épaules et l'attira encore plus près.

Sa force et sa puissance la faisaient chanceler, mais la façon dont il l'embrassait… C'était indescriptible. Lucas était passionné, enfiévré, et en même temps, d'une grande douceur.

Il termina par un baiser léger sur ses lèvres puis lui sourit.

— Je voulais juste m'entraîner pour tout à l'heure, quand je devrai embrasser la mariée. Tu es prête à devenir Mme Lucas Ford ?

Prête ? En toute honnêteté, maintenant que le moment était arrivé, elle craignait d'être un peu dépassée. Malgré tout, elle faisait confiance à Lucas pour mener à bien son enquête. Grâce à lui, elle saurait enfin qui était son père.

Elle arbora un grand sourire et lui tapota la joue, faisant fi des battements désordonnés de son cœur.

— Je vais garder mon nom de jeune fille, mais je te remercie de ta proposition.

Cette femme allait l'achever. Si elle ne le tuait pas avec sa langue bien pendue, elle y arriverait sûrement avec ses courbes moulées dans la dentelle. Les seules parties de son corps qu'il ne pouvait pas voir étaient les zones qu'un minuscule bikini cacherait.

Paisley aurait pu commander n'importe quelle robe de mariée sans se préoccuper du prix. Pourtant, elle avait opté pour une combinaison extrêmement provocante. Il devait bien l'admettre, il était excité et intrigué par son choix. Au moins, leur mariage ne serait pas monotone.

— Vous pouvez embrasser la mariée.

Dès que le célébrant eut prononcé ces mots, Lucas prit Paisley par la taille et captura ses lèvres. Comme tout à l'heure dans le couloir, elle fondit entre ses bras. Elle avait toujours été passionnée, et Lucas était impatient de revivre des nuits torrides avec elle.

Paisley interrompit leur baiser et plaqua les mains contre son torse.

— Je crois que ça suffit, dit-elle d'une voix légèrement essoufflée. J'aimerais une bonne bouteille de prosecco dans ma suite, s'il te plaît.

Lucas serra sa taille.

— Nous avons à peine commencé, murmura-t-il. Et ce n'est pas ta suite mais notre suite.

Elle afficha un sourire forcé.

— Je suis prête à rejoindre *notre* suite et à me détendre.

Lucas fit un clin d'œil au célébrant et déclara :

— La lune de miel ne commence jamais trop tôt.

Paisley s'extirpa de son étreinte et arpenta l'allée étroite de la chapelle. Lucas salua les témoins d'un signe de tête puis emboîta le pas à sa nouvelle épouse. Jamais dans ses rêves les plus fous – et il en avait eu un certain nombre – il n'aurait imaginé épouser Paisley, ni qu'elle serait si peu vêtue lorsqu'il glisserait une alliance en diamants à son doigt.

En parlant de cela, Paisley avait eu une réaction étrange lorsqu'il lui avait offert en guise de bague de fiançailles un solitaire en diamant de dix carats, peu après le décollage de leur avion. Elle avait tourné la tête vers le hublot et lui avait à peine dit merci.

Il n'aurait peut-être pas dû choisir un bijou aussi traditionnel. Une femme comme Paisley aurait préféré une émeraude ou un rubis. Il devrait…

Non. Certainement pas ! Mais où avait-il la tête ? Il ne lui achèterait pas d'autre bague. Entre la bague de fiançailles et l'alliance, Paisley avait à son doigt assez de diamants pour sauver sa boutique. Il ne s'agissait pas d'un mariage éternel, puisque Paisley envisageait déjà une date d'expiration.

Bien évidemment, si elle portait son héritier, il serait hors de question qu'ils divorcent. Lucas ne voulait pas seulement partager son lit avec Paisley, il tenait à ce qu'elle lui donne un bébé. Paisley avait toujours voulu des enfants, ou en tout cas, elle en voulait autrefois. Ils avaient souvent parlé de fonder une famille.

— J'ai envoyé une copie de la lettre de ma mère sur ta boîte mail, dit-elle. Quand nous serons dans notre chambre, nous aurons tout loisir de poursuivre nos recherches, et tu pourras me faire part de tes découvertes. Je peux répondre à des questions sur le passé de ma mère, mais…

Se penchant vers elle, il l'embrassa. Il se pressa contre elle, et Paisley se retrouva plaquée contre la banquette de cuir tandis que leur chauffeur roulait le long du Strip, célèbre artère de la ville. Les lumières des hôtels défilaient derrière les vitres, mais Lucas ne prêtait attention qu'à son épouse, qui voulait passer aux choses sérieuses.

Eh bien, lui aussi voulait passer aux choses sérieuses, mais les choses qu'il avait en tête étaient d'une tout autre nature.

Elle le repoussa.

— Tu veux bien te concentrer ? demanda-t-elle.

— Oh ! mais je suis tout à fait concentré, dit-il, serrant sa cuisse.

Elle posa sur lui son regard noisette parsemé d'éclats émeraude.

— Tu as promis de m'aider à découvrir la vérité sur mon père, et je veux participer.

Il caressa l'intérieur de sa cuisse avec son pouce.

— Tu es ma femme à présent. Tu participeras à tout.

— Vraiment ? Je croyais que tu essaierais de me tenir à l'écart.

— Je ne vois pas de raison de te laisser de côté alors que ce dossier te concerne.

Manifestement surprise, elle secoua la tête et regarda par la vitre tandis que la voiture arrivait devant leur hôtel.

Lucas ne prit pas la peine de cacher son sourire. Il comptait bien continuer à la désarçonner. Elle-même ne cessait de le surprendre par ses choix, et cette combinaison de dentelle ne faisait pas exception.

C'était l'une des nombreuses choses qu'il avait toujours aimées chez Paisley : elle l'obligeait à être sur le qui-vive. Leur relation avait été stimulante, exceptionnelle… jusqu'à cette dernière soirée, lorsqu'elle avait brisé son cœur en mille morceaux.

— Combien m'a coûté ce bout de tissu ? demanda-t-il.

Tandis que la voiture s'arrêtait, Paisley se tourna vers lui, le sourire aux lèvres.

— Je ne m'en souviens pas, mais cela valait jusqu'au moindre dollar. Tu n'es pas de mon avis ?

La portière s'ouvrit avant qu'il puisse répondre, et le chauffeur tendit la main à Paisley pour l'aider à descendre. Lucas sortit à son tour du véhicule.

Lorsque Paisley et lui entrèrent dans le vaste hall de leur hôtel, les têtes se tournèrent sur leur passage. Pas à cause de la combinaison transparente de Paisley – ils étaient à Las Vegas, après tout – mais parce que Paisley était si renversante qu'elle aurait pu attirer l'attention même vêtue d'une toile de jute.

Il posa la main au creux de son dos pour l'escorter jusqu'aux ascenseurs et glissa sa carte dans le lecteur pour accéder aux étages VIP. Ils ne séjourneraient pas dans une chambre pour jeunes mariés traditionnelle mais dans la plus belle suite de l'hôtel. L'espace de trois cents mètres carrés disposait de son propre personnel et n'attendait plus qu'eux.

Lucas donnerait congé aux employés dès leur arrivée. Ce soir, il comptait être seul avec son épouse.

Ils n'allaient certainement pas parler de Sterling Perry, de la mère de Paisley ou d'une fichue lettre.

Lucas n'avait qu'une préoccupation. Comment allait-il faire pour lui retirer cette combinaison de dentelle ?

5

Paisley observa l'immense salle de bains, fascinée. Tout son appartement pourrait tenir dans cette pièce, et il resterait encore de l'espace.

Le sol en marbre, la douche assez grande pour accueillir dix personnes, le mur de miroirs et le lustre étincelant... Elle ne savait pas combien coûtait une nuit dans cette suite, et elle n'avait pas envie de le savoir.

Ce qu'elle savait en revanche, c'était que Lucas n'avait pas envie de se plonger dans la lettre de sa mère ou dans son enquête. Non, c'était en elle qu'il avait envie de se plonger. Paisley n'allait pas prétendre qu'elle n'était pas impatiente de sentir son corps nu contre le sien. Elle était un être humain, elle avait donc des besoins de base.

Mais il n'y avait rien de basique dans la relation que Lucas et elle avaient autrefois partagée. Lucas avait été un amant attentionné, mais aujourd'hui ? De toute évidence, ils avaient tous les deux changé au fil des années.

Elle fit un pas en arrière et se regarda dans le grand miroir. Elle n'avait pas le même corps qu'avant. La gravité et les donuts étaient passés par là...

Autant retirer cette combinaison ridicule ! Lorsqu'elle l'avait achetée, elle était d'humeur vindicative. Bien entendu, elle aurait préféré porter une robe traditionnelle. Elle avait des modèles favoris, et une robe en particulier retenait son attention depuis quelques mois.

Comme toutes les femmes rêvant de se marier, et à plus forte raison parce qu'elle possédait une boutique de mariage, Paisley avait une vision précise de ce qu'elle souhaitait. Mais elle n'avait certainement pas cherché à mettre la moindre de ses idées en application avec Lucas, cela aurait été du gâchis. Un jour, elle se marierait par amour. Elle porterait la robe de ses rêves, des accessoires étincelants, ainsi que le pendentif en diamant de sa mère. Son mariage aurait lieu dans un pays exotique, ou à l'église. Ou encore, dans un jardin.

Mais il lui fallait mettre de côté ses rêves quelque temps. Pour l'heure, elle devait se concentrer sur son mariage de convenance, et espérer que Lucas découvrirait bientôt la vérité sur son père. En attendant, elle barricaderait son cœur.

Souhaitait-elle que Sterling Perry soit son père biologique ? En toute franchise, elle ne saurait le dire. Il l'avait ruinée, comme il avait ruiné beaucoup d'autres gens, et c'était un homme malveillant. Pour l'instant, il croupissait dans une cellule de prison après s'être vu refuser une mise en liberté sous caution. Il était non seulement accusé de complot pour fraude mais aussi soupçonné de meurtre, après la découverte d'un corps sur l'un de ses chantiers.

À cette pensée, elle frémit. Non, Sterling n'était vraiment pas le genre d'homme qu'elle voulait avoir pour père.

D'un autre côté, savoir d'où elle venait lui donnerait au moins un sentiment d'appartenance. Car le décès de sa mère avait laissé un grand vide en elle. Paisley était sur pilote automatique une grande partie du temps. Elle avait l'impression d'être perdue et de se laisser porter par le courant, une sensation qui ne faisait qu'empirer depuis quelques semaines. Sa tristesse et sa confusion étaient telles qu'elle ignorait comment agir.

Hélas, son mariage avec Lucas ne l'aidait guère à y voir plus clair.

Lucas avait fait porter leurs bagages dans leur suite avant la cérémonie. Paisley s'était changée à la chapelle afin de surprendre son mari. Mission accomplie.

Elle avait apporté son peignoir dans la salle de bains quelques minutes plus tôt et l'avait accroché près de la baignoire à l'ancienne. Elle ignorait ce qui allait se passer lorsqu'elle sortirait de cette pièce, mais elle était heureuse que Lucas la laisse seule quelques minutes.

Elle entendit frapper à la porte et s'arracha à ses pensées.

— Tu comptes te cacher là-dedans encore longtemps ? lança Lucas à travers les portes.

Paisley soupira et se mit à baisser la fermeture Éclair dans son dos. Son moment de solitude était terminé.

— J'ai presque fini.

Les portes s'ouvrirent au moment où le haut de sa combinaison tombait sur sa taille. Lucas se figea, et son regard brillant s'arrêta sur ses seins nus. Paisley ne prit pas la peine de se couvrir. Autant que Lucas voie qu'elle n'était plus une jeune fille de dix-huit ans filiforme mais une femme avec des courbes.

Si elle en jugeait par son expression, il n'était pas déçu. Cela provoqua en elle un regain de confiance, mais aussi un frisson d'excitation. Jusqu'à cette minute, elle ne s'était pas souciée de ce qu'il pensait d'elle. Et c'était stupide de prendre en compte son opinion. Elle était satisfaite de son corps et ne changerait pour aucun homme.

— Je me doutais que tu ne portais rien sous ce vêtement. Je constate que j'avais raison.

Elle sourit. D'humeur impertinente à présent, elle glissa les pouces sous le vêtement autour de sa taille et le fit lentement descendre jusqu'à ses pieds pour le retirer.

Elle ne portait plus que ses sandales à talons aiguilles.

Lucas, qui avait déjà retiré sa veste et sa cravate, ouvrit le premier bouton de sa chemise noire. Ses cheveux étaient décoiffés par le Stetson qu'il avait porté tout à l'heure et ses bras musclés étaient dévoilés par ses manches retroussées. L'air était si électrique que ce serait un miracle s'ils ne mettaient pas le feu à la pièce.

Leur attirance mutuelle et incendiaire... existait toujours. Elle était peut-être même plus forte qu'avant.

Bien qu'il s'agisse d'un mariage temporaire, il était impossible de nier leur désir mutuel, et inutile de lutter contre. Paisley avait-elle besoin de temps pour s'adapter à cette situation nouvelle ? Non, elle avait seulement besoin du courage que lui procuraient les regards sensuels de Lucas.

— Si j'avais su que tu ne portais pas de sous-vêtements, nous serions rentrés de la chapelle bien plus tôt, dit-il.

Il avança vers elle, enlevant sa chemise et la jetant au sol.

— Tu sais à quel point tu es séduisante ? Encore plus que dans mon souvenir.

Cela voulait-il dire qu'il avait pensé à elle toutes ces années ? Paisley n'allait pas avouer qu'il était encore la star de ses fantasmes érotiques. Elle était plus forte désormais, plus indépendante… ou en tout cas, elle faisait tout son possible pour l'être. Les revers qu'elle avait essuyés récemment l'avaient contrainte à admettre sa vulnérabilité. Elle détestait l'idée d'avoir besoin de quelqu'un, mais elle n'était pas idiote. Pour l'heure, elle avait besoin de Lucas, sur bien des plans. Il avait toujours été son talon d'Achille.

Elle posa les mains sur ses pectoraux et leva les yeux vers lui.

— Ça ne peut pas être plus que… Eh bien, ça.

— C'est-à-dire ?

— Le sexe. Ce mariage se résume à l'aide que tu m'apportes et au sexe. Je ne peux pas me permettre de souffrir, Lucas.

Il promena ses mains sur ses hanches, sur le creux de sa taille, et remonta jusqu'à ses seins, sans jamais la quitter des yeux.

— Tu penses que je pourrais te faire du mal, Paisley ?

D'un mouvement adroit, il lui saisit les mains et les plaça dans son dos. Tenant fermement ses poignets, il se pencha vers elle.

De sa main libre, il caressa le point sensible sous son oreille puis effleura ses lèvres.

— Jamais je ne te ferai de mal, murmura-t-il. Mais je me protège aussi, puisque c'est toi qui m'as quitté.

Sans lui laisser l'occasion de se défendre, il posa les lèvres sur les siennes.

Paisley n'eut pas d'autre choix que de se coller à lui. Lucas avait un contrôle total sur ses sens, et elle était toute disposée à faire tout ce qu'il voulait. Elle lui faisait entièrement confiance en ce qui concernait son corps. C'était pour son cœur qu'elle s'inquiétait.

Au moins, Lucas et elle étaient d'accord sur un point : l'amour n'avait pas sa place dans leur mariage. Paisley espérait garder cela à l'esprit lorsqu'ils joueraient la comédie de la vie domestique et du bonheur conjugal.

Elle s'ouvrit à lui, s'abandonnant à leur passion. C'était un sentiment familier et en même temps nouveau d'être consumée de désir pour Lucas. Le jeune homme d'autrefois était devenu très musclé, et ses caresses parfois timides étaient maintenant déterminées. Un homme qui savait ce qu'il voulait était fichtrement sexy.

Cela ne faisait aucun doute, Lucas avait la ferme intention de jouer les dominateurs, et dans le cadre intime uniquement, elle le laisserait faire, pour l'instant. Parce qu'elle en avait envie.

Elle noua les bras autour de son cou, plongeant les mains dans son épaisse chevelure. Était-ce imprudent de s'abandonner à lui ? Ce n'était pas une nuit de noces classique, mais elle pouvait tout de même prendre du plaisir avec l'homme qui était désormais son époux.

Lucas la porta et la hissa sur le plan de toilette. Le marbre froid contre sa peau nue la fit frissonner, mais bien moins que l'homme qui se tenait entre ses jambes écartées et qui semblait prêt à la posséder.

Les paupières mi-closes, il recula d'un pas et acheva de se déshabiller. Bien vite, il fut nu devant elle, une vision qu'elle avait cru ne jamais revoir, encore moins en de telles circonstances. Lucas Ford était à présent son époux, et elle avait le sentiment que l'un d'eux ne sortirait pas indemne de ce mariage.

— Reste avec moi, Tart.

Ses mots et la raucité de sa voix la ramenèrent au présent. Il n'y avait aucun autre endroit où elle avait envie d'être. Elle ne voulait pas se préoccuper du lendemain, ni même des semaines à venir. Elle voulait seulement partager ce moment avec Lucas.

Elle tendit les bras vers lui.

— Je suis là, Lucas.

Il saisit l'arrière de ses cuisses et la ramena jusqu'au bord de la surface de marbre. Paisley s'accrocha à ses épaules.

— Préservatif ? demanda-t-elle.

Il plongea son regard bleu azur dans le sien.

— Je veux sentir ma femme. Si cela t'inquiète, sache que j'ai toujours utilisé des préservatifs, sauf avec toi.

Quand ils étaient jeunes et très épris l'un de l'autre, ils avaient oublié de se protéger quelquefois. Elle livra une bataille mentale avec elle-même, mais finit par se décider.

— Tu es le seul homme avec qui j'ai couché sans protection.

Le regard de Lucas s'assombrit tandis qu'il serrait ses hanches. Enfin, il entra en elle. Paisley ferma les yeux pour mieux savourer chaque sensation. Si seulement elle pouvait suspendre le temps...

Elle qui avait cru pouvoir protéger ses émotions, elle en était pour ses frais.

— Regarde-moi, ordonna-t-il.

Dès qu'elle obtempéra, Lucas se mit à onduler en elle. Il enfonça les doigts dans le creux de sa taille, et elle hissa les hanches, juste assez pour accroître leur plaisir.

Regarder Lucas lui faire l'amour lui donnait l'impression d'une grande intimité. Mais elle ne voulait pas détourner le regard. Tandis qu'il allait et venait en elle, elle l'observa, captivée. Il glissa la main entre eux et taquina son point le plus sensible.

Elle poussa un cri quand une vague de plaisir s'écrasa sur elle. Elle rejeta la tête en arrière et ferma les yeux. Une seconde plus tard, Lucas prit son visage entre ses mains et lui donna un baiser enfiévré, qu'elle lui rendit avec tout autant d'ardeur.

Son corps échappa à tout contrôle tandis que Lucas augmentait le rythme et la puissance de ses coups de reins. Elle oublia les secrets, les inquiétudes. Seules comptaient ces émotions brutes et vraies. Des émotions qu'ils ne pouvaient cacher.

Dès que les frissons de son orgasme se dissipèrent, elle détacha ses lèvres des siennes et leva les yeux vers lui. Les mâchoires serrées, il soutint son regard.

En souriant, elle s'appuya sur ses coudes et croisa les chevilles autour de son dos. Comprenant qu'elle lui laissait une liberté totale, il posa la main sur son ventre et reprit ses va-et-vient à un rythme effréné.

Quand il fut secoué de tremblements, elle fut totalement hypnotisée. Il soutint son regard, et elle se sentit encore plus troublée.

Lucas était un homme exigeant, audacieux, arrogant... même pendant l'amour.

Pourquoi fallait-il que ce soit si fichtrement excitant ? Elle avait déjà atteint les cimes du plaisir, mais elle n'était pas encore prête à ce que leurs ébats s'achèvent.

Lorsque les effets de l'orgasme se dissipèrent, Lucas prit ses seins en coupe. Elle resta immobile, se demandant ce qu'il allait dire ou faire ensuite. Quand le silence devint trop insupportable, elle finit par laisser retomber ses jambes pour les frotter contre les siennes.

— Pour un mariage fondé uniquement sur le sexe, je dirais que c'est un très bon début, dit-elle, tentant de feindre la nonchalance.

Il lui donna un baiser exquis. Puis il lui offrit un de ces sourires malicieux qu'elle n'avait jamais oubliés.

— Le sexe est une évidence, répliqua-t-il. Mais je veux aussi un enfant. Notre enfant.

6

Ce n'était pas le meilleur moment pour faire cette annonce. Lucas aurait dû emmener Paisley dans la chambre, dont la baie vitrée donnait sur le Strip. Il aurait dû prendre son temps, la faire s'étendre sur le lit, lui montrer exactement ce qu'ils avaient manqué durant toutes ces années de séparation.

Mais il valait mieux qu'elle sache où elle mettait les pieds. Qu'elle sache pourquoi il l'avait épousée… Au moins en partie. Elle n'avait pas besoin de connaître son projet de vengeance contre Sterling, puisque cet homme était peut-être le père biologique de Paisley.

— Un bébé ? répéta-t-elle d'un ton irrité. Tu m'as épousée en pensant que je serais… Quoi ? Ton passeport pour la paternité ? N'est-ce pas quelque chose que tu aurais dû mentionner avant que nous ne disions : « Oui, je le veux » ?

Elle s'écarta du plan de toilette et empoigna le peignoir de soie rose accroché près de l'immense baignoire. Elle le passa et noua la ceinture d'un geste furieux.

Songeant que lui aussi devrait se couvrir, Lucas ramassa son caleçon noir sur le sol et l'enfila.

— Je savais bien que tu voulais quelque chose de moi, maugréa-t-elle. J'aurais dû être plus sélective en choisissant mon détective privé. C'est…

Elle secoua la tête et passa la main dans ses cheveux.

— Je ne voulais pas dire que je souhaitais avoir un enfant

tout de suite, précisa-t-il en croisant les bras. Je veux un enfant, oui, quelqu'un à qui léguer ma société. Ni toi ni moi ne sommes en quête d'amour, mais nous pouvons tout de même obtenir ce que nous voulons.

— Est-ce que tu t'entends parler ? s'exclama-t-elle. Je t'ai demandé de découvrir la vérité sur mon père, et en échange, tu me demandes de te donner un enfant ! Un bébé nous lierait pour la vie. C'est ce que tu veux ?

— Je ne crois pas en l'amour, alors trouver une femme à qui offrir mon cœur n'est pas une option. En revanche, j'ai envie de fonder une famille, et je crois en l'amour filial.

Il avança vers elle, mais elle leva les mains pour l'arrêter.

— Nous parlions d'avoir des enfants autrefois, ajouta-t-il. Tu t'en souviens ?

— Je m'en souviens, dit-elle, laissant retomber ses mains. Je me souviens aussi que nous étions amoureux et que nous avions des attentes irréalistes sur la vie et sur notre avenir. Aujourd'hui, nous ne sommes plus des adolescents, Lucas. Tu ne peux pas simplement mettre un enfant au monde afin de lui léguer ton entreprise. C'est... c'est... archaïque.

Lucas n'allait pas se disputer avec elle le jour de leur mariage – même si ce n'était pas un mariage classique. À un stade si précoce de leur union, mieux valait éviter les conflits.

— Nous pourrons en discuter plus tard, esquiva-t-il.

Il ramassa ses vêtements et la combinaison de dentelle.

— Pour le reste du week-end, pouvons-nous simplement profiter de notre lune de miel ? suggéra-t-il.

Avec ses cheveux emmêlés, ses talons vertigineux et son peignoir en soie, Paisley était si sexy que Lucas avait envie de la porter par-dessus son épaule et de l'emmener droit vers la chambre pour le second round.

Hum... N'était-ce pas archaïque, cela aussi ?

Si Paisley savait qu'il se servait d'elle pour se venger de Sterling, elle n'accepterait certainement pas de porter son enfant. Il s'aventurait en terrain instable, et chaque pas pourrait être fatal pour son projet.

— Je t'accorde ce week-end, concéda-t-elle. Ensuite, nous étudierons sérieusement le dossier Sterling, afin d'en savoir plus sur sa potentielle relation avec ma mère.

Surpris qu'elle batte en retraite aussi vite, il hocha la tête.

— Je vais faire de cette enquête ma priorité, promit-il.

Si Sterling était effectivement le père de Paisley, Lucas pourrait enfin le faire payer pour tout le mal qu'il avait fait.

Lucas observait l'enseigne du bar miteux dans lequel la mère de Paisley avait travaillé près de trente ans plus tôt. Certes, l'endroit existait toujours, mais cela ne signifiait pas que quelqu'un se souviendrait de Lynette Morgan.

Mais il fallait bien qu'il commence quelque part, songea Lucas. D'habitude, il laissait à ses meilleurs limiers le travail de terrain, mais ce dossier était trop personnel. Et puis, Lucas aimait revenir aux bases de son métier de temps en temps.

Dès qu'il poussa la lourde porte, la musique country que jouait un groupe envahit ses oreilles. Des couples dansaient sur le parquet éraflé, et des clients assez nombreux étaient installés au bar qui s'étalait jusqu'au fond de la salle.

Si cet endroit était encore ouvert après tout ce temps, c'était pour une bonne raison, manifestement. Lucas savait d'expérience que les bars et les restaurants qui ne payaient pas de mine étaient souvent des joyaux cachés.

Il repéra le barman, un homme d'un certain âge, à l'autre bout du bar. Puisque les autres employés étaient plus jeunes, cet homme était sans doute la seule personne susceptible de se rappeler quelque chose.

Tout en se frayant un chemin dans la foule de clients éméchés, Lucas sortit une photo de sa poche et se plaça au bout du bar. Quand le barman regarda dans sa direction, il lui fit un signe de la main.

— Qu'est-ce que je vous sers ? lança l'homme d'une voix forte pour se faire entendre par-dessus la musique.

Lucas brandit la photographie.

— Vous reconnaissez cette femme ?

Le barman se pencha, observa le cliché puis hocha la tête.

— Je me souviens d'elle, oui. Lynette. J'ai été navré d'apprendre sa disparition. C'est vraiment triste.

Oui, en effet. Outre le fait que Paisley avait perdu sa mère, elle avait peut-être pour père une ordure absolue. Néanmoins, Lucas ne pouvait pas laisser les douloureux événements et sa culpabilité l'empêcher d'assouvir sa vengeance. Sterling avait détruit le père de Lucas, et il était temps qu'il paie.

— Quand elle travaillait ici, y avait-il des hommes qui venaient régulièrement la voir, ou avait-elle mentionné l'existence d'un petit ami ? demanda-t-il.

Il détestait crier avec toute cette foule autour de lui, mais Paisley et lui étaient rentrés de Las Vegas depuis quelques heures, et il tenait à avancer dans son enquête. Il s'était dit qu'en ce lundi soir, le bar serait calme, mais apparemment, c'était la soirée demi-tarif.

Il avait choisi de venir ici directement, non seulement pour entrer dans le vif du sujet mais aussi pour avoir le temps de réfléchir. S'il était resté chez lui, son épouse l'aurait déconcentré.

Car Paisley exerçait une très forte attraction sur lui. Il ne se souvenait pas avoir désiré une femme aussi fort depuis bien longtemps. Son attirance pour elle était même plus puissante qu'autrefois.

Ils avaient passé toute leur lune de miel nus dans leur suite, sauf pendant les moments où Paisley lui avait emprunté sa chemise pour leurs pique-niques improvisés sur la moquette. Ils avaient même fait l'amour dans son jet privé durant le vol retour.

Oui, leur passion était plus dévorante que jamais.

— Un homme assez âgé passait la voir, répondit le barman, interrompant Lucas dans ses pensées. Je sais pas son nom, mais il portait toujours un costard, et il laissait des billets de cent dollars en pourboires. J'ai toujours trouvé ce type arrogant.

Le Buster's Bar n'était pas le genre d'établissement où l'on distribuait des liasses de billets. Ce style de comportement ressemblait à Sterling Perry, mais ce n'était pas une preuve suffisante.

— Vous reconnaîtriez son nom si vous l'entendiez ? demanda Lucas.

— Je n'ai jamais entendu Lynette le prononcer. Mais elle était mordue, qui que soit ce type.

Lucas hocha la tête et rangea la photo dans sa poche. Il en sortit une autre et la montra au barman.

— Vous connaissez cet homme ?

Le barman plissa les yeux et réfléchit un instant.

— Ça remonte à loin, mais je ne crois pas l'avoir déjà vu.

Lucas se força à sourire.

— Merci de m'avoir accordé du temps.

— Je vous sers une bière ?

— La prochaine fois, promit-il.

Il reviendrait avec Paisley. Car il aurait probablement d'autres questions à poser au barman quand il aurait avancé dans son enquête.

De nouveau, il fendit la foule et sortit dans la nuit. Une seule heure loin de sa femme et déjà, elle lui manquait... Oui, il avait eu besoin de quelques instants de solitude, mais à présent, il se rendait compte qu'il avait envie d'être avec Paisley. Leur week-end à Las Vegas avait été intense mais trop court. Lucas comptait bien organiser une autre escapade bientôt. Mais avant, il lui faudrait découvrir la vérité sur Sterling.

Il ne s'agissait pas d'un mariage traditionnel, et Paisley comptait divorcer à court terme, mais Lucas allait profiter pleinement du fait d'être marié à la seule femme qu'il ait jamais voulu épouser. Elle l'avait abandonné douze ans plus tôt, mais il n'avait aucune intention de la laisser s'en aller cette fois.

Autrefois, lorsqu'il était jeune et trop confiant, il avait cru que Paisley et lui partageraient toute une vie de bonheur et d'amour. À présent, ils pouvaient partager leur détermination et leur passion. C'était ainsi dans la plupart des relations, non ?

Il n'avait pas l'espoir de se marier un jour par amour. Une telle idée était bonne pour les romans de fiction. Oui, il voulait un enfant, et il tenait à ce que Paisley en soit la mère. Aucune autre femme n'avait convenu pour ce rôle, alors il avait pensé que son projet de paternité se réaliserait dans quelques années. Mais ensuite, Paisley avait débarqué dans son bureau, et il avait saisi sa chance.

Lorsqu'il arriva chez lui, il était encore plus impatient de voir Paisley. Ils n'avaient pas reparlé de son désir d'enfant, mais c'était un sujet qu'ils devaient creuser, certainement. Lucas préférait de loin parler de cela plutôt que du projet de vengeance dont Paisley ne savait rien.

Pour l'instant, elle pensait qu'il l'aidait, et qu'il souhaitait fonder une famille. Et elle n'avait pas besoin d'en savoir davantage.

Quand il sortit de l'ascenseur, il se figea net.

Qu'est-ce que c'était que tout ça ?

Il posa ses clés sur la console sans quitter des yeux l'espace salon, nouvellement décoré. Ce n'était... pas son style. Il y avait des coussins partout. Certains étaient à pois, d'autres rayés. Sur le grand pouf trônait un plateau orné de bougies et de fleurs. Quelques tableaux étaient accrochés aux murs... Des tableaux sur lesquels étaient inscrites des citations qu'il n'avait aucune intention de lire.

— Oh ! bonsoir. Tu es rentré.

Lucas reporta son attention sur l'espace cuisine et faillit tomber à la renverse... Paisley portait un tablier et des escarpins à talons aiguilles – rien d'autre – et tenait à la main un verre de bourbon.

— J'espère que ça ne t'ennuie pas, j'ai apporté quelques-unes de mes affaires.

Elle avança vers lui, la démarche chaloupée, et lui tendit la boisson.

— J'ai pensé que puisque je vis ici, tu voudrais que je me sente chez moi.

Dès qu'il eut pris le verre, elle se retourna et s'éloigna, lui offrant une vue impressionnante sur son postérieur nu et sur ses jolies jambes.

— Le dîner sera prêt dans dix minutes si tu veux aller te changer, lança-t-elle par-dessus son épaule.

Il avala d'un trait l'ambre liquide, accueillant volontiers la sensation de brûlure dans sa gorge. Il n'était parti que quelques heures. Comment Paisley avait-elle pu trouver le temps de faire tout cela ?

Il la suivit dans la cuisine et, fasciné, la regarda sortir du four un plat qui sentait bien meilleur que tout ce qu'il avait cuisiné ici.

— J'espère que tu aimes les cordons-bleus au poulet.

Elle posa le plat sur la plaque de cuisson et referma la porte du four.

— Il y a aussi une salade feta-abricots en entrée.

Lucas croisa les bras et s'appuya contre le plan de travail.

— Tu vas continuer à faire comme si tu n'avais pas changé la décoration et que tu n'étais pas en train de cuisiner toute nue ?

Elle esquissa un sourire qui ne fit rien pour freiner son excitation grandissante. Elle était en train de jouer à un jeu, de toute évidence. Elle se jouait de *lui*.

— Primo, je ne suis pas complètement nue.

Elle eut le toupet de lui tapoter la joue pour ponctuer ses paroles.

— Secundo, dit-elle en fouillant dans les placards, étant donné ta façon de penser archaïque, j'ai simplement supposé que tu voudrais me voir nue dans la cuisine. J'ai eu tort ? Je m'efforce juste d'être une parfaite épouse.

Elle le dévisagea en clignant des yeux, l'air parfaitement innocente.

Lucas referma brusquement le placard qu'elle venait d'ouvrir. D'un geste rapide, il la saisit par la taille et la hissa sur le plan de travail. Poussant un petit cri, Paisley s'accrocha à ses épaules.

Il se cala entre ses jambes et la regarda droit dans les yeux.

— Tu as fini ton petit numéro ?

Elle haussa les épaules.

— Je ne crois pas.

— Qu'est-ce que je vais faire de tous ces coussins éparpillés sur mon canapé ?

— Tu ne trouves pas qu'ils égayent l'ambiance ?

— Ils sont ridicules, marmonna-t-il.

Elle joua avec le premier bouton de sa chemise.

— La lune de miel est vraiment terminée, alors, si je suis presque nue et que tu te préoccupes des coussins.

En fait il essayait plutôt de s'accrocher au peu de contrôle qui lui restait afin de ne pas lui arracher son tablier. Comment se faisait-il qu'il ait envie d'elle à chaque seconde de la journée ?

Apparemment, son désir était réciproque, alors pourquoi se posait-il toutes ces questions ?

— Où étais-tu, au fait ? demanda-t-elle.

Elle défit un bouton, puis un autre. Et un autre.

— Dès que nous sommes rentrés, tu es reparti.

— C'est parce que quand nous sommes seuls, je n'ai qu'une envie, te faire l'amour, gronda-t-il, retirant sa chemise et la laissant tomber au sol. J'avais du travail à faire.

Elle s'immobilisa.

— À propos de Sterling ?

— Oui. Je suis allé dans le bar où ta mère travaillait à l'époque où elle est tombée enceinte de toi.

— Je ne savais même pas qu'il existait encore ! Je ne vais jamais dans cette partie de la ville. Il est délabré ?

— Disons qu'il s'accorde bien avec le reste des bâtiments. Ce coin de Houston n'est pas très attrayant. Mais le barman se souvenait de ta mère.

Paisley sauta du plan de travail, les yeux écarquillés.

— Qu'est-ce qu'il t'a dit ?

— Il se rappelait qu'un homme riche venait souvent voir ta mère, mais il ne connaît pas son nom.

Paisley fixa le parquet. Elle semblait réfléchir. Lucas, en revanche, avait subi un court-circuit dans le cerveau dès qu'il l'avait vue dans cette tenue très légère. Elle était l'incarnation de ses fantasmes les plus secrets.

Elle reporta son regard sur lui.

— Je croyais que tout le monde connaissait Sterling.

Il défit les liens du tablier noués autour de son cou et de sa taille.

— Peut-être qu'il reconnaît le Sterling d'aujourd'hui, mais pas celui de l'époque. Les gens changent.

Le tablier glissa jusqu'au sol.

— Tu n'as pas faim ? demanda-t-elle.

— Je suis affamé.

Lucas pressa la bouche sur la sienne, saisit ses fesses et la porta contre lui pour l'emmener dans la suite principale. Paisley enroula les jambes autour de lui et l'un de ses talons s'enfonça dans son fessier, mais il n'y prêta pas attention. Il désirait son épouse, et il n'allait pas attendre une seconde de plus.

Lorsqu'il entra dans la suite, il entendit les escarpins de Paisley tomber sur le parquet. Elle plongea les mains dans ses cheveux et gémit.

Ces petits sons l'avaient toujours excité. Lorsqu'il était plus jeune et bien moins expérimenté, ces doux bruits avaient plusieurs fois failli le faire exploser de plaisir avant même qu'ils ne commencent.

Elle retira ses lèvres des siennes.

— Attends, dit-elle. Je ne veux pas être une femme de plus sur la liste des conquêtes que tu as amenées ici. Je sais bien que ce n'est pas un vrai mariage et qu'il ne s'agit pas d'amour, mais je suis juste...

Il posa un doigt contre ses lèvres.

— Évidemment, j'ai connu d'autres femmes après toi, mais, je te le jure, je n'ai jamais fait venir une femme dans ma chambre. Jamais.

Il passait la nuit chez ses maîtresses, mais ici, c'était son domaine. Son espace.

Paisley sembla se détendre. Elle passa la langue sur ses lèvres et baissa les paupières.

Tout ce que faisait cette femme le rendait fou. Elle avait toujours eu une place à part, mais jusqu'à ce qu'elle revienne dans sa vie, il n'avait pas mesuré à quel point elle lui avait manqué.

Ils étaient si jeunes à l'époque... Si innocents.

Cette fois, il avait les yeux bien ouverts... et le cœur totalement verrouillé.

Cela faisait trois jours qu'ils étaient mariés, et la passion physique ne faiblissait pas. C'était le genre de mariage qu'il souhaitait avec Paisley, et dont il avait besoin.

Il ôta rapidement ses vêtements. Le sujet de la grossesse n'était pas revenu sur le tapis depuis cette première fois. Il savait que Paisley utilisait une contraception, et il ne lui mentirait jamais pour qu'elle tombe enceinte. Faire un enfant serait une décision conjointe.

Elle posa sur lui ses jolis yeux noisette. Elle semblait toujours le sonder quand elle l'observait. Comment allait-elle réagir une fois qu'elle aurait découvert la véritable raison pour laquelle il l'avait épousée ?

Pour l'heure, son épouse était nue et tout près de lui, et c'était tout ce qui comptait. Il la saisit par la taille et la posa sur le lit. Elle rebondit sur le matelas et émit un petit rire.

Lucas appuya un genou sur le lit et caressa sa jambe, avant de remonter vers son ventre plat puis vers son sein ferme.

La réaction de Paisley à ses caresses n'avait guère changé. Leur relation avait toujours été électrisante et ne ressemblait en rien à ce qu'il avait connu avec d'autres femmes.

Sans la quitter des yeux, il se plaça entre ses jambes et se glissa en elle, ce qui lui valut un long gémissement de sa sensuelle épouse.

Il aurait aimé passer ses journées au lit avec Paisley et oublier toutes ses responsabilités. Comment allait-il faire pour retourner au travail ?

Quand elle ouvrit les yeux et l'observa, Lucas se pencha vers elle et l'embrassa. Il ne pouvait pas la regarder dans les yeux, pas encore. Il était perdu ; il était en train de se comporter comme par le passé, et d'oublier qu'elle lui avait brisé le cœur. S'il commençait à développer des sentiments pour elle, ils finiraient par souffrir tous les deux, or ce n'était pas le but de ce mariage de convenance.

La vengeance. Voilà sa principale motivation.

Et le sexe avec Paisley.

Il fallait qu'il se concentre là-dessus, et qu'il oublie le reste.

Il s'étendit sur elle et appuya les mains de chaque côté de sa tête. Heureusement, Paisley avait les yeux clos. Elle se cambra et rejeta la tête en arrière tout en croisant les chevilles autour de sa taille.

Oui. C'était ce qu'il voulait. Les liens physiques ne lui posaient aucun problème, mais les liens émotionnels n'avaient pas leur place dans leur union.

Paisley saisit ses épaules, enfonçant les doigts dans sa chair. Elle laissa échapper un autre son sensuel et resserra son étreinte autour de lui. Il serra les dents et frissonna, envahi par une euphorie qu'elle seule était capable de provoquer.

Il prit son visage entre ses mains et appuya la tête au creux de son cou en attendant que les spasmes de plaisir se dissipent. Puis il roula sur le côté, et se demanda ce qu'il allait bien pouvoir faire quand Paisley voudrait rompre avec lui.

Car il n'envisageait pas sa vie sans elle.

7

— Il nous faut des preuves, déclara Lucas tout en remplissant le lave-vaisselle.

Paisley reposa les pieds sur la chaise que Lucas venait de libérer. Elle sirotait son vin et admirait le splendide spécimen qu'était son mari. Les cheveux en désordre après leurs ébats, il était torse nu et ne portait qu'un pantalon de coton qui dévoilait sa taille étroite.

Lucas était l'homme le plus sensuel qu'elle ait jamais vu. Et lorsqu'en plus, il effectuait des tâches ménagères, elle le trouvait encore plus irrésistible.

— Paisley ?

Rassemblant ses esprits, elle posa son verre sur la table.

— Je t'écoute.

— Tu me reluques comme si j'étais un rôti de bœuf appétissant.

— Eh bien, ce mariage, c'était ton idée, et vu la façon dont tu te pavanes, je parie que tu adores être reluqué comme un rôti de bœuf appétissant.

Il promena son regard sur elle. Elle aussi était à moitié nue. Elle avait revêtu la chemise de Lucas lorsqu'ils étaient revenus dans la cuisine pour manger leur dîner devenu froid. Non pas qu'elle s'en plaigne.

Lucas lui avait transmis des informations pertinentes

concernant sa mère. Au moins, ils avaient un point de départ, et elle s'accrochait désespérément à cette piste prometteuse.

— Comment peut-on obtenir des preuves ? demanda-t-elle. Je ne peux pas simplement demander à Sterling s'il est mon père. D'ailleurs, je doute qu'il sache combien d'enfants adultérins il a engendrés.

Lucas posa une assiette dans le lave-vaisselle avec un peu plus de force que nécessaire.

— Sterling a toujours été un salaud, souligna-t-il. Il a sûrement mené d'autres femmes en bateau et eu d'autres enfants illégitimes.

Pourquoi était-il si agacé ? Que lui importait que Sterling Perry soit son père ? À moins que Sterling ait fait du tort à Lucas aussi ?

— Ce n'est pas comme si nous pouvions lui rendre visite en prison pour lui poser la question, marmonna-t-elle, réfléchissant à voix haute.

— Tu n'approcheras pas de cette prison ni de ce type, ordonna Lucas.

Il mit le lave-vaisselle en marche puis s'appuya contre le plan de travail et croisa les bras.

— Il est exactement là où il doit être, poursuivit-il, et je trouverai les preuves dont tu as besoin. C'est pour ça que tu m'as engagé, non ?

La conviction dans son ton ne laissait pas de place au doute. Paisley savait que Lucas était le meilleur détective privé de Houston, et qu'il ferait tout pour établir l'identité de son père. Il plaçait les besoins de ses clients au sommet de sa liste. Elle supposait qu'il en ferait autant pour ceux de son épouse.

Tout de même, Paisley aurait aimé agir de son côté. Elle pourrait téléphoner à Melinda… Cette dernière n'était pas seulement une amie mais aussi l'une des filles de Sterling. Paisley n'aurait qu'à lui demander sur un ton anodin si elle se souvenait de Lynette. Ce serait un bon début.

Tôt ou tard, elle devrait rendre visite à Sterling, mais elle n'en parlerait pas à Lucas. Il n'apprécierait pas qu'elle prenne les devants, mais elle ne se contenterait pas de jouer les parfaites petites épouses et d'attendre sans rien faire.

Si elle appelait Melinda et posait des questions...

Non. Elle ne pouvait pas faire cela. Le père de son amie était en prison. Ne serait-ce pas manquer de tact que de lui parler de Sterling en ce moment ?

Au moins, Paisley pourrait téléphoner et lui témoigner sa sympathie en cette période difficile. Cette conversation mènerait peut-être à quelque chose, non ?

— Ton silence m'inquiète, déclara Lucas.

Il approcha et lui releva le menton.

— Je me rappelle que tu avais des idées insensées, dit-il, et qu'elles arrivaient juste après un de tes regards dans le vide, comme celui que tu viens d'avoir.

Elle sourit.

— Je ne vois pas de quoi tu parles.

— Laisse-moi me charger de l'enquête, ordonna-t-il. Tu n'arrivais pas à résoudre cette énigme toute seule, et je sais ce que je fais.

— Tu suggères que moi, je ne le sais pas ?

Elle se leva et écarta sa main.

— Je ne veux pas être maintenue dans l'ignorance, et tu avais dit que tu me ferais participer. Tu ne peux pas me laisser de côté et me donner uniquement les informations que tu juges pertinentes.

— Tu es sexy quand tu es en colère.

Eh bien, lui était sexy en permanence, mais elle refusait de flatter son ego plus que nécessaire.

— Ne te sers pas du sexe pour me déconcentrer, tu veux ? J'ai besoin de connaître la vérité. Entre mon père inconnu, mon magasin qui bat de l'aile et le décès de ma mère...

L'émotion lui serra la gorge. S'effondrer maintenant ne l'aiderait pas, et elle n'avait certainement pas envie de paraître faible devant Lucas.

Il la prit aussitôt dans ses bras.

— Ta mère ne voudrait pas que tu te mettes dans des états

pareils, assura-t-il. Je suis là, et je ne vais pas te laisser t'occuper de tout toute seule.

Il passa les pouces sur ses joues humides.

— Malgré ce que tu crois, je ne t'ai pas seulement épousée pour le sexe.

Il n'ajouta rien, et cela la surprit. Lucas voulait un enfant – un sujet dont ils n'avaient pas reparlé. Mais elle se demandait s'il y avait autre chose. Il ne pensait tout de même pas qu'elle accepterait un mariage… permanent ?

Il lui cachait quelque chose, c'était certain. Et tant qu'elle ne découvrirait pas quoi, elle devait absolument cadenasser son cœur. Hélas, c'était plus facile à dire qu'à faire, car vivre avec Lucas lui rappelait sans cesse à quel point leur relation passée avait été parfaite.

Comme si elle n'avait pas suffisamment de problèmes comme ça ! fulmina Paisley en son for intérieur. Elle avait perdu sa mère, elle avait pour potentiel père biologique un criminel, elle avait perdu toutes ses économies, et pour sauver son commerce, elle s'était résolue à se marier avec Lucas. Et voilà que l'horrible cliente qui n'avait pas payé sa robe dispendieuse ne répondait plus à ses messages.

L'expression « mariée en fuite » prenait un nouveau sens, songea Paisley, amère.

Elle serra son volant et s'engagea sur le parking du Texas Cattleman's Club, ou TCC. Hier, après sa conversation avec Lucas, elle avait téléphoné à Melinda. Son amie avait été si heureuse d'avoir de ses nouvelles que Paisley s'était presque sentie coupable de l'inviter à déjeuner.

Mais elle était dans une mauvaise passe, et elle poursuivrait ses efforts jusqu'à ce qu'elle découvre la vérité… Quelle qu'elle soit.

Si elle avait suggéré de retrouver Melinda au club, ce n'était pas sans raison. Elle savait que l'entreprise de construction de Sterling était responsable des rénovations. Bien qu'incarcéré,

Sterling était candidat au poste très convoité de président du TCC. Il avait un concurrent sérieux en la personne de Ryder Currin, l'homme qui avait créé le club de Houston.

Paisley s'était dit que si elle retrouvait son amie ici, cela pousserait peut-être Melinda à parler de son père. Heureusement, Melinda faisait partie du club, sinon Paisley n'aurait pas été autorisée à entrer puisqu'elle n'était pas membre.

Dès que Paisley entra dans le restaurant, elle passa en revue la décoration rustique et néanmoins haut de gamme. Ici, le charme de l'Ancien Monde se mêlait à celui du Far West. Cet endroit allait avoir du succès, certainement.

Paisley repéra son amie, assise au fond de la salle, et lui sourit. Elle l'appréciait sincèrement et se réjouissait de la revoir.

Quand Paisley eut rejoint leur table, Melinda se leva et la serra dans ses bras.

— J'étais très heureuse que tu me téléphones ! s'exclama-t-elle. Ça fait si longtemps !

Paisley prit place sur une chaise.

— Oui, en effet. Tu sais ce que c'est, le temps file trop vite. Et puis, j'ai eu beaucoup de travail à la boutique.

Melinda se rassit et afficha un sourire rayonnant.

— Comment vont les affaires ? Dès que je passe en voiture devant ton magasin, je m'extasie devant les robes extraordinaires de ta vitrine. Chaque fois que je crois en avoir une préférée, tu changes les modèles et j'ai une nouvelle favorite.

— Pourquoi crois-tu que je change la vitrine si souvent ? Moi non plus, je n'arrive pas à savoir quelle robe j'aime le plus. Mais pour répondre à ta question, les temps sont durs, avoua-t-elle avec franchise. J'ai perdu mes économies, sans parler du fait que ma mère a perdu ce qu'elle avait quand Sterling... Enfin, tu connais l'histoire.

Le sourire de Melinda s'évanouit.

— Oh ! Paisley ! Je suis vraiment navrée.

Son amie secoua la tête et soupira.

— Je suis même gênée, ajouta-t-elle.

Une serveuse vint prendre leur commande de boissons.

— Tu n'as pas à être gênée, assura Paisley quand elles furent de nouveau seules. Ce doit être terrible de savoir ton père en prison. C'est moi qui suis navrée pour toi.

Melinda hocha la tête et prit une profonde inspiration.

— C'est difficile, mais nous nous en remettrons.

Paisley savait que son amie était plus forte que la plupart des gens. Sans nul doute, Melinda s'en sortirait, mais Paisley devait creuser le sujet... juste un peu. Melinda ne travaillait pas pour le groupe Perry Holdings. En vraie philanthrope, elle dirigeait plusieurs œuvres de bienfaisance.

Toutefois, Melinda était proche de son père, et peut-être en savait-elle plus qu'elle ne voudrait l'admettre. Or, Paisley voulait absolument connaître la vérité, et rapidement. Si Sterling était bien son père, elle pourrait mettre fin à son mariage avec Lucas... avant de s'attacher davantage à son mari.

— Nos situations sont différentes, mais je comprends le vide que tu peux ressentir, dit-elle. Depuis que j'ai perdu ma mère, j'ai du mal à retrouver un semblant de normalité. Il y a des jours où je pense que tout va bien, et puis, brusquement, une petite chose inattendue va me rappeler ce que j'ai perdu.

Melinda lui prit la main.

— Je ne peux même pas imaginer ce que tu vis. Je n'ai jamais rencontré ta mère, mais elle était sûrement remarquable.

— Oui, elle l'était, dit-elle en souriant. Lynette Morgan était une femme forte. Beaucoup de gens l'appréciaient.

Paisley avait fait exprès de prononcer le nom de sa mère, espérant que cela éveillerait un souvenir chez Melinda.

Rien. Il n'y avait absolument rien dans son regard hormis de la compassion et de la tristesse. Hélas.

— Parlons d'autre chose, suggéra Paisley. Je ne t'ai pas téléphoné pour parler uniquement des sujets douloureux.

Melinda hocha la tête et lâcha sa main.

— Tout d'abord, dit-elle, je veux que tu saches que je suis terriblement désolée de ce que mon père a fait, et des conséquences sur tes finances. En fait, toute la ville de Houston a été impactée. C'est aussi pourquoi j'étais contente que tu me téléphones. Je ne savais pas que tu avais été lésée à cause de mon père, mais je n'ai plus beaucoup d'amis ces derniers temps, étant donné mon nom de famille. Je suis convaincue que mon père est innocent, mais il est encore en prison, alors il aura peut-être du mal à redorer son blason.

Paisley avait de la peine pour son amie. Melinda n'avait rien à voir avec Sterling Perry. C'était une femme exceptionnelle, gentille et généreuse. Sterling était... Inutile de faire la liste des défauts de cet homme. Paisley tenait à profiter de ce déjeuner entre filles même si elle n'obtenait pas les réponses qu'elle espérait.

Paisley tendit la main vers son verre d'eau, et Melinda s'exclama :

— Qu'est-ce que c'est que ce diamant ?

Aussitôt, son amie saisit sa main et examina ses bagues sous tous les angles, avant de reporter son attention sur Paisley et de lui offrir un grand sourire.

— Toutes mes félicitations ! s'extasia-t-elle. Qui est l'heureux élu ?

Paisley déglutit. Les bagues qui ornaient son annulaire lui semblaient encore étrangères et un peu trop voyantes. Bien qu'elle possède une boutique de mariage, Paisley avait des goûts plutôt traditionnels.

Et les bagues que Lucas lui avait offertes étaient loin d'être discrètes.

— Lucas Ford, répondit-elle. Nous sortions ensemble il y a longtemps et récemment... nous avons renoué.

Renoué ? Paisley gémit en son for intérieur. Elle parlait comme s'ils s'étaient rencontrés par hasard à l'épicerie et qu'ils avaient reparlé du bon vieux temps. Alors qu'en vérité, elle était allée lui demander de l'aide. Il avait accepté, à condition qu'elle l'épouse. Et maintenant, elle n'arrivait pas à résister à son désir pour lui.

Mieux valait ne pas dévoiler tous les détails. Si elle racontait toute la vérité, elle pourrait passer pour une femme sans défense aux yeux de Melinda.

— Je suis très heureuse pour toi, Paisley. Je ne savais pas que tu t'étais mariée. Tu as fait une petite cérémonie ?

Naturellement, une propriétaire de boutique de mariage était susceptible d'intéresser la presse. Mais son mariage avec Lucas n'était qu'un arrangement temporaire. Il n'y avait pas eu de journalistes, pas d'invitations, pas d'enterrement de vie de jeune fille. Paisley avait été privée de tout cela, mais elle en était entièrement responsable. Plutôt que d'attendre le mariage de ses rêves avec un homme qu'elle aimait, elle avait accepté un mariage bâclé avec un homme qu'elle ne pourrait jamais plus aimer.

— En fait, nous nous sommes mariés à Las Vegas. Nous ne voulions pas attendre, et comme nous n'avons presque plus de famille, nous n'avons pas éprouvé le besoin d'organiser une grande fête.

Heureusement, la serveuse interrompit leur conversation en apportant leurs boissons. La dernière chose que Paisley souhaitait, c'était qu'on lui pose des questions sur sa robe ou sur cette journée censée être romantique. Elle n'osait imaginer l'expression de Melinda si elle lui décrivait la combinaison de dentelle provocante qu'elle avait portée pour son mariage.

— Je me réjouis que tu aies trouvé le bonheur, s'enthousiasma Melinda. Je donne une soirée cocktail la semaine prochaine, et je serais heureuse que tu te joignes à nous.

Cela lui ferait du bien de prendre part à une soirée festive, songea Paisley. Elle devrait mettre plus de bons moments dans sa vie, étant donné qu'elle venait de traverser un cauchemar.

— J'en serais ravie, répondit-elle. Je viens avec Lucas ou je le laisse à la maison ?

— Oh ! viens avec lui si tu en as envie ! J'adorerais voir les tourtereaux ensemble.

— Nous serons présents, déclara Paisley.

Elle fit en sorte de rediriger la discussion sur Melinda, car non seulement elle n'avait pas envie de parler de son mariage, mais elle n'avait pas non plus envie de parler de Lucas. Sinon, elle ne pourrait peut-être pas cacher le fait qu'elle était en train de retomber amoureuse de son mari.

8

Il était grand temps.

Sterling Perry franchit le seuil de sa demeure et respira le parfum familier de son vestibule. C'était bien mieux que le trou à rats dans lequel on l'avait enfermé.

Certes, il était en résidence surveillée, bien qu'il ait réglé une caution de plusieurs millions pour être libéré. Mais il préférait de très loin l'assignation à résidence à la prison. Au moins, depuis chez lui, il aurait plus de pouvoir ; il pourrait tirer les ficelles, contrôler les gens qui l'entouraient, et influer sur son avenir.

Avant tout, il lui faudrait se remettre en selle, pour ainsi dire, et faire en sorte d'être nommé président du Texas Cattleman's Club. Il était hors de question qu'il perde face à Ryder Currin. Il y avait bien longtemps, Currin avait eu une aventure avec l'épouse de Sterling, Tamara, et Sterling était presque certain que Roarke était le fruit de cette liaison adultère. Sterling avait toujours traité Roarke comme son propre fils, mais il n'avait jamais vraiment pensé qu'ils étaient du même sang.

Roarke n'avait jamais approuvé la façon dont son père menait ses affaires, et Sterling ne serait guère étonné si c'était Roarke qui avait raconté des mensonges aux médias et à la police sur l'escroquerie financière dont on l'accusait. Sans parler de ce fichu meurtre.

Il n'avait jamais tué personne, bon sang !

Sterling devait saboter la candidature de Ryder au poste

de président du TCC. Il lui suffirait de lancer une rumeur, en sous-entendant que Roarke était le fils de Ryder.

Une seule personne pouvait répandre mensonges et ragots comme une traînée de poudre. Lavinia Cardwell.

Voilà pourquoi la première chose qu'il avait faite durant le trajet en voiture avait été d'inviter Lavinia à lui rendre visite. Rien de mieux qu'une conversation avec une amie de longue date pour faire d'une pierre deux coups.

En attendant que son invitée arrive, Sterling alla dans sa vaste salle de bains. Il prit une bonne douche pour laver toute la crasse accumulée en prison ces dernières semaines. Et lorsque ce fut fait, il prit plaisir à s'envelopper dans ses épaisses serviettes de luxe.

Il venait de s'habiller quand on sonna à sa porte. Il avait fait en sorte que son personnel soit absent pour la journée, mais il avait donné pour instruction à l'agent de sécurité qui gardait les grilles de laisser Lavinia entrer.

Sterling descendit l'escalier en hâte, en répétant dans sa tête les informations qu'il souhaitait donner à la plus grande commère de Houston.

Dès qu'il ouvrit la porte, Lavinia jeta les bras autour de son cou et l'étreignit chaleureusement.

— Je suis si contente de te revoir ! s'exclama-t-elle, poussant un soupir de soulagement. Il était grand temps que tu sortes.

Sterling était bien de son avis.

— C'est bon de voir un visage amical, répondit-il, et il s'effaça pour la laisser entrer. Allons nous installer dans le salon. Tu veux boire quelque chose ?

— Non merci. Mais ne te prive pas pour moi. Tu as bien mérité un verre.

Il se dirigea vers le bar au fond du salon et se versa une rasade de whisky tandis que Lavinia prenait place sur le canapé.

— Ça, oui ! approuva-t-il. Un homme innocent ne devrait pas passer une seule seconde derrière des barreaux, encore moins des semaines.

Lavinia croisa ses longues jambes et appuya le bras contre un coussin.

— Je ne peux même pas imaginer ce que tu as vécu. Ce devait être terrible… Une question me brûle les lèvres. Tu sais qui t'a piégé ?

Nous y voilà. Il est temps de semer les graines.

— Tu crois que c'est Angela ? ajouta-t-elle. Vous deux, vous vous êtes disputés publiquement.

Sterling avala d'un trait son whisky, savourant la brûlure de l'alcool le long de sa gorge. Il reposa le verre sur le bar et réfléchit soigneusement avant de parler. Tout ce qu'il dirait durant cette entrevue allait devenir public.

— Non, je ne crois pas.

Il alla s'asseoir dans un fauteuil face à Lavinia.

— Angela et moi nous sommes peut-être disputés concernant sa relation avec Ryder, mais elle ne me ferait pas une chose pareille. En revanche, ça ne m'étonnerait pas que Roarke ait quelque chose à voir avec mon arrestation.

Lavinia haussa les sourcils.

— Ton propre fils ? Je n'aurais jamais cru cela de lui !

Voilà précisément pourquoi il abordait le sujet maintenant.

— Je peux te confier un secret ? chuchota-t-il, se penchant vers elle pour plus d'effet.

— Bien sûr. Tu sais que tu peux compter sur moi, Sterling.

— Eh bien, je crois que Roarke est le fils de Ryder.

Il laissa les mots flotter dans l'air quelques instants, puis continua :

— Tamara a eu une liaison avec Ryder Currin quand il n'était encore qu'un simple cow-boy. Roarke pourrait être leur enfant illégitime, les dates correspondent. Mais je n'ai jamais rien dit.

Lavinia émit un son de surprise et plaqua la main sur sa bouche.

— Tu crois que Roarke t'a piégé parce qu'il voulait t'écarter ? Afin que son vrai père devienne le président du club ?

Sterling se cala contre le dossier de cuir et acquiesça d'un signe de tête.

— Je ne peux pas le confirmer. Mais pour quelle autre raison ne m'aurait-il pas soutenu au moment où j'avais le plus besoin de lui ? Tous mes enfants se sont ralliés autour de moi, même Angela, avec qui j'ai pourtant eu des différends ces derniers temps, comme tu l'as rappelé. Malgré cela, elle croit en mon innocence.

Lavinia sembla réfléchir.

— Cela fait beaucoup d'informations d'un coup, dit-elle. Mais je vois où tu veux en venir. Je crois en effet qu'on t'a piégé, mais le prouver va être difficile.

— Je ne serai pas en paix tant que la personne derrière tout cela ne sera pas retrouvée et punie, assura-t-il. Qui qu'elle soit.

Quand bien même il s'agirait de l'homme qu'il avait toujours considéré comme son fils.

9

Lucas était en train de fouiller dans les cartons que Paisley lui avait apportés, et qui contenaient les affaires de Lynette. Tout ce qu'il avait trouvé pour l'instant, c'étaient de vieux reçus, des photos de Paisley enfant et quelques rappels de factures.

Rien. Jusqu'ici, ses recherches n'avaient mené absolument à rien.

Toutes les pistes qu'il avait explorées débouchaient sur une impasse. Mais il ne baissait pas les bras. Il avait encore quelques coups de fil à passer, dont l'un à l'hôpital où Paisley était née. Peut-être une infirmière se rappellerait-elle quelque chose... Mais il n'était sûr de rien. Un homme riche qui rendait visite à une serveuse de bar ? Ce n'était pas la meilleure description, mais la photo de Lynette pourrait être utile.

Chaque piste devait être étudiée, même si elle semblait ne mener nulle part à première vue. Explorer chaque facette du passé des gens, c'était ce qui distinguait Lucas des autres enquêteurs de la ville.

Il se targuait de rechercher la justice et la vérité. Lorsqu'il était adolescent et que Sterling Perry avait abusé de la confiance de son père, Lucas s'était fait le serment de ne jamais être aussi vulnérable, de ne jamais laisser personne le duper. Il s'était également promis qu'un jour, il se vengerait de Sterling... Et puisque le père de Lucas n'était plus là pour obtenir réparation lui-même, Lucas était doublement résolu à mettre son projet à exécution.

Et la mise en action de son plan dépendait de Paisley. Si elle se révélait être la fille de Sterling, ce serait parfait pour qu'il puisse approcher cet homme et le détruire... Tout en prenant soin de ne pas s'impliquer sentimentalement avec son épouse.

Lucas vérifia l'heure sur son téléphone, et remarqua qu'il n'avait pas de messages de Paisley. Elle s'était levée tôt ce matin pour aller travailler, mais le magasin était fermé depuis trois heures à présent. Il n'aurait pas dû s'en soucier, mais il voulait savoir où elle se trouvait.

Apparemment, elle ne considérait pas leur mariage arrangé comme une véritable union. Sinon, elle aurait assez de considération pour lui faire savoir où elle était.

Bon sang ! Lucas marcha d'un pas ferme vers le bar, niché dans un coin de son vaste appartement, et se servit un bourbon. La baie vitrée lui offrait un beau panorama sur la ville, mais pour l'heure, il n'en avait que faire. Il s'en voulait beaucoup de s'être glissé un peu trop aisément dans le rôle du mari attentionné. Il n'aurait pas dû se préoccuper de savoir où était Paisley ; ils n'avaient pas de vrais liens ni d'attentes en dehors du sexe et de l'enquête sur Sterling. C'étaient les seules choses sur lesquelles ils s'étaient mis d'accord.

Pourtant, il ruminait comme un loser.

Le sexe pouvait obscurcir son jugement. Mais ses nuits de passion avec Paisley ne pourraient pas l'empêcher de détruire Sterling.

Pour des motifs tout à fait égoïstes, Lucas souhaitait que Sterling soit le père de Paisley. S'il était le gendre de Sterling, cela rendrait sa vengeance encore plus savoureuse, car il savait que Sterling ne l'appréciait pas beaucoup.

Néanmoins, et pour des raisons qu'il ne souhaitait pas étudier de trop près, Lucas espérait presque que Sterling ne soit pas le géniteur de Paisley. Elle méritait bien mieux que d'avoir pour père un salaud arrogant, dont chaque acte était méthodiquement réfléchi dans le but de lui apporter un bénéfice maximum.

Lucas avala son bourbon d'un trait et reposa le verre sur

le bar en acajou. Il aurait dû boire par petites gorgées, afin d'apprécier sa boisson, mais il était trop à cran pour cela. Sa description de son beau-père potentiel pourrait s'appliquer à sa propre personne ces derniers temps.

N'était-ce pas pour assouvir sa vengeance qu'il avait une alliance à son doigt ?

L'égoïsme et la soif de pouvoir. Il n'avait jamais associé ces termes à l'homme qu'il était, mais, pour sûr, ils lui correspondaient à présent.

La sonnerie de l'ascenseur retentit, indiquant qu'une clé magnétique avait été utilisée pour y accéder.

Lucas se servit deux autres doses de bourbon et serra le verre de cristal. Il n'avait pas envie que Paisley pense qu'il l'attendait. Elle était libre d'aller et venir à sa guise, non ?

En toute franchise, il ne connaissait pas les règles qui régissaient un mariage de convenance. Il avait fixé une seule contrainte à Paisley : qu'elle partage son lit comme une véritable épouse. Et elle s'y était pliée bien volontiers.

Il tenait encore son verre d'alcool quand la porte de l'ascenseur s'ouvrit et que Paisley apparut. Le chignon haut qu'elle portait ce matin était défait, et ses cheveux tombaient maintenant en cascade sur ses épaules.

Elle était très sexy dans sa robe courte bleu marine à boutons, ornée d'une ceinture assortie et d'une paire d'escarpins couleur chair qui donnaient l'impression que ses jambes étaient interminables.

Il serra les dents quand elle posa ses affaires sur la console. Elle n'avait même pas regardé dans sa direction. C'était comme si elle se moquait qu'il soit là ou pas…

Une nouvelle bouffée d'irritation l'envahit.

Il était sur le point de dire quelque chose – quoi, il l'ignorait – quand Paisley appuya les mains sur la console. Elle baissa la tête, et il remarqua que ses épaules tremblaient.

Reposant son verre, il traversa l'appartement, ses chaussures résonnant sur le parquet de bois. Juste avant qu'il n'arrive dans l'entrée, elle sursauta et se retourna vivement, la main plaquée sur son cœur.

— Je ne t'avais pas vu. Tu m'as fait peur !

À l'évidence, elle était si perdue dans ses pensées qu'elle n'avait même pas remarqué sa présence.

Les traces de mascara sous ses yeux lui firent l'effet d'un uppercut. Il ne voulait pas la voir pleurer, et il ne voulait pas qu'elle souffre, en aucun cas. Malgré leur passé et leur présent chaotiques, les larmes de Paisley lui étaient insupportables.

— Que s'est-il passé ? demanda-t-il, essuyant ses joues mouillées. Tu as mal quelque part ?

Elle secoua la tête.

— Non, je suis juste en colère.

Des larmes de colère. Il pouvait composer avec cela. Toutefois, il aurait préféré ne pas voir de larmes du tout.

— Qu'est-il arrivé ? demanda-t-il, la conduisant vers le salon.

— Rien de grave. Juste une cliente qui m'a laissé une facture impayée.

Elle passa les mains sur son visage et renifla.

— C'est ridicule, vraiment. J'aurais dû exiger un paiement complet avant de commander une robe aussi extravagante, mais la mariée a versé vingt pour cent d'acompte, et nous avions signé un contrat pour le reste de la somme. Malheureusement, le mariage a été annulé, et la mariée prétend que la robe est un souvenir trop douloureux. Elle refuse de payer ce qu'elle me doit.

Lucas la fit asseoir sur le canapé et s'installa à côté d'elle. Il prit sa main entre les siennes pour la réconforter.

— Tout s'est passé par mail, continua-t-elle. Tous mes appels sont restés sans réponse, et mes messages ont été ignorés. Après avoir fermé le magasin tout à l'heure, j'ai passé toute la soirée à téléphoner aux demoiselles d'honneur qui étaient venues avec la mariée, mais aucune n'a été d'une grande aide… Au moins, elles avaient payé leur robe en entier. Apparemment, le marié a quitté la mariée pour l'une des demoiselles d'honneur, ce qui a semé la zizanie dans leur groupe d'amies.

Et lui qui s'était agacé de son retard, alors qu'elle s'efforçait seulement de sauver sa boutique ! Il ne pouvait certainement pas le lui reprocher, et il serait une véritable ordure s'il lui faisait la moindre remarque. Certes, il avait épousé Paisley pour assouvir sa vengeance contre Sterling, mais il n'était pas sans cœur. Il avait tenu à Paisley autrefois, et il tenait à elle aujourd'hui, mais d'une manière totalement différente.

Aujourd'hui, son cœur était barricadé. Lucas savait parfaitement ce que ce mariage était, et ce qu'il n'était pas.

Toutefois, il avait promis d'aider Paisley à sauver son entreprise, et il n'allait pas rester sans rien faire alors qu'une mauvaise payeuse cherchait à profiter de la situation.

— Donne-moi toutes les informations en ta possession, ordonna-t-il.

Elle releva brusquement la tête et l'observa, intriguée.

— Pourquoi ?

— Parce que mon métier, c'est d'enquêter sur les gens.

— Ce n'est pas à toi de mener ce combat, répondit-elle, retirant sa main. Je ne te demande pas de m'aider. Je t'ai parlé de cela uniquement parce que tu m'as demandé pourquoi je pleurais. J'ai tendance à pleurer quand je suis en colère.

— Oui, je m'en souviens, murmura-t-il.

Un jour, quelqu'un avait volé le sac à main de Paisley alors qu'ils étaient au cinéma. Elle avait éclaté en sanglots parce qu'elle venait de perdre son rouge à lèvres préféré.

— Mais je t'offre mon concours parce que je t'ai promis de t'aider. Je ne vais pas laisser ton commerce faire faillite. Quand cette femme a commandé sa robe, tu lui as fait signer un contrat, alors elle a engagé sa responsabilité. Si tu le souhaites, tu peux l'attaquer en justice. Une simple menace pourrait l'effrayer suffisamment pour qu'elle règle la facture.

Paisley s'essuya les yeux et se leva.

Elle alla se poster devant la baie vitrée et regarda au loin. Lucas resta sur le canapé et l'observa. Quelque chose lui serra le ventre, quelque chose qu'il ne tenait pas à identifier.

Les sentiments qu'il avait éprouvés pour Paisley autrefois

n'avaient pas complètement disparu. Un lien aussi fort ne pouvait pas se dissoudre, aussi abrupte et choquante qu'ait été leur rupture.

Mais il ne tomberait plus dans le piège de l'amour.

Quoi qu'il en soit, Paisley ne méritait pas ce qui lui arrivait. Il n'allait pas rester passif alors qu'elle risquait de perdre son gagne-pain.

Paisley avait toujours rêvé de posséder une boutique de mariage. Elle avait souvent imaginé leur propre cérémonie quand ils étaient ensemble. À l'époque, il lui achetait des tonnes de magazines de mariage, qu'elle parcourait pendant des heures.

Elle se retourna vers lui.

— Je veux juste qu'elle paie ce qu'elle me doit, déclara-t-elle. Je te donnerai ses coordonnées et le contrat qu'elle a signé à la commande. Menace-la de poursuites judiciaires si nécessaire. Je veux juste récupérer mes trente-cinq mille dollars.

Il eut un sursaut de surprise.

— Pour une robe ? Elle est en or ou quoi ?

Paisley roula les yeux.

— Elle est cousue main et les perles viennent d'Italie. La créatrice est très appréciée par les célébrités, et seule une clientèle haut de gamme peut s'offrir une robe Bella.

— C'est pour ça que tu t'es contentée de quelques morceaux de dentelle ?

— Pour ton information, j'avais envisagé d'acheter une robe Bella, puisque c'est toi qui aurais payé la note. Bella est ma styliste préférée, mais j'ai décidé de te contrarier d'une autre manière.

Lucas se leva et marcha lentement jusqu'à elle. Elle l'observa sans ciller. La façon dont elle le regardait provoqua une décharge de désir en lui.

— En me faisant perdre la tête ? demanda-t-il tandis qu'il effaçait les derniers mètres qui les séparaient.

— Exactement.

Elle releva le menton et sourit.

— Tu ne vas pas prétendre que ça ne t'a pas excité, tout de même ? Je te connais, Lucas. Notre relation est peut-être différente à présent, mais tu restes un homme avec des désirs et des besoins élémentaires.

Il glissa un bras autour de sa taille et l'attira contre lui.

— Il n'y a rien d'élémentaire dans ce que je ressens pour toi, Tart. Tu sais exactement comment me rendre fou de désir, même quand tu n'es pas là.

Elle haussa un sourcil et fixa ses lèvres.

— Tu m'as manqué ce soir, dit-il.

Mince. Il n'avait pas eu l'intention de lui faire cet aveu.

— Tu veux dire que j'aurais dû prévenir de mon retard ? demanda-t-elle. Nous en revenons à ces règles archaïques auxquelles tu tiens tant ?

— Ce n'est pas ce que je voulais dire.

Comme elle ne semblait pas convaincue, il ajouta :

— D'accord, c'est peut-être ce que je voulais dire. Mais est-ce mal de vouloir savoir ce qui arrive à mon épouse ?

Elle frissonna entre ses bras, et il ne sut pas si c'était de colère ou d'excitation.

— Notre mariage est-il de ce genre-là ? demanda-t-elle.

Elle continuait de l'étudier, comme si elle cherchait des réponses sur son visage.

— Nous vérifions les allées et venues l'un de l'autre, nous discutons du dîner, de la liste des courses, de nos emplois du temps ? demanda-t-elle. Parce que ce n'est pas l'impression que j'ai eue.

Il crispa la mâchoire et joua avec les pointes de ses cheveux pendant qu'il cherchait une réponse à lui faire. Chaque fois qu'elle évoquait leur mariage, elle lui donnait l'impression qu'il était un mari des années 1950 transi d'amour. Et, bon sang, elle avait raison.

Excepté qu'il n'était pas transi d'amour. Mais ils avaient en effet besoin de définir des règles et d'établir des limites.

— Nous devrions discuter de ce que chacun de nous attend de l'autre, suggéra-t-il.

Il repoussa ses cheveux derrière son épaule et promena sa main le long de son cou.

— Eh dehors du fait que je sauve ton magasin de la faillite et que je découvre si Sterling est ton père, précisa-t-il.

— Oh ! alors le bébé ne figure plus sur la liste ?

Le ton moqueur de Paisley l'agaça. Il serra les lèvres et soutint son regard.

— Si, il y est toujours. Mais je pense que notre mariage pourrait être plus...

— Simple ?

Il acquiesça d'un signe de tête et serra sa taille. Il lui était impossible d'être aussi proche d'elle et de ne pas la toucher. Il avait envie de défaire chacun des petits boutons nacrés de sa robe, et d'exposer la lingerie sexy qu'elle portait probablement dessous. Paisley adorait la dentelle et le satin.

— Et si je préparais le dîner trois soirs par semaine ? proposa-t-il.

— Tu plaisantes ?

— Non. Je veux te simplifier la vie.

Elle secoua la tête.

— Je suis juste surprise que tu proposes de cuisiner. Et les quatre autres soirs ?

— Nous commanderons des plats à emporter, ou je t'emmènerai dîner où tu veux.

Elle parut méfiante.

— Tu crois que si tu fais tout ça pour moi, j'accepterai d'être la mère de ton enfant ?

Il ne put s'empêcher de rire.

— Non, je n'ai pas pensé que les choses seraient aussi simples.

Bon sang, il avait l'air ridicule à présent ! Mais en la voyant si bouleversée, eh bien... Il avait eu envie de l'aider. Était-ce si difficile à croire ?

— Je ne suis pas obligé d'être ton ennemi, se défendit-il.

Paisley le dévisagea un instant. Puis, contre toute attente, elle noua les bras autour de lui et blottit le visage au creux de son cou.

— Je ne sais pas ce que tu es, mais pour l'instant, j'ai besoin de toi, murmura-t-elle.

Elle releva la tête et plongea le regard dans le sien.

— Il y a peu de gens sur lesquels je peux compter, et je ne sais pas encore ce que tu cherches au juste, mais il faut que je te fasse confiance. Pour l'instant, en tout cas.

Une pointe de culpabilité le saisit, à son grand déplaisir. Il ne voulait certainement pas que Paisley doute de lui, qu'elle ignore jusqu'à quel point elle pouvait lui faire confiance. Sa vengeance n'était pas dirigée contre elle mais contre Sterling. Oui, il se servait d'elle pour atteindre cette ordure, mais il ne voulait pas qu'elle souffre.

Quelle que soit la vérité sur son père, il craignait que Paisley finisse par être blessée. Elle souhaitait connaître l'identité de son géniteur, surtout depuis que sa mère était décédée, mais tenait-elle vraiment à avoir un père aussi manipulateur et malveillant que Sterling ?

— Tu vas me chercher les informations sur ta cliente, et je commande à dîner. Qu'en dis-tu ? suggéra-t-il.

Paisley pencha la tête.

— Je n'arrive pas à croire que tu n'essaies pas de me retirer mes vêtements.

Lucas gloussa et se mit à défaire le premier bouton de sa robe.

— Je n'ai jamais dit que je n'essaierais pas. En fait, je te propose que nous fassions un pique-nique dans le plus simple appareil.

— Il faut bien que je te résiste à un moment ou à un autre, grommela-t-elle.

Lucas passa au bouton suivant.

— Mais pas maintenant, dit-il.

— Non.

Elle prit une grande inspiration, et ses seins se soulevèrent.

— Pas maintenant, conclut-elle.

Il termina de défaire la série de boutons et écarta les pans de la robe. Puis il fit un pas en arrière pour contempler son corps voluptueux. Et il songea sérieusement à oublier la cliente indélicate et le dîner pour se concentrer uniquement sur son épouse.

Elle était là, devant lui, en coordonné de dentelle couleur chair et en escarpins de la même nuance. Elle n'essayait même pas d'être sexy. Elle l'était, tout simplement. Même après une mauvaise journée et une crise de larmes, Paisley demeurait époustouflante de beauté.

Ne cesserait-il donc jamais de la désirer ?

— Si tu continues de me regarder comme ça, nous n'allons jamais dîner, le prévint-elle.

Elle marcha nonchalamment autour de lui puis se dirigea vers le couloir.

— Et il me semble que ce soir, c'est à toi de cuisiner, lança-t-elle.

En effet, Paisley allait vraiment l'achever.

Mais il n'y avait pas de plus belle façon de quitter ce monde.

10

Paisley venait de terminer un entretien avec une mariée qui souhaitait renouveler ses vœux quand son téléphone portable sonna. Elle jeta un coup d'œil sur l'écran et fut surprise de voir le nom de Lucas s'afficher. D'habitude, il se contentait d'un SMS, ou il passait directement à la boutique.

Elle balaya l'écran pour décrocher.

— Sterling est libéré sous caution, annonça Lucas.

Paisley sentit ses genoux chanceler, son cœur s'affoler et la tête lui tourner.

Elle s'assit à son bureau et prit une profonde inspiration.

— Quand est-il sorti ?

— Hier soir, apparemment, avec une caution de plusieurs millions de dollars. J'ai voulu te prévenir dès que j'ai su.

Elle consulta l'horloge ancienne sur son bureau, plus décorative que fonctionnelle. Elle calcula le temps qui lui restait jusqu'à l'heure de fermeture de la boutique, et le temps qu'elle mettrait pour se rendre chez Sterling.

— N'y pense même pas, fit Lucas.

— Tu ne sais pas à quoi je pense, rétorqua-t-elle, serrant son téléphone.

— Tart, je te connais, et je sais que tu t'efforces de trouver un moyen d'aller lui parler sans que je sois au courant.

En fait, elle se moquait que Lucas soit au courant ou non. Pour l'instant, elle ne pensait qu'à une chose : aller parler au plus vite à l'homme qui pourrait être son père.

— Eh bien, pourquoi ne voudrais-je pas y aller ? s'exclama-t-elle. Il connaissait ma mère, manifestement. Et si elle lui avait avoué la vérité à l'époque ? Il est peut-être la seule personne à détenir les réponses à mes questions.

Lucas expira bruyamment, et Paisley put pratiquement le voir se masser les tempes pour garder patience.

Certes, elle avait engagé Lucas afin qu'il mène l'enquête sur l'identité de son père. Mais elle avait le droit d'enquêter de son côté. Sterling ne savait peut-être rien, mais il fallait qu'elle l'interroge. Si elle était face à lui, elle saurait s'il mentait ou non. De plus, c'était un sujet trop important pour en parler par téléphone, et Paisley en avait assez d'attendre.

— Laisse-moi m'occuper de ça, insista Lucas. Je ne cherche pas à te tenir à l'écart. Mais j'ai une méthode, un plan. Je te promets que le moment venu, je te conduirai moi-même chez Sterling.

Paisley avait une furieuse envie de raccrocher, de fermer sa boutique et d'aller directement chez Sterling Perry. Mais au fond d'elle, elle savait que Lucas avait raison. C'était un détective professionnel, et puis, c'était elle qui avait sollicité son aide. Agir en dépit des conseils de Lucas ne serait que contre-productif. Elle était convaincue qu'il veillait à ses intérêts. S'il avait voulu lui cacher des choses, il ne lui aurait pas parlé de la libération de Sterling.

Paisley regrettait simplement que la procédure ne soit pas plus rapide. Elle aurait aimé être fixée une bonne fois pour toutes.

— Je n'irai pas le voir, concéda-t-elle. Mais sache que ça me coûte d'attendre.

— C'est noté, dit-il avec un petit rire. Je rentre tard ce soir, mais je ferai livrer ton menu thaï préféré à 19 heures. Je me suis dit que ça te laisserait assez de temps pour rentrer tranquillement chez nous et te détendre en prenant un verre de vin ou autre.

Eh bien… Difficile d'être fâchée contre Lucas alors qu'il respectait sa promesse et se chargeait des repas tous les soirs de la semaine. Pourquoi fallait-il qu'il fasse toutes ces petites choses qui la séduisaient de plus en plus ?

— Ce n'était pas nécessaire, dit-elle. Mais je ne vais pas refuser mon dîner préféré.

— Je n'ai jamais pensé que tu le refuserais, rétorqua-t-il en riant. Il y a aussi une petite surprise qui t'attend chez nous.

Chez nous.

Ces deux petits mots donnaient l'impression qu'ils menaient une vraie vie de couple. Paisley en aurait presque oublié que leur mariage était temporaire.

— J'adore les surprises. Mais tu n'es pas forcé de faire ça.

— Je le sais, dit-il. Mais ne t'emballe pas, ce n'est pas grand-chose.

Peut-être pas pour lui, mais le fait qu'il ait suffisamment pensé à elle pour lui préparer une surprise la touchait. À l'idée qu'il souhaite lui faire un cadeau, sans raison, son cœur s'emplit de joie. Mais elle ne pouvait pas laisser son esprit s'aventurer sur un terrain sentimental. Elle devait rester rationnelle et garder les pieds sur terre. Même si elle était en train de retomber amoureuse de Lucas, et même si elle souhaitait qu'ils puissent bâtir une relation sérieuse, ils n'étaient mariés que parce que Lucas voulait un enfant et qu'elle avait besoin de lui pour savoir si elle était bien la fille de Sterling Perry.

Ils n'étaient pas les mêmes personnes qu'autrefois. L'amour et la confiance nécessaires pour construire un mariage solide n'étaient pas encore là.

Pas encore là ? Que croyait-elle ? Que Lucas allait retomber follement amoureux d'elle ?

— Il faut que je file, dit-il, brisant le fil de ses pensées. Encore une fois, ne m'attends pas ce soir.

Il mit fin à la communication, et Paisley posa son téléphone. S'adossant à son siège, elle réfléchit aux nouvelles concernant Sterling. Comment réagirait-il quand elle l'interrogerait ? La renierait-il, ou l'accueillerait-il volontiers au sein de sa famille ?

Certes, la question ne se poserait que si elle était réellement sa fille. Elle voulait désespérément avoir le sentiment de faire partie d'une famille. Ce qu'elle n'avouerait jamais à personne, car elle s'efforçait d'être la femme indépendante qu'elle prétendait être. Mais depuis quelques mois, la vie ne cessait de la bousculer, et Paisley se sentait fragilisée. Elle n'avait pas le luxe d'être fière alors que tout ce qu'elle possédait risquait de lui être arraché.

Tout le monde était vulnérable à un moment ou à un autre. Et il fallait bien l'admettre, c'était son cas en ce moment.

Toutefois, elle n'allait pas rester au fond du trou très longtemps. Certes, elle avait perdu sa mère dans des conditions cauchemardesques, elle ne connaissait pas son père, elle avait failli perdre son entreprise, et elle avait épousé un homme qui ne l'aimait pas. Mais elle remonterait la pente. Elle finirait par retrouver l'amour, et elle fonderait une famille, comme elle en avait toujours rêvé. Elle devait simplement patienter avant d'en arriver à ce stade de sa vie.

Avec l'espoir renouvelé que quelque chose de positif se produirait bientôt, Paisley étudia sur son ordinateur les demandes de la cliente qui souhaitait renouveler ses vœux. À travers son travail, elle réalisait les rêves des autres. En attendant de réaliser les siens.

Puisque chaque piste qu'il avait explorée menait à une impasse, Lucas avait décidé de se rendre au nouveau Texas Cattleman's Club. Il avait assisté à la grande soirée d'inauguration plusieurs semaines auparavant mais n'était pas revenu depuis.

Les rénovations étaient presque finies dans la bâtisse d'origine, toutefois certaines parties du club étaient encore en chantier. La salle de bal, le restaurant et plusieurs pièces de l'étage étaient terminés. L'espace extérieur et certains bureaux le seraient bientôt.

Une fois les travaux achevés, tout le monde suivrait la course à la présidence du club. La querelle Perry/Currin n'était pas près de s'éteindre... La rivalité entre les deux familles remontait à plusieurs décennies et se transmettait de génération en génération. Il semblait toujours y avoir un nouveau drame pour raviver le conflit. En comparaison, les Capulet et les Montaigu étaient des enfants de chœur.

Puisque Sterling était sorti de prison, Lucas s'était dit qu'une visite au Texas Cattleman's Club pourrait lui donner des idées. À tout le moins, il espérait glaner quelques potins. Tout ce qu'il pourrait rassembler sur Sterling était potentiellement utile. D'après ce que Lucas avait entendu dire, le propre fils de Sterling n'avait pas pris la peine d'aider son père. Roarke était avocat, pourtant il n'avait pas proposé une seule fois d'assister son père pour sa défense.

Il fallait dire que Roarke n'était pas très proche de son père. Les deux hommes avaient une relation compliquée, et s'étaient disputés plusieurs fois en public. Néanmoins, un fils ne venait-il pas à la rescousse de son père dans une situation aussi dramatique ?

Juste avant que Lucas n'arrive au club, il avait reçu un appel de l'hôpital dans lequel Paisley était née. Une infirmière de nuit de l'époque travaillait toujours dans l'établissement, dans le même service, mais elle n'avait pu répondre à aucune question. Principalement pour des raisons de confidentialité, mais elle avait également assuré n'avoir aucun souvenir de Lynette.

Lucas s'était douté qu'il arriverait dans une nouvelle impasse, mais il ne négligeait aucun indice.

Il devait bien y avoir des traces du père biologique de Paisley quelque part, mais Lucas ne les avait pas encore trouvées. Paisley méritait de savoir si la lettre de sa mère reposait sur du solide ou si Lynette s'était seulement livrée à des suppositions.

Paisley et lui pourraient faire preuve d'audace en montrant la lettre à Sterling et en exigeant un test ADN. Lucas n'était pas certain que Sterling coopérerait aisément. Cet homme traversait déjà une période difficile et ne voudrait sans doute pas ajouter une enfant cachée à la liste de ses préoccupations.

Lucas avait appris que Lynette avait été vue avec de nombreux hommes au fil des ans, toutefois il se garderait bien de révéler cette information à Paisley. Lynette étant barmaid à l'époque de la conception de sa fille, elle avait peut-être fréquenté plusieurs hommes riches et non un seul.

Lucas ne se permettrait pas de juger ce que les gens faisaient de leur temps libre. Il s'efforçait seulement de déterminer qui Lynette avait connu à cette époque. Il avait déjà prévu une nouvelle visite au Buster's Bar, à un moment où le lieu serait moins fréquenté et moins bruyant. S'il n'y était pas encore retourné, c'était pour laisser au barman le temps de se rafraîchir la mémoire. Maintenant que Lucas l'avait questionné, cet homme avait sans nul doute repensé à leur conversation.

L'esprit humain était ainsi. Une fois que le passé était évoqué, les gens avaient tendance à s'y attarder les jours suivants, et d'autres souvenirs surgissaient alors.

Lucas espérait que le barman pourrait lui en dire plus. Il ne laisserait pas tomber ce dossier et finirait par découvrir la vérité… quelle qu'elle soit.

Il s'installa au bar du club et commanda une bière pression. Une brasserie de la région avait conclu un marché avec le Texas Cattleman's Club. Lucas soutenait les entreprises locales… sauf celles de Sterling. Et il espérait vraiment que cet homme ne deviendrait pas le nouveau président du TCC. Sterling était la dernière personne à qui l'on devrait donner plus de pouvoir.

Il y avait encore des affaires de Lynette chez Paisley. Il pourrait passer les chercher tout à l'heure et…

Une main se posa sur son épaule, l'interrompant dans ses pensées.

Il se retourna et fut face à Ethan Barringer, directeur de Perry Construction. Sterling possédait une multitude d'entreprises via le groupe Perry Holdings, et Ethan était l'un de ses principaux bras droits.

— Ça faisait longtemps que je ne t'avais pas vu dans le coin, dit Ethan, prenant place sur le tabouret à côté de Lucas et posant sa bière sur le bar. Trop de travail ?

Lucas hocha la tête et prit le verre que le barman lui apporta.

— Je passais par là, alors j'ai voulu voir où en étaient les travaux. Ça prend forme.

Ethan acquiesça d'un signe de tête.

— Ce vieux bâtiment avait bien besoin d'un coup de jeune, et nous sommes en train de voir le bout du tunnel.

— J'ai entendu dire que Sterling était sorti.

Ethan avala une longue gorgée de bière. Lucas l'observa, guettant sa réaction. Il appréciait Ethan. Ce n'était pas la faute de ce dernier si son employeur était une ordure.

— Oui. Liberté surveillée, répondit Ethan. Il est bien décidé à découvrir qui lui a mis ce meurtre sur le dos. Une rumeur court en ce moment : Roarke pourrait être le fils illégitime de Ryder. Sterling traverse une très mauvaise passe, et je ne sais pas quand les choses s'arrangeront pour lui.

Lucas était heureux d'avoir avalé sa gorgée de bière avant qu'Ethan ne lâche ce scoop, sinon il aurait pu la recracher.

La vie de Sterling était vraiment pleine de rebondissements ! Son propre fils n'était pas vraiment son fils ? Et il avait peut-être une fille illégitime ?

Décidément, Sterling était un feuilleton à lui tout seul.

Et dire que certains voulaient le voir président du club le plus élitiste du Texas...

— Ça expliquerait certainement beaucoup de choses si la rumeur était vraie, marmonna Lucas.

— Quelle histoire ! commenta Ethan en secouant la tête. J'ai l'impression que ces dernières semaines ont été des montagnes russes et que les surprises se sont enchaînées. Pour nous tous.

Lucas opina. Houston avait eu sa part de drames ces derniers temps, c'était indéniable, et il semblait que personne n'ait été épargné.

— C'est une alliance ? demanda Ethan, désignant la main de Lucas.

— Oui. Je me suis marié il y a un peu plus d'une semaine. Avec Paisley Morgan.

Ethan arbora un grand sourire.

— Félicitations, Lucas. Laisse-moi t'offrir une autre bière.

Le mariage est une chose merveilleuse quand on trouve la bonne personne. Je ne pourrais pas imaginer ma vie sans Aria.

Ethan et Aria avaient été amis avant de devenir amants, et tous deux avaient une grande influence au sein du Texas Cattleman's Club.

Bien qu'il soit ravi pour l'heureux couple, Lucas n'était guère enclin à parler amour et mariage avec Ethan... ou avec quiconque. Son mariage de convenance fonctionnait bien. Paisley et lui n'étaient peut-être pas amoureux, mais ils avaient un passé commun et se connaissaient mieux que la plupart des couples mariés. Certes, ils avaient changé, mais ils partageaient toujours un lien que le temps et la peine n'avaient pas pu détruire.

— Tu es un homme chanceux, commenta Lucas pour être sûr que la conversation reste centrée sur Ethan. Peu de gens trouvent leur âme sœur.

— Je dirais que nous sommes tous les deux chanceux. Avec tous les drames qui sont arrivés ces derniers temps, nous avons besoin de nous accrocher à du positif.

Lucas ne pouvait qu'en convenir. Seulement, le « positif » auquel il s'accrochait était la perspective d'obtenir justice pour tous les gens que Sterling avait escroqués et trahis.

Paisley faisait partie de ces gens, alors, en un sens, il œuvrait aussi pour elle. Il ne cessait de se le répéter, pour ne pas s'attarder sur sa culpabilité, et pour oublier qu'il se servait d'elle pour atteindre Sterling.

Il avala le reste de sa bière, soudain impatient de rentrer chez lui pour retrouver sa femme. Cette nouvelle rumeur concernant Roarke pourrait s'avérer extrêmement utile, mais Lucas n'était toujours pas prêt à aller interroger Sterling. Il voulait d'abord être certain que Lynette et lui s'étaient fréquentés avant la naissance de Paisley. Si tel était le cas, la liaison supposée de la femme de Sterling avec Ryder Currin avait peut-être été motivée par la vengeance. C'était une nouvelle piste à creuser.

Lucas ne pouvait imaginer être marié à une femme et en désirer une autre. La fidélité était primordiale à ses yeux.

À cette pensée, il fut encore plus pressé de retourner chez lui. Le fait que quelqu'un l'attende était nouveau pour lui, et il savait qu'il ne fallait pas trop s'y habituer… mais ça ne l'empêchait pas d'apprécier sa vie telle qu'elle était actuellement.

Paisley ne cessait de lui seriner que ce mariage était temporaire, mais il la connaissait, et il savait que c'était un mécanisme de défense. Elle avait peur, mais ce qu'elle ignorait, c'était que lui aussi avait peur. Le fait qu'elle soit de retour dans sa vie, dans son lit, le terrifiait.

Car, si elle le quittait de nouveau, il n'était pas certain que son cœur s'en remettrait, cette fois.

11

— Si nous faisions une escapade ?

Angela Perry s'accrocha au cou de Ryder Currin et glissa les mains dans ses cheveux. Certes, sa famille était en pleine tourmente et cela la préoccupait. Mais Ryder et elle avaient besoin d'une parenthèse, pour pouvoir se retrouver et être simplement eux-mêmes.

Elle était de plus en plus amoureuse, et il fallait que Ryder comprenne que pour elle, leur histoire était sérieuse. Pourraient-ils avoir un avenir ensemble, bien qu'il soit bien plus âgé qu'elle et que leurs familles respectives soient rivales depuis des décennies ?

En ce qui la concernait, cette rivalité n'avait pas d'importance. Mais son père n'était pas de cet avis. Quoi qu'il en soit, Angela ne pouvait pas vivre sa vie selon les souhaits de son père.

Sterling avait été remis en liberté surveillée la veille au soir, et Angela craignait qu'ils ne se disputent de nouveau à propos de sa liaison avec Ryder. Elle ne lui avait pas encore rendu visite. Elle était persuadée de l'innocence de son père, mais elle tenait à ce qu'il comprenne qu'il n'avait pas son mot à dire sur le compagnon qu'elle choisirait.

— Rien que nous deux, ajouta-t-elle.

Ryder glissa un bras autour de sa taille et l'attira contre lui.

— Nous pourrions nous réfugier dans un chalet confortable à la montagne, suggéra-t-elle. Ou, si tu préfères me voir dans un bikini microscopique, nous pourrions aller sur une plage paradisiaque.

Ryder prit une profonde inspiration, et Angela sut qu'il allait trouver une excuse pour refuser sa proposition. Elle n'avait pas envie d'entendre toutes les raisons pour lesquelles une escapade serait une mauvaise idée. Selon elle, ils devraient prendre du bon temps, et faire passer leur relation avant tout le reste. Mais elle refusait de se disputer avec lui alors qu'ils n'avaient que quelques moments volés ensemble.

— Ça ne fait rien, reprit-elle. Je sais que tu es très occupé en ce moment et...

— Ce n'est pas que je ne veuille pas partir, l'interrompit Ryder. J'adorerais vraiment m'enfuir avec toi quelques jours et oublier tous nos problèmes.

— Alors partons ! insista-t-elle. Juste quelques jours. Je peux t'assurer que tous nos problèmes seront toujours là à notre retour, alors autant les ignorer pour quelque temps.

Ryder écarta les mèches de cheveux qui lui barraient le visage et caressa sa joue. Le vent se renforça, les enveloppant dans sa fraîcheur nocturne et estivale. Que ne donnerait-elle pas pour être ailleurs avec lui plutôt qu'à Houston. Pour oublier l'escroquerie financière organisée par son père, laquelle semblait avoir touché tous les gens qu'elle connaissait. Et pour oublier le meurtre dont il était accusé.

Quand Sterling créait des problèmes, c'était un véritable désastre. Toutefois, elle ne le pensait pas capable de tuer un homme. Il était peut-être égocentrique et avide de pouvoir, mais ce n'était pas un assassin. Cependant, un nuage noir planait au-dessus de lui, et elle redoutait que les répercussions du drame ne l'éclaboussent elle aussi.

Et puis, il y avait le conflit entre son père et son amant...

Angela ferma les yeux et se blottit contre Ryder. Elle respira son parfum familier et tâcha de se calmer.

Auraient-ils jamais un peu de paix ? Pourraient-ils être heureux, ou y aurait-il toujours quelque chose, quelqu'un, pour se mettre en travers de leur route ?

— Je t'emmènerai où tu veux.

Elle eut un sursaut de surprise et se redressa.

— C'est vrai ?

Ryder lui donna un baiser sur les lèvres puis répondit :

— Oui, tu le mérites. Non, *nous* le méritons. Choisis la destination, et je ferai préparer mon jet.

Ryder Currin était un bourreau de travail, mais elle savait qu'il ferait n'importe quoi pour elle. Cela prouvait que leur lien était très fort. Elle s'estimait chanceuse que Ryder veuille poursuivre leur liaison, étant donné les conflits entre leurs deux familles. Elle ne laisserait personne s'interposer entre eux, pas même son père. Ryder et elle pourraient vaincre tous les obstacles, elle en était persuadée.

— Ou mieux, rectifia-t-il, je choisis une destination surprise. Laisse-moi quelques jours pour tout organiser, et ensuite, je t'emmène en voyage.

Angela n'avait pas de mots pour décrire l'excitation qui montait en elle. Ils allaient enfin s'échapper et oublier leurs soucis ! L'idée de cette escapade avec Ryder la ravissait, et elle était impatiente de découvrir la destination qu'il choisirait pour eux.

Son père lui serinait que Ryder était trop vieux pour elle, mais Angela se moquait de leur différence d'âge. Elle attendait d'un homme qu'il la traite comme une reine et lui donne la priorité. Ce que Ryder faisait précisément. Il était romantique, aimant, généreux... Il était exactement ce dont Angela avait besoin en ce moment. Et à l'avenir.

Cela dit, maintenant que son père était sorti de prison, elle craignait qu'il ne redouble d'efforts pour les séparer. Même s'il était en résidence surveillée, Sterling Perry avait le bras long. Quand il exigeait quelque chose, il l'obtenait avec promptitude et efficacité.

Angela se pelotonna contre Ryder et imagina déjà leur escapade romantique. Elle ne laisserait rien ni personne entraver leur bonheur.

Ce salaud est en liberté sous caution. Comment cela a-t-il pu arriver ?

Ah, c'est vrai. L'argent. Moi, je n'en ai jamais eu suffisamment pour faire oublier mes péchés et obliger les gens à obéir au moindre de mes ordres.

Sterling doit porter le chapeau pour le meurtre. Je refuse de finir en prison pour une chose que j'ai faite uniquement dans le but de me protéger.

Sterling n'a peut-être pas commis les crimes pour lesquels il a été incarcéré ; mais il en a commis des tas d'autres, c'est certain. C'est une vraie ordure, presque tout le monde le reconnaît.

Je ne me ferai pas prendre. J'ai un plan, et personne ne se mettra en travers de ma route. Ni la police, ni Sterling.

Je trace mon propre chemin dans la vie, et bientôt les gens me connaîtront et me respecteront.

Paisley venait d'enfiler sa nuisette de satin quand elle entendit la sonnerie de l'ascenseur retentir. Étonnée, elle jeta un coup d'œil à l'horloge. Lucas l'avait prévenue qu'il serait en retard et qu'elle ne devait pas l'attendre, mais il n'était que 20 heures.

Elle alla dans le salon au moment où l'ascenseur s'ouvrait. Lucas croisa son regard, et aussitôt elle fut envahie par le sentiment enivrant et excitant qu'elle éprouvait toujours quand elle le voyait. La jeune fille amoureuse de Lucas était toujours là, en elle, et espérait que ce mariage insensé mènerait à une véritable relation.

Mais la femme qui avait épousé Lucas était un peu plus réaliste. Elle appréciait la vie à deux et les nuits de passion, mais elle savait aussi que cet arrangement n'était que temporaire.

— Merci pour ma surprise, dit-elle.

Elle désigna la table basse sur laquelle trônait une énorme coupe de *Sweetarts*, ses bonbons préférés, qui avaient inspiré son surnom.

— Le dîner thaï était succulent et les sucreries aussi. J'ai même eu le temps de prendre un verre de vin et de me plonger dans un bon livre. J'ai vraiment passé une excellente soirée.

Tout en avançant vers elle, il retroussa ses manches puis défit les deux premiers boutons de sa chemise.

— Ce que tu es en train de dire, c'est que tu n'avais pas besoin de moi ? plaisanta-t-il, le sourire malicieux.

— J'ai besoin de toi pour d'autres choses, répliqua-t-elle en contemplant son corps musclé. Je croyais que tu serais en retard.

Lucas ôta son Stetson noir et passa la main dans ses cheveux. Quand ils étaient décoiffés de cette façon, elle trouvait cela très sexy.

— Je suis allé au club en espérant entendre des potins sur la libération de Sterling, expliqua-t-il. Ethan Barringer était là, et j'ai appris des choses qui pourraient affecter notre plan.

Paisley lui saisit le bras et plongea les yeux dans les siens.

— Quelles choses ?

— Tout d'abord, tu sais que Sterling est sorti de prison. Mais il est en résidence surveillée. À l'évidence, il ne va pas s'enfuir, mais ça n'empêchera pas ses acolytes d'aller le voir chez lui.

— D'accord. Quoi d'autre ?

— Une nouvelle rumeur court. Roarke ne serait pas le fils de Sterling.

— Quoi ? s'exclama-t-elle.

— Je ne sais pas si c'est vrai, mais si oui, ça expliquerait pourquoi Roarke n'était pas aux côtés de son père pour le soutenir, et pourquoi il n'a rien fait pour l'aider.

— Tu penses que Roarke sait que Sterling n'est pas son père ? demanda-t-elle.

— Je ne sais encore rien avec certitude, mais je voulais te tenir informée. Nous devons décider de ce que nous allons faire. Il faut vraiment que je trouve un élément qui prouverait que Sterling et ta mère se fréquentaient avant ta naissance. Roarke et toi avez à peu près le même âge, alors il y a peut-être une histoire derrière tout ça, à côté de laquelle nous sommes passés.

Paisley acquiesça d'un signe de tête. Cependant, elle n'avait aucune idée de la manière de procéder pour découvrir la vérité. Encore une fois, seul Sterling détenait les réponses à leurs questions, car les autres protagonistes – la mère de Paisley et l'épouse de Sterling – n'étaient malheureusement plus de ce monde.

— Tu crois que Sterling a trompé sa femme parce qu'elle l'avait trompé, ou l'inverse ? demanda-t-elle.

Bonté divine. Tout le monde était-il infidèle dans cette histoire ? Roarke et elle étaient-ils tous deux des enfants illégitimes ? Des fruits de la luxure et de la vengeance ?

— Je l'ignore, répondit Lucas. Mais ça vaut la peine de se pencher sur la question.

Il glissa la main au creux de son dos et l'attira tout contre lui.

— Je comptais retourner au bureau pour travailler, mais en sortant du club, j'ai juste eu envie de rentrer chez nous.

Paisley n'aurait pas dû se laisser troubler par ses mots séducteurs, mais c'était plus fort qu'elle. Lucas se frayait un chemin vers son cœur et s'en rapprochait chaque jour un peu plus. Elle n'était même pas sûre qu'il essayait délibérément de la charmer. Il était naturellement séduisant, voilà tout.

Comment ne pas tomber amoureuse de l'homme qu'il était devenu ? Il était brillant, puissant, protecteur... Il avait tout pour lui plaire. Et leur histoire passée ne faisait que renforcer ses sentiments pour lui.

— Je suis contente que tu sois rentré plus tôt, avoua-t-elle. Ça ne me disait rien d'aller me coucher sans toi.

Il la parcourut du regard, puis saisit les bretelles de sa nuisette.

— C'est un peu tôt pour dormir, tu ne trouves pas ? murmura-t-il, le regard brûlant de désir.

Paisley frissonna quand le satin glissa sur la courbe de ses seins et effleura ses tétons sensibles. Elle prit une grande inspiration, savourant l'excitation qui montait en elle.

— Je ne suis pas fatiguée. Tu avais quelque chose en tête ?

— Eh bien, j'ai très envie de t'arracher cette nuisette, mais j'aime aussi l'idée d'un strip-tease.

— Ce n'est pas un strip-tease si c'est toi qui me déshabilles, fit-elle valoir.

Sur quoi, elle recula d'un pas. Sans quitter Lucas des yeux, elle glissa les pouces sous le tissu de satin et, lentement, méthodiquement, fit glisser la nuisette jusqu'à ses pieds. La caresse de l'étoffe sur son corps exacerba ses sens déjà en alerte. Elle était impatiente que Lucas pose les mains sur elle.

Ils avaient fait l'amour chaque jour sans exception depuis leur mariage, et le désir qu'elle éprouvait pour lui continuait de croître. Les rapports physiques étaient faciles à gérer. C'étaient les émotions qu'elle redoutait, car elles pouvaient la retenir en otage dans ce mariage.

Paisley était maintenant totalement nue. Une fois de plus, Lucas la détailla de pied en cap, le regard avide. Difficile de savoir qui menait le jeu à présent. Elle l'avait peut-être ensorcelé avec son strip-tease, mais un seul regard assombri de Lucas suffisait pour qu'elle se consume de désir.

— Est-ce qu'il t'arrive de porter quelque chose sous tes vêtements ? demanda-t-il, avançant vers elle. Non pas que je m'en plaigne.

— Tu insinues que je manque d'élégance ? Pour ton information, j'adore porter des bodys sous mes robes. Ils sont confortables et lissent toutes mes courbes, ce qui m'arrange bien puisque j'adore les bonbons, comme tu le sais.

Il gloussa et encercla sa taille.

— Tes courbes sont sexy, et tes bodys sont sexy, même si je viens de comprendre que tu ne les portes pas pour me séduire.

— Tu te charges du dîner chaque soir, tu me surprends en m'offrant mes bonbons préférés, tu dis que mes kilos en trop sont sexy... Fais attention, Lucas. Si tu continues comme ça, je n'aurai plus envie de mettre fin à ce mariage.

Une lueur passa dans son regard, qu'elle n'arriva pas à identifier. Lucas souhaitait-il vraiment que leur mariage dure ?

Et si elle décidait de rester ? Et s'ils avaient des enfants, comme ils en rêvaient autrefois ? Elle aurait aimé savoir ce que Lucas en pensait. Imaginait-il un avenir pour eux deux ?

Leurs vies respectives avaient changé radicalement, mais peut-être pas leurs objectifs d'autrefois. Peut-être que le jeune couple qu'ils avaient formé était plus intelligent qu'ils ne voulaient le reconnaître aujourd'hui. Ce couple avait été heureux… jusqu'à ce que Paisley rompe.

— Nous pouvons peut-être trouver un arrangement qui nous convienne à tous les deux, avança-t-il.

Sans lui laisser le temps de répondre, il posa les lèvres sur les siennes. Il explora sa bouche lentement, délicatement, comme si c'était leur tout premier baiser. Paisley était déroutée. On aurait dit que Lucas la redécouvrait. Que lui arrivait-il ?

Il la surprit encore lorsqu'il détacha ses lèvres des siennes et la prit dans ses bras. En souriant, elle noua les bras autour de son cou et enfonça les doigts dans ses cheveux.

Elle crut qu'il la poserait sur la surface la plus proche, comme d'habitude, mais il prit la direction de la suite principale.

Lucas était particulièrement romantique ce soir, et elle avait de plus en plus de mal à imaginer son avenir sans lui…

Avec douceur, il la fit s'étendre sur le lit, puis commença à se déshabiller. Il ne la quitta pas des yeux tandis qu'il exposait lentement son corps splendide.

Ses muscles sculptés et son sourire séducteur provoquèrent une nouvelle vague d'excitation en elle. Mais Paisley savait que son attirance pour lui allait au-delà du désir, et que l'amour était de nouveau de la partie.

Cela, elle ne comptait pas l'avouer à Lucas. Ils avaient mieux à faire pour l'instant que de parler de ses émotions… et elle doutait qu'il éprouve les mêmes sentiments pour elle.

Il s'agenouilla devant elle, et elle s'appuya sur ses coudes, curieuse de savoir ce qu'il allait faire. Il prit l'un de ses pieds dans sa main et se mit à le masser. Ce n'était pas ce à quoi elle s'attendait, mais elle n'allait certainement pas s'en plaindre.

Il passa le pouce sous sa voûte plantaire et Paisley faillit gémir. Ce massage était divin, et Lucas avait des mains expertes.

Il passa à son autre pied, lui accordant tout autant d'attention. Paisley n'en revenait pas d'être dans cette position. Elle ne parlait pas seulement de cet instant mais aussi de leur union. Elle en était à espérer que leur mariage temporaire se poursuive, pour savoir s'ils pouvaient construire quelque chose de solide sur ces fondations bancales.

Lucas remonta les mains sur ses mollets et continua son massage sensuel. Puis il déposa un doux baiser au creux de ses genoux.

Tandis que ses mains effleuraient ses cuisses, il croisa son regard et lui offrit un de ces sourires séducteurs et chargés de promesses.

Lucas la rendait folle de désir, et elle n'en pouvait plus d'attendre.

— Tu es terriblement lent ce soir, se plaignit-elle.

Il déplaça ses mains vers le haut, plus près du point le plus sensible de son corps. Il la mettait au supplice, et il aimait ça, s'avisa-t-elle.

— Est-ce que je t'ai déjà déçue ? demanda-t-il, glissant un doigt en elle.

Elle hissa les hanches et serra la couette des deux mains. En guise de réponse, elle ne put que gémir. Lucas pensait-il vraiment qu'elle était en état de parler ?

— C'est bien ce que je pensais, murmura-t-il.

Paisley crut l'entendre marmonner qu'il avait besoin d'elle, mais elle était trop troublée pour en être sûre.

Lucas saisit ses hanches et lui donna du plaisir comme il ne l'avait jamais fait auparavant. Paisley le regarda faire, rejetant la tête en arrière et fermant les yeux de temps en temps pour mieux se concentrer sur les sensations.

Elle atteignit l'orgasme en très peu de temps, tandis que Lucas continuait de lui faire l'amour d'une manière qui augmentait encore leur niveau d'intimité.

Enfin, les frissons cessèrent. Paisley avait l'impression qu'elle ne pourrait plus jamais bouger.

Lucas remonta vers elle, déposant des baisers sur son ventre et suçotant les pointes de ses seins.

— Désolé, dit-il entre deux baisers. Je comptais terminer mon massage corporel mais je me suis laissé déconcentrer.

Paisley s'allongea sur le lit et posa un bras contre ses yeux.

— Je n'ai jamais eu de massages de ce genre.

Il finit par s'étendre sur elle, et elle sentit le matelas se creuser sous leur poids. Lucas plaça les mains de chaque côté de sa tête et lui sourit.

— Je suis le seul à pouvoir te faire des massages, dit-il. Ton corps m'appartient.

Paisley glissa les doigts dans sa toison bouclée. Sans crier gare, elle le repoussa pour se dégager de son étreinte. Puis elle grimpa sur lui.

Il la dévisagea, l'air surpris.

— Je crois que c'est à mon tour de masser une partie de ton corps, expliqua-t-elle. Vois cela comme un témoignage de ma gratitude pour le dîner, les bonbons et pour l'enquête sur mon père.

Lucas serra son fessier et la plaça au-dessus de lui. Exactement là où elle voulait être. À la seconde où elle l'accueillit en elle, un flot d'émotions déferla sur elle.

— Fais ce que tu as à faire, Tart.

Il sourit et se mit à onduler en rythme avec elle.

— J'adore les récompenses, ajouta-t-il.

Paisley lui montra à quel point elle était reconnaissante… tout en se rappelant qu'elle ne devait pas retomber amoureuse de lui.

Hélas, c'était déjà fait.

12

— Et si vous souhaitez détacher le voile du serre-tête pendant la réception, c'est tout à fait possible.

Paisley montra à la future mariée comment procéder, ce qui lui valut des murmures admiratifs de la part de la mère et de la meilleure amie de la cliente, assises près de la scène aux miroirs incurvés.

— Il faut que tu le prennes ! s'exclama l'amie de la mariée. Tu ressembles à une reine !

C'était vrai. Paisley était aux petits soins pour toutes ses clientes, et elle adorait voir le mariage de leurs rêves prendre forme sous ses yeux. Elle aurait dû être amère d'avoir été privée de son grand jour, mais c'était elle, la fautive. Elle aurait pu refuser ce mariage précipité à Las Vegas. Et imposer un autre choix.

Mais après toutes ces années, une part d'elle était encore sous le charme de Lucas. Elle n'avait pas voulu rompre avec lui, en réalité. Si le père de Lucas n'avait pas influencé la jeune fille naïve qu'elle était à l'époque, il ne faisait aucun doute pour elle que Lucas et elle se seraient mariés… par amour.

Peut-être même qu'ils auraient déjà des enfants, en âge de gambader, voire d'aller à l'école.

Bien qu'ils aient été séparés durant douze ans, elle devait admettre que ce mariage avec Lucas fonctionnait bien mieux qu'elle ne l'aurait jamais imaginé. Elle ne se sentait pas utilisée et n'avait pas l'impression d'être un fardeau pour lui. En fait, elle aurait juré qu'il avait des sentiments pour elle, mais ce n'était pas un sujet qu'elle pourrait aborder aisément.

Pas alors que le dossier Sterling planait au-dessus de leur tête et que Lucas avait clairement dit qu'il souhaitait un bébé.

Au départ, elle avait trouvé cette idée ridicule, mais maintenant... Si elle pouvait régler tous ses problèmes et que leur mariage s'avérait solide, Paisley saisirait la chance de fonder une famille avec Lucas.

— Je veux le voile et la robe, déclara la future mariée, ramenant Paisley au moment présent. Ils s'accordent parfaitement avec mon style et avec le lieu de la réception. Maintenant, je voudrais voir les accessoires et les chaussures.

Paisley sourit à sa cliente à travers le miroir.

— Je peux vous apporter quelques-unes de mes plus belles pièces, et vous me direz ce qui vous plaît. Quelle est votre pointure ?

— Trente-neuf.

Au moment où Paisley entrait dans la pièce où elle rangeait les accessoires, elle entendit le carillon de la porte d'entrée retentir. Elle jeta un coup d'œil dans l'espace de vente et fut surprise de voir son mari.

Elle sentit son cœur tressauter. Lucas était si séduisant que cela devrait être illégal. Hier soir, après avoir fait l'amour, ils s'étaient blottis dans les bras l'un de l'autre. C'était la première fois qu'une telle chose se produisait depuis leur mariage. Avant cela, ils avaient partagé des ébats rapides, frénétiques, mais aucun moment de tendresse. La nuit dernière était différente, et avait ramené Paisley à une époque où rien n'existait pour eux hormis leur couple. Une époque où elle avait été certaine de passer sa vie avec Lucas Ford.

Elle aurait aimé croire que c'était encore possible, néanmoins, elle devait protéger son cœur jusqu'à ce qu'elle connaisse l'identité de son père. Elle n'avait aucune envie de songer à une famille future tant que sa famille passée n'avait pas livré tous ses secrets.

Dès que Lucas la repéra, il traversa la boutique pour la rejoindre et déposa un délicieux baiser sur ses lèvres.

— Qu'est-ce que tu fais ici ? demanda-t-elle, tentant de rassembler ses esprits.

— J'avais envie de t'emmener dîner dehors. Et puisque tu fermes bientôt, j'ai décidé de venir un peu en avance.

Elle regarda par-dessus son épaule et remarqua que les trois femmes les observaient en souriant. Sans nul doute, elles avaient vu leur baiser.

— Je vais peut-être tarder un peu, chuchota-t-elle. Je dois aider la future mariée à choisir le reste de sa tenue.

Lucas jeta un regard circulaire dans la boutique.

— Pas de problème. Je peux m'asseoir ici et t'attendre. Prends ton temps.

Elle était ravie qu'il l'emmène dîner, mais le fait qu'il soit là alors qu'elle travaillait la perturbait un peu. Mais puisque Lucas semblait décidé à rester, elle devrait s'accommoder de sa présence.

Elle choisit plusieurs paires de boucles d'oreilles, des bracelets et des colliers et les apporta à la cliente.

— Est-ce votre mari ? demanda la mère de la mariée.

— Oui.

Paisley posa le plateau de velours noir sur le bureau. Elle avait des bijoux favoris, mais elle ne dévoilait jamais ses préférences avant que la future mariée n'émette une opinion.

— Vous êtes une femme très chanceuse, répondit la mère.

Paisley sourit.

— Merci.

— De jeunes mariés ?

— Cela fait deux semaines.

— Oh ! félicitations ! s'exclama la future mariée. J'avais déjà remarqué vos bagues, elles sont superbes. Et je parie que votre mariage était fabuleux.

Paisley eut envie de s'esclaffer, mais elle se contenta de hocher la tête et de sourire.

— C'était assez mémorable, en effet.

Après trente minutes de discussion, la cliente avait choisi sa robe, son voile, ses chaussures et ses accessoires. Une fois qu'elles furent parties, Paisley retourna la pancarte côté « Fermé » et verrouilla la porte d'entrée.

— Tu es remarquable, commenta Lucas.

Elle se retourna vers lui et pencha la tête sur le côté.

— Je te demande pardon ?

Lucas aurait dû avoir l'air ridicule, assis sur cette chaise blanche et entouré de robes de mariée. Mais il était… parfait. Bon sang. Il était toujours parfait ! Elle-même avait sans doute une mine terrible, puisque Lucas l'avait gardée éveillée une bonne partie de la nuit et qu'elle venait d'enchaîner dix heures de travail.

— Avec ta cliente, précisa-t-il. Il était clair qu'elle était nerveuse et qu'elle n'écoutait pas les conseils de sa mère, et tu as réussi à trouver un compromis qui les a satisfaites toutes les deux.

Paisley se dirigea vers l'espace d'essayage pour reprendre les robes non retenues, suivie de Lucas.

— Crois-le ou non, cela constitue une grande partie de mon travail. Les mamans voient toujours leurs filles comme des enfants qui jouent à se déguiser, alors elles ont leur propre idée de ce à quoi la robe devrait ressembler. Mais la mariée rêve de ce moment depuis toute sa vie, et elle a aussi sa propre idée.

Paisley écarta les lourds rideaux et entra dans l'espace d'essayage. Il n'y avait que trois robes à remettre en place. Toutes étaient les préférées de la mère, malheureusement pour cette dernière.

— Tu évoquais ce genre de rêves avec ta mère ? demanda-t-il.

Sa question provoqua un flot d'émotions en elle, et ses mains se figèrent sur la fermeture Éclair d'une housse de protection. Elle prit une grande inspiration avant de répondre :

— J'ai toujours rêvé de mon mariage. Ma mère aurait accepté tout ce que je voulais. Elle désirait seulement que je sois heureuse.

Si sa mère la voyait aujourd'hui…

— Elle serait fière de toi, assura-t-il. Elle t'admirerait de faire tous ces efforts pour découvrir la vérité sur ton père.

— Si elle m'avait révélé son identité il y a des années, je ne serais pas dans cette position.

Elle se rendit compte de sa bévue dès qu'elle eut prononcé les mots.

Elle se retourna vivement.

— Je ne voulais pas dire ça, s'empressa-t-elle de tempérer.

Lucas haussa les épaules.

— Tu l'as fait, mais ce n'est pas grave.

— Oui, je l'ai fait.

Inutile de mentir.

— Mais je te suis reconnaissante pour tout ce que tu as fait jusqu'ici. Je sais que tu finiras par découvrir la vérité.

— J'apprécie ta foi en moi.

Il observa les robes.

— Valent-elles plus de trente mille dollars ?

— Non ! Celles-ci sont toutes en dessous de dix mille dollars

— C'est tout de même un prix exorbitant pour une robe, marmonna-t-il.

Elle termina de fermer la housse protectrice de la dernière robe.

— Tu parles vraiment comme un homme.

Un homme qui pourrait lui acheter toutes les tenues de la boutique sans que son compte en banque en pâtisse.

— J'aime celle-ci, dit-il, montrant une robe sirène dont la taille était ornée de perles.

Paisley passa la main sur la robe en question.

— C'était ma préférée parmi celles qu'elle a essayées, mais je ne peux pas donner mon avis aux clientes. Je ne peux que les guider.

— Tu aurais peut-être dû la porter toi-même.

Elle lui lança un regard noir.

— Est-ce que tu vas continuellement me reparler de ma tenue de mariage ?

Il eut un petit rire et fit un pas vers elle.

— Non, rassure-toi. Mais quand nous renouvellerons nos vœux, tu pourras porter celle-là.

Paisley faillit s'étrangler.

— Renouveler nos vœux ? Tu as perdu la tête ?

Il fourra les mains dans ses poches et afficha un sourire séducteur.

— Nous pourrions le faire pour notre première année de mariage. Tu trouves que c'est trop rapide ?

— Nous n'allons pas renouveler nos vœux. Ni dans un an, ni plus tard.

Seraient-ils même encore mari et femme dans un an ? Elle ne savait pas si sa raison pourrait tenir si longtemps. Sans parler de son cœur... Oui, elle était en train de retomber amoureuse de Lucas, mais cela ne signifiait pas qu'il éprouvait les mêmes sentiments. Elle avait beau vouloir que leur arrangement se transforme en un véritable mariage, elle ne pourrait pas rester son épouse s'il ne l'aimait pas.

Elle avait des valeurs traditionnelles, bien qu'elle aborde les choses de manière non traditionnelle.

— Tu n'as pas envie de porter la robe de tes rêves ? demanda-t-il, approchant encore.

— Qui te dit que je n'aurai pas cette chance ? Si ce mariage prend fin, je compte bien trouver l'amour.

Une émotion qui ressemblait à de la tristesse passa dans le regard de Lucas. Mais elle fut vite remplacée par une lueur de désir.

— Tu n'arrêtes pas de répéter que notre mariage a une date d'expiration.

Il replaça quelques mèches de cheveux derrière ses oreilles puis posa la main sur sa joue.

— Je commence à penser que tu n'apprécies pas ma compagnie, ajouta-t-il.

Au contraire, elle l'appréciait beaucoup trop. Et chaque jour qui passait ne faisait que lui rappeler la relation qu'ils avaient eue autrefois, et ce qu'elle aurait pu devenir si le père de Lucas n'avait pas poussé Paisley à rompre.

Mais elle ne pouvait s'en prendre qu'à elle-même. Elle aurait dû se défendre, se battre pour la vie dont Lucas et elle avaient rêvé.

C'était peut-être sa pénitence : être piégée dans un mariage sans amour, contracté par obligation pour elle, et par désir de vengeance pour lui. Elle supposait que Lucas se vengeait de la façon brutale dont elle l'avait quitté.

Elle repoussa sa main.

— La nuit dernière a changé la donne, confia-t-elle. Je ne sais plus vraiment ce que tu cherches, mais il faut que tu saches que quand tu fais des choses pour moi, cela me rappelle notre relation passée. Cela ravive les souvenirs des rêves que nous partagions, quand nous croyions encore que rien ne pourrait jamais nous séparer.

Lucas garda le silence. Elle n'avait aucune idée de ce qu'il pensait. Elle décida de continuer sur sa lancée.

— Quand je t'ai laissé cette lettre de rupture…

Elle réprima les émotions qui lui serraient la gorge.

— Eh bien, je…

— Ça ne sert à rien de ressasser le passé, l'interrompit-il, glissant les mains dans ses poches et remettant de la distance entre eux.

— Notre passé est la troisième personne dans notre mariage, et je crois au contraire que nous avons besoin de revenir dessus.

Il fallait que Lucas sache ce qu'elle ressentait.

— Il y a une rancœur et une colère en toi qu'il n'y avait pas auparavant, reprit-elle. Je sais que c'est ma faute. Je sais que j'aurais dû gérer les choses différemment. Mais il faut que tu comprennes que…

— Que tu m'as donné une maudite lettre ? s'emporta-t-il. Un bout de papier, Paisley !

Il ne l'appelait jamais par son prénom, sauf quand il était bouleversé. Reparler de leur passé la bouleversait aussi, mais tant qu'ils n'auraient pas mis les choses à plat, elle ignorait comment elle pourrait continuer à avancer. Cela devenait trop difficile – il y avait trop d'émotions, trop de souvenirs.

Son esprit lui hurlait de garder ses distances, de ne pas laisser ce mariage temporaire devenir plus compliqué ou plus sentimental. Mais son cœur… Eh bien, son cœur avait un avis bien à lui, et le vide béant que Lucas y avait laissé ne s'était jamais vraiment refermé.

Ce vide vivait en elle depuis des années, et maintenant, Lucas le comblait un peu trop parfaitement. Elle avait toujours su qu'aucun autre homme ne lui arriverait à la cheville, mais comment pourrait-elle réussir à s'accrocher à leur relation actuelle ? Il y avait trop de dégâts, trop de variables sur lesquelles elle n'avait aucun contrôle.

Elle l'avait blessé en le quittant par une simple lettre. Mais il fallait qu'il comprenne qu'elle avait aussi brisé son propre cœur.

— Je n'aurais pas réussi à te quitter si tu avais été face à moi ! s'écria-t-elle.

Il resta là, immobile. Paisley saisit la dernière robe et quitta l'espace d'essayage d'un pas furieux. Les mains tremblantes, elle reposa le vêtement sur le portant et s'efforça de reprendre contenance.

— Je n'aurais jamais pensé que tu étais lâche, lança-t-il.

Le coup était si bas que Paisley fit volte-face, bouche bée.

— Peut-être que j'étais lâche, ou peut-être que j'essayais simplement de faire passer tes besoins avant les miens, riposta-t-elle. Je sais que tu ne veux pas me croire, mais je n'aurais jamais pu me le pardonner si tu avais renoncé à poursuivre tes rêves à cause de moi.

Il la transperça de son regard bleu vif.

— Tu n'as jamais pensé que, peut-être, c'était toi, mon rêve ? rétorqua-t-il. Il ne t'est jamais venu à l'esprit que si tu m'avais raconté ce qui s'était passé, j'aurais trouvé un moyen de poursuivre notre relation ? Qui a décrété qu'il fallait que j'abandonne quoi que ce soit ?

Reparler de tout cela était peut-être une erreur, en fin de compte. Toutes les émotions douloureuses qu'elle avait éprouvées à l'époque venaient de remonter à la surface.

Elle avait cru que crever l'abcès les aiderait pour leur présent et leur avenir, mais à l'évidence, elle avait eu tort.

— Tu sais quoi ? Oublie tout ça, dit-elle, levant les mains pour admettre sa défaite.

Elle n'avait pas la force de mener cette bataille.

— Je voulais juste que tu saches ce que je ressentais, Lucas. J'ai cru que puisque nous étions... mariés, je devrais tenter de te faire comprendre mon point de vue. Je ne peux pas rejeter toute la faute sur ton père. C'est moi qui ai fait le choix de l'écouter et de rompre avec toi. Cependant, sache-le, j'ai agi ainsi parce que je t'aimais, et parce que j'avais peur.

Elle passa devant lui, mais il la retint par le bras.

— Je ne suis pas venu ici pour me disputer, murmura-t-il. Je veux toujours t'emmener dîner dans un beau restaurant.

Elle sentit son cœur fondre malgré elle. Ils ne pouvaient pas évoquer calmement le passé, manifestement. Mais ils pouvaient se concentrer sur les personnes qu'ils étaient désormais, et laisser tranquilles les adolescents amoureux qu'ils avaient été.

Et si Lucas n'avait pas de motivations cachées ? Si son seul objectif était d'avoir un héritier ? Se pouvait-il que ce soit tout ? Certes, porter un enfant était une demande énorme, mais Lucas aurait pu refuser de prendre son affaire et trouver une autre femme avec qui fonder une famille. Un homme riche, prospère et séduisant comme lui avait certainement le choix.

— Où est-ce que nous allons ? demanda-t-elle, décidée à sauver leur soirée.

Lucas lui sourit, et elle sentit son cœur palpiter.

— Tu verras. C'est une surprise.

13

— Je trouve que celles-ci sont vraiment très bien, déclara Lucas.

Il brandit la bande de photos en couleur et l'admira. Il fallait l'admettre, elles étaient mal cadrées, mais pouvait-on être exigeant lorsque l'on utilisait une cabine photographique de centre commercial ?

— Fais-moi voir ça, exigea Paisley.

Elle tendit le bras vers les clichés en riant. Et lorsqu'elle vit les portraits, elle rit de plus belle.

— Il manque la moitié de mon visage sur celle-ci ! Et la dernière ressemble à une photo de police !

Il regarda les images par-dessus l'épaule de Paisley. Pour être franc, il se fichait de l'air qu'ils avaient. Après leur discussion à la boutique de mariage, il avait changé d'avis sur le restaurant qu'il avait choisi. Il avait fait une réservation dans son *steak house* préféré, mais Paisley et lui avaient besoin de se détendre et de s'amuser un peu.

Voilà pourquoi ils étaient venus au centre commercial.

— Nous n'avons pas de photos de mariage, alors nous devrons nous contenter de celles-ci, dit-il.

Elle ricana.

— Pourquoi pas ? Notre mariage a eu lieu à Las Vegas, de toute manière, alors nous ne sommes plus à cela près.

— Elles seront superbes sur mon bureau, affirma-t-il, reprenant la bande de papier glacé.

Il la glissa dans la poche de sa chemise puis saisit Paisley par la main.

— Allons chercher quelque chose à manger, suggéra-t-il.

— Attends. Tu comptes vraiment mettre ces photos sur ton bureau ?

Il la conduisit vers l'espace de restauration.

— Pourquoi pas ? La plupart des gens ont une photo de leur conjoint ou conjointe sur leur bureau.

— Nous ne sommes pas comme la plupart des couples, et je ne connais personne qui utilise une cabine photo pour prendre des clichés de l'objet de son amour.

En entendant ces mots, il se figea. Gardant la main de Paisley dans la sienne, il se tourna vers elle. Bien qu'il ne croie pas en l'amour, il était manifeste que Paisley y croyait. Il ne fallait pas qu'elle s'imagine qu'ils pourraient revivre une relation amoureuse comme par le passé.

Paisley ouvrit de grands yeux comme si elle venait de se rendre compte de ce que sa remarque impliquait. Affichant un sourire tremblant, elle secoua la tête et se remit à marcher.

— Tu sais ce que je veux dire, s'empressa-t-elle d'ajouter. Je ne pense pas vraiment que tu m'aimes. Mais au moins, j'espère que tu ne me hais pas.

Était-ce donc ce qu'elle croyait ? Qu'il la haïssait ? Malgré la douleur qu'il avait ressentie quand elle l'avait quitté, il n'avait jamais éprouvé de haine pour elle et n'en éprouverait jamais.

Il la dévisagea longuement, puis saisit son autre main et soutint son regard.

— Je ne t'ai jamais haïe, Paisley. J'aurais bien voulu, mais je ne t'ai jamais détestée. La haine aurait été bien plus facile à gérer que le chagrin.

Elle sonda son regard, comme pour le pousser à en dire davantage, mais il n'avait rien de plus à offrir. C'était tout ce qu'il pouvait divulguer sur ses sentiments.

Une fois de plus, il se sentit coupable de se servir d'elle pour se venger de Sterling.

— Eh bien, c'est déjà quelque chose, finit-elle par murmurer.

Elle releva le menton et sourit.

— Alors, est-ce que nous allons vraiment manger ici ?

Lucas se concentra sur le moment présent et laissa échapper un soupir théâtral.

— Tu veux dire que tu n'as pas envie de manger un bretzel salé accompagné d'une sauce au fromage ou une pizza douteuse ?

— Ne te méprends pas, je suis toujours partante pour ce genre de repas. Simplement, je ne pensais pas que quelqu'un comme toi mangerait dans un endroit où, techniquement, on se sert soi-même.

Lucas l'entraîna vers le stand à bretzels.

— Tu insinues que je suis snob ?

Elle régla son pas sur le sien et lui donna un coup d'épaule.

— Disons plutôt... sélectif.

Lucas prit place dans la file d'attente et soupira.

— Tu sais, nous avons peut-être grandi dans des milieux différents, mais ça ne veut pas dire que je me crois supérieur. Et je sais reconnaître de la bonne cuisine.

Paisley rit.

— Je n'appellerais pas un bretzel qui repose dans un bac chauffant de la bonne cuisine.

Lucas désigna les stands alentour.

— Nous prendrons quelque chose chez chaque vendeur, et ensuite nous jugerons quelle cuisine est la meilleure.

— Où est-ce que tu comptais vraiment m'emmener ce soir. Parce que je suis sûre que tu avais fait une réservation dans un établissement haut de gamme, qui requérait que tu portes une cravate et une veste.

Ce qui expliquait pourquoi il les avait laissées dans la voiture. Il avait décidé qu'il voulait voir Paisley détendue et souriante. Et le centre commercial lui avait paru être un bon choix, à l'opposé du restaurant chic qu'il avait sélectionné au départ.

— Il n'y a que les imbéciles qui ne changent pas d'avis, répondit-il. Je voulais quelque chose de simple, comme autrefois. Nous vivons une période troublée, et nous avions bien besoin de décompresser.

Le sourire qu'elle lui offrit lui fit l'effet d'un uppercut, et Lucas se demanda s'il n'aurait pas mieux fait de maintenir sa réservation dans le restaurant sélect. Heureusement, la file d'attente avança, et il chassa cette pensée de son esprit.

Ils n'étaient mariés que depuis peu, mais il se rendait compte que Paisley n'était pas si différente de la jeune fille qu'il avait connue.

Elle possédait la boutique de mariage la plus élégante de la ville, mais c'était une femme humble, en proie à de grosses difficultés. Il se sentait un peu coupable de lui mentir, et il ne voulait pas retomber sous son charme, car leur mariage de convenance était très précaire. Lucas ignorait où cet arrangement les mènerait. Par conséquent, il valait mieux avancer au jour le jour.

— Nous pourrions peut-être aller au cinéma après le dîner ? suggéra-t-elle en souriant.

Un autre uppercut. Personne ne l'affectait comme Paisley l'affectait… et il savait que personne n'y arriverait jamais.

— Je choisis le film, répondit-il avec un clin d'œil séducteur. Et essaie de rester sage si nous sommes assis au dernier rang.

Paisley rit.

— C'est mon mari qui a les mains baladeuses.

— C'est bien vrai, approuva-t-il. Donc, tu ferais mieux de ne pas gémir trop fort.

Paisley posa le plat sur la table et observa son œuvre. Lucas l'avait prévenue qu'il avait un dossier à terminer ce soir et que par conséquent, il ne serait pas rentré à temps pour préparer le dîner. Dès qu'elle avait fermé sa boutique, Paisley avait ouvert son application de cuisine sur son téléphone et s'était rendue au supermarché.

Elle avait sérieusement envisagé de recréer le repas qu'ils avaient pris au centre commercial quelques jours plus tôt, pour faire une sorte de clin d'œil à cette soirée. Finalement, elle avait opté pour un dîner traditionnel. Lucas travaillait dur en ce moment, pour elle mais aussi pour d'autres clients. Une nuit, elle l'avait entendu sortir du lit et l'avait surpris en train de fouiller les cartons qu'elle avait apportés. Ils contenaient les affaires de sa mère, et Paisley n'avait pas pu inspecter tout leur contenu elle-même. C'était trop douloureux.

Elle avait fait quelques tentatives, espérant trouver un indice qui pourrait conduire à Sterling, mais rien n'avait été concluant, et ses recherches avaient été très éprouvantes émotionnellement.

Aussi étrange que cela puisse paraître, Lucas avait été d'un grand soutien, et elle tenait à lui montrer à quel point elle lui était reconnaissante.

Voilà pourquoi elle venait de passer les deux dernières heures à préparer le repas, en priant pour qu'il soit mangeable. Elle aurait aimé impressionner Lucas, et elle voulait qu'il voie en elle autre chose qu'un passé douloureux ou un moyen de perpétuer sa lignée.

Une part d'elle souhaitait qu'il commence à éprouver des sentiments pour elle... Si cela arrivait, elle se sentirait moins seule, puisqu'elle-même avait développé des sentiments pour lui.

Certes, ils avaient été amoureux dans le passé, mais tout ce qu'elle ressentait aujourd'hui appartenait au présent. Partager la vie de Lucas la poussait à s'interroger. La vie et les obstacles les avaient séparés, pourtant ils étaient de nouveau réunis. Peut-être étaient-ils réellement faits l'un pour l'autre ? Il était possible qu'ils aient eu besoin de ces années pour mûrir, de ces épreuves pour mesurer à quel point leur relation était exceptionnelle.

Ou peut-être était-elle une idiote et une incorrigible romantique. Lucas ne croyait pas en l'amour. Il avait dressé une barrière invisible autour de son cœur... et elle ne pouvait guère lui en vouloir.

La sonnerie de l'ascenseur retentit, et Paisley sentit sa nervosité s'accroître. Elle n'aurait pourtant pas dû se soucier de ce que Lucas pensait ; mais plutôt souhaiter qu'il avance dans son enquête. C'était la seule raison pour laquelle elle était allée le trouver, il y a seulement quelques semaines.

Malgré cela, elle jeta un coup d'œil vers le salon, où elle avait dépersonnalisé le canapé en retirant les coussins colorés, pour laisser plus de place à la décoration ennuyeuse de Lucas.

Dans un mariage, tout n'était-il pas affaire d'équilibre ?

L'ascenseur s'ouvrit, et Lucas apparut. Il retira son Stetson et l'accrocha à une patère.

Paisley attendit qu'il lève les yeux vers elle. Il échangea un regard avec elle, puis reporta son attention sur la table de la cuisine.

L'air intrigué, il avança vers elle.

— La cuisinière n'est pas nue ce soir ? demanda-t-il.

— Non, il ne faudrait pas que cela devienne la norme.

— Dommage !

Il enlaça sa taille.

— Tu n'avais pas à cuisiner, mais je suis content que tu l'aies fait. J'ai sauté le déjeuner et mon dernier client voulait que nous allions boire un verre après la résolution de son dossier, mais j'ai décliné. Je suis exténué.

Il n'avait jamais vraiment discuté de son travail avec elle, en dehors de l'enquête qu'il menait pour elle. Peut-être voulait-il l'inclure davantage dans son monde ?

Elle posa les mains sur ses épaules.

— Je ne sais pas si c'est mangeable, le prévint-elle. Mais je sais que tu aimes les steaks, alors c'est ce que j'ai choisi comme point de départ.

Il déposa un rapide baiser sur ses lèvres puis approcha de la table et émit un sifflement admiratif.

— Je suis impressionné.

— À ta place, je ne ferais pas de louanges tant que je n'ai pas goûté le plat.

Lucas lui lança un regard par-dessus son épaule.

— Tu t'es donné beaucoup de mal pour préparer ce repas.

Paisley n'était pas très douée pour accepter les compliments.

Afin de cacher son embarras, elle sortit la bouteille de vin du seau à glace.

— Ne t'emballe pas, tempéra-t-elle en lui versant un verre de chianti. J'ai dû regarder toutes les étapes de la recette sur Internet. Ma mère ne m'a pas appris à faire de la purée de pommes de terre maison ou des biscuits roulés à la cannelle.

Après s'être servi un verre de vin, elle replaça la bouteille dans le seau à glace et risqua un regard vers Lucas.

— Ta mère n'avait pas besoin de mijoter de bons petits plats, déclara-t-il. Il y avait d'autres domaines dans lesquels elle excellait, j'en suis sûr.

Paisley esquissa un sourire et commença à remplir les assiettes.

— Je n'y avais jamais réfléchi avant, avoua-t-elle. C'est vrai, elle se démenait pour subvenir à nos besoins. La plupart du temps, elle travaillait, et certains jours, quand elle ne pouvait pas payer une baby-sitter, elle m'emmenait sur son lieu de travail. Quand j'ai eu dix ans, elle a commencé à me laisser seule à la maison. Elle téléphonait pendant ses pauses pour voir comment j'allais.

Dix ans. Paisley ne pouvait pas imaginer laisser une enfant de dix ans seule à la maison. Mais elle n'était pas un parent célibataire dont les options étaient limitées. Pas une fois, elle n'avait douté de l'amour que sa mère lui portait. Lynette Morgan avait simplement fait des choix qui leur avaient parfois compliqué la vie.

— Elle n'a jamais fréquenté personne, continua-t-elle en s'asseyant. Ou, si c'était le cas, je n'ai jamais rencontré aucun de ses petits amis. J'ai toujours eu l'impression qu'il n'y avait que moi dans sa vie. J'ignorais qu'elle connaissait l'identité de mon père et qu'elle me l'avait cachée volontairement. C'est difficile à accepter.

Lucas s'assit à côté d'elle plutôt que face à elle. Il lui prit la main et la regarda dans les yeux.

— Peut-être qu'elle l'ignorait, argua-t-il. Je suis sûr que

nous en saurons plus une fois que nous aurons des preuves sur Sterling.

Paisley soupira.

— Est-ce seulement possible à ce stade ? Je doute qu'il soit au courant, à moins que ma mère ne le lui ait dit, et si elle l'a fait, pourquoi n'a-t-il pas réclamé ma garde, ou au moins cherché à me connaître ?

Paisley avait des tas de questions, et seules deux personnes détenaient les réponses : sa mère, qui n'était plus de ce monde, et son vrai père, si toutefois il savait quelque chose.

— C'est sans espoir, n'est-ce pas ?

— Je n'ai jamais abandonné un dossier, et ce n'est certainement pas avec ma femme que je vais commencer.

Lucas affichait une telle conviction qu'elle sentit son espoir renaître. Elle avait foi en lui, vraiment. Simplement, elle se demandait comment il allait réussir à établir l'identité de son père.

— Je veux aller voir Sterling, marmonna-t-elle.

Il laissa sa fourchette retomber sur son assiette puis lui prit la main.

— La patience. C'est la qualité numéro un qu'il faut posséder dans mon métier. Ce n'est pas facile d'attendre, et cela peut carrément rendre fou parfois. Mais je te le promets, nous interrogerons Sterling. Ensemble.

Ensemble. Peut-être voulait-il qu'ils forment une équipe, et pas seulement pour cette enquête. Dîner ensemble chaque soir semblait naturel, et ils s'étaient bien adaptés à leur petite vie conjugale.

Paisley ne pouvait s'empêcher de penser que leur mariage pourrait fonctionner. Elle brûlait de déclarer ses sentiments à Lucas, mais elle devait faire preuve de patience. N'était-ce pas ce qu'il venait de lui conseiller, d'ailleurs ?

Attendre le bon moment. C'était ce qu'elle devait faire. Pour interroger Sterling, mais aussi pour avouer à Lucas qu'elle était retombée amoureuse de lui.

14

Lucas avait souvent des nuits entrecoupées. Il semblait que son esprit ne s'éteigne jamais complètement, et quand il pensait à ses dossiers, il avait du mal à se rendormir.

Cela expliquait pourquoi il était assis sur le sol de son salon, en train d'inspecter certaines affaires de Lynette. Manifestement, la mère de Paisley n'était pas très organisée... Il avait découvert plusieurs agendas incomplets. Les premiers mois étaient remplis de comptes rendus détaillés, et à partir de mai ou juin, les pages devenaient de plus en plus vides.

Rien de ce qu'elle avait inscrit dans ces agendas n'indiquait une liaison avec un homme, encore moins avec Sterling. Il semblait vraiment que Lynette avait passé son temps à travailler et à s'occuper de Paisley.

Il sortit un autre agenda daté de l'année des quatre ans de Paisley. Il tourna les pages, tout en sachant qu'une bonne moitié serait blanche, comme dans les autres agendas. Mais dans celui-ci, il découvrit quelques pochettes dans la couverture rigide.

Il déversa le contenu des pochettes sur la table basse. Un coupon de réduction, des rappels de facture... Et une enveloppe sur laquelle était inscrit un nom. Jeb Smith. Lucas ouvrit l'enveloppe et en sortit une feuille de papier pliée.

Jeb,

Tu n'as toujours pas payé la pension alimentaire ! Pourquoi faut-il toujours que je te le rappelle ? C'est déjà assez dur que tu sois son père et que tu ne t'occupes pas d'elle, mais tu pourrais au moins envoyer ce que tu me dois, pour que je puisse l'élever sans avoir à cumuler deux, voire trois emplois.

Si tu continues de m'ignorer, je ferai appel à un avocat. Tu as six mois de retard. Il est temps que tu passes à la caisse !

Lucas relut la lettre une seconde puis une troisième fois.

Qu'est-ce que cela signifiait ? Qui était Jeb Smith ? Et pourquoi Lynette n'avait-elle jamais envoyé ce courrier ? À l'évidence, au moment où elle avait rédigé cette lettre, elle était en colère et avait besoin de cet argent.

Lucas lança un regard vers la chambre, où Paisley dormait encore. Si ce Jeb Smith était bien son père, elle n'avait donc aucun lien avec Sterling.

À cette pensée, une foule d'émotions contradictoires déferla en lui. Si Sterling ne faisait plus partie de l'équation, cela voulait dire que Lucas ne pourrait pas se venger de lui et, plus important, que Paisley ne porterait pas le nom des Perry. Si Paisley était une Perry, elle aurait des sœurs, et peut-être un frère, si toutefois Roarke était bien le fils de Sterling. Elle préférerait sûrement faire partie d'une grande famille.

Malheureusement, Lucas avait le sentiment que le père biologique de Paisley était bien Jeb Smith.

Il remit rapidement les documents et l'agenda dans le carton, gardant la lettre et son enveloppe. Puis il se leva et s'étira jusqu'à ce que son dos craque. Il aurait dû aller se recoucher à présent, mais ce nouveau rebondissement avait provoqué une décharge d'adrénaline en lui. Plus que jamais, il voulait découvrir l'identité du père de Paisley.

Il tenait à faire cela pour la femme à laquelle il tenait encore. Oui, il voulait toujours que Sterling paie pour chaque crime qu'il avait commis, mais maintenant, Lucas voulait surtout que Paisley retrouve ses origines paternelles. Elle le méritait.

Ce qu'elle ne méritait pas, c'était qu'il la laisse dans l'ignorance. Pourtant, c'était exactement ce qu'il devrait continuer à faire tant qu'il n'aurait pas retrouvé M. Smith et qu'il n'aurait pas eu une petite conversation avec lui.

Il alla dans la cuisine et se prépara une tasse de café. La nuit allait être longue, et la journée encore plus longue s'il découvrait le lieu de résidence de ce nouveau protagoniste.

Il emporta son café dans son bureau et ferma la porte. Après quelques secondes, il ouvrit son ordinateur et commença son enquête. Bien vite, il trouva plusieurs Jeb Smith dans la région. Ce prénom et ce nom étaient assez répandus au Texas.

À 6 heures du matin, et après deux autres tasses de café, Lucas avait une adresse. Il se réjouissait que Jeb vive dans une ville voisine de Houston et qu'il soit encore en vie.

Lucas irait lui rendre visite, lui montrerait la lettre ainsi qu'une photo de Lynette, et avec un peu de chance, il obtiendrait les réponses que Paisley attendait.

Une fois que Lucas aurait toutes les informations, il les présenterait à Paisley. Ensuite, ils pourraient décider de la suite à donner à leur mariage. À cette pensée, son ventre se noua. Paisley allait-elle faire ce qu'elle avait prévu au départ, à savoir le quitter ? Ou allait-elle rester ? Bien qu'il fasse de son mieux pour ne pas s'impliquer émotionnellement, il ne pouvait nier qu'il avait commencé à développer plus de sentiments pour elle qu'il ne l'aurait voulu.

Il n'avait pas pu échapper à la souffrance lorsqu'elle avait rompu douze ans plus tôt, et aujourd'hui ce ne serait guère différent. La jeune fille qu'il avait aimée était devenue une femme déterminée et passionnée, sans laquelle il ne voulait pas vivre.

Si elle le quittait cette fois encore, Lucas ignorait s'il pourrait supporter le vide qu'elle laisserait derrière elle. Raison de plus pour ne jamais lui avouer ce qu'il ressentait vraiment pour elle.

Paisley observa son reflet dans le miroir et lissa sa robe cocktail rouge vif. Lucas aurait dû l'accompagner à la fête de Melinda, mais il lui avait envoyé un message quelques heures plus tôt pour la prévenir qu'il était sur une piste et ne pourrait pas revenir à temps.

Lorsqu'elle lui avait demandé si la piste concernait son dossier, il n'avait pas répondu.

Paisley n'avait plus très envie d'aller à cette soirée. Elle aurait préféré attendre le retour de Lucas, car son silence l'intriguait. Puisqu'il avait été franc avec elle jusqu'ici, elle voulait croire qu'il agissait au mieux de ses intérêts.

Elle espérait que la vérité éclaterait bientôt. Elle était à deux doigts d'avouer à Lucas qu'elle l'aimait. Elle ne pouvait pas retenir ses émotions éternellement, et Lucas méritait de savoir ce qu'elle éprouvait pour lui.

Et puis, il adorait la couleur rouge.

Paisley avait choisi cette tenue moulante en pensant à son mari. Elle l'avait imaginé en train de lui retirer sa robe dès qu'ils reviendraient à l'appartement, ou même dans l'ascenseur.

Après avoir vérifié une dernière fois sa coiffure et appliqué une couche de gloss sur ses lèvres, Paisley saisit son sac de soirée doré et se dirigea vers l'ascenseur. Lucas avait donné pour instruction à son chauffeur d'emmener Paisley à la fête, bien qu'elle ait souligné qu'elle pouvait tout à fait prendre sa voiture.

Débattre avec son mari était parfois une bataille perdue d'avance. Mais quand il se montrait gentil et prévenant, elle ne pouvait guère lui faire de reproches.

Le trajet jusqu'à l'immeuble de Melinda fut bref, mais Paisley passa son temps à consulter son téléphone, espérant que Lucas lui donnerait des informations ou des indices sur sa nouvelle piste.

Lorsqu'ils arrivèrent à destination, le chauffeur aida Paisley à descendre du véhicule et l'informa qu'il l'attendrait devant l'immeuble. Un ordre de Lucas, sans nul doute.

C'était un style de vie très différent de celui auquel elle

était habituée. Elle logeait dans un luxueux appartement qui faisait trois fois la taille de sa petite maison de ville, elle avait un chauffeur à disposition, et pour couronner le tout, elle avait un mari qui était divin au lit et qui la couvrait de petites attentions.

Comment Paisley pourrait-elle vouloir le quitter ? Elle désirait bâtir une vie avec lui ; elle voulait lui donner la famille dont il rêvait. Elle avait beaucoup de choses à offrir, car après avoir quitté Lucas, elle n'avait jamais donné son cœur à un autre. Aucun homme n'était à la hauteur de Lucas.

Il était plus prudent à présent, plus dur. Mais c'était sans doute la conséquence de leur rupture. Elle avait commis une erreur en le quittant, et elle savait que pour construire une nouvelle relation, il faudrait du temps... Du temps qu'elle était plus qu'encline à lui offrir, car dans sa tête, elle imaginait déjà leur petite famille.

Après la fête, Paisley lui avouerait son amour, décida-t-elle. Elle lui dirait qu'elle voulait aller de l'avant, et avoir un vrai mariage, une vraie famille avec lui. Lucas n'était peut-être pas encore prêt à avouer qu'il l'aimait en retour, mais elle ne considérait pas cela comme un problème. Il pouvait prendre le temps nécessaire pour composer avec ses sentiments pour elle.

Pleine d'espoir pour l'avenir, Paisley se dirigea vers l'élégant immeuble en pierre de taille. Le portier la salua et le garçon d'ascenseur l'escorta jusqu'au vingt-quatrième étage. Melinda et sa sœur Angela vivaient toutes les deux dans ce bâtiment superbe, mais à des étages différents. Paisley supposait qu'Angela serait également présente à la soirée, ainsi que son autre sœur, Esme.

À cette pensée, Paisley se sentit nerveuse. Ces trois jeunes femmes étaient peut-être ses demi-sœurs. Et il était possible qu'elle soit fixée ce soir, si Lucas revenait avec des preuves concluantes.

Comment était-ce d'avoir des sœurs ?

L'ascenseur s'ouvrit à l'étage de Melinda, et Paisley se dirigea vers l'appartement de son amie. À peine eut-elle sonné que la porte s'ouvrit à la volée. Melinda lui offrit un sourire rayonnant.

— Tu es venue ! s'exclama son hôtesse. Viens, entre ! Où est ton époux ?

Il essaie de savoir si toi et moi avons le même père.

— Retenu par son travail, répondit Paisley.

Elle entra dans l'appartement et jeta un regard circulaire. Dans le vaste salon, des groupes d'invités discutaient et des serveurs et serveuses en uniforme parcouraient la pièce avec des plateaux d'amuse-bouches délicats.

— Eh bien, je suis contente que tu sois venue malgré tout, se réjouit Melinda. Allons sur le balcon retrouver Esme et Angela. Elles seront ravies de te voir.

Paisley glissa son sac sous son bras et suivit Melinda sur le balcon qui offrait une vue imprenable sur Houston. Les lumières de la ville étaient un décor parfait pour cette soirée chic.

— Paisley ! s'exclama Esme. C'est si bon de te revoir !

La magnifique blonde lui donna une demi-accolade pour ne pas renverser sa flûte de champagne.

— Moi aussi, je suis contente de te voir, répondit Paisley en souriant.

Melinda prit une flûte sur le plateau d'un serveur et la donna à Paisley.

— Je suis vraiment contente que tu aies pu venir, renchérit Angela. Et dans cette robe rouge, tu es renversante !

— C'est peut-être mieux que Lucas ne t'ait pas accompagnée. Aucun homme ne pourrait résister à une tenue aussi fatale, plaisanta Melinda.

— Lucas ? demanda Esme d'un ton curieux.

Paisley sourit.

— Oui. Lucas Ford.

— Son nouveau mari, ajouta Melinda.

Angela observa la bague de fiançailles et l'alliance de Paisley.

— C'est une bonne chose qu'il ne soit pas venu, murmura-t-elle.

— Je te demande pardon ? demanda Paisley.

— Le mettre dans une pièce pleine de membres de la famille Perry n'est sans doute pas la meilleure idée du monde, intervint Esme. Il a une dent contre papa depuis des années.

Paisley dévisagea les trois jeunes femmes, sonnée par ce qu'elle venait d'entendre. Lucas détestait Sterling ? Et cela depuis des années ? Si c'était vrai, pourquoi ne lui avait-il rien dit quand elle lui avait demandé de découvrir si Sterling était son père ?

Non, ce n'était pas possible. Lucas ne lui cacherait pas une chose pareille !

— J'avais oublié cette histoire, Paisley, avoua Melinda. Je savais que Lucas détestait papa, mais je n'ai pas fait le lien quand tu m'as annoncé votre mariage. J'étais juste heureuse pour toi. Il aurait été le bienvenu ici malgré tout.

— Bien sûr, assura Angela. Lucas est un homme sympathique et sa réputation est irréprochable. Mais je ne suis pas certaine qu'il aurait été à l'aise dans cette soirée.

Paisley garda le silence. Elle était déboussolée, blessée, et elle se demandait si tout cela était vrai. Elle voulait croire en l'innocence de Lucas, car elle avait mis tant de foi en lui… C'étaient sûrement de fausses informations, ou des commérages.

— Tu n'étais pas au courant, n'est-ce pas ? glissa Melinda d'un ton compatissant.

Paisley but une gorgée de champagne, pour donner le change mais aussi pour tenter de faire disparaître la boule d'émotions qui lui bloquait la gorge.

— Non, je ne savais pas, avoua-t-elle, se sentant soudain nauséeuse. Nous nous sommes retrouvés depuis peu, et il y a beaucoup de choses dont nous n'avons pas encore eu le temps de parler.

Comme le fait qu'elle n'avait jamais cessé de l'aimer, ou le fait qu'il ait choisi de lui cacher des choses. Elle priait pour qu'il ne lui ait pas menti, mais la petite voix dans sa tête lui soufflait qu'il fallait être réaliste.

— Apparemment, notre père a fait du tort au père de Lucas

il y a très longtemps, expliqua Angela. Je ne connais pas tous les détails, mais ce que je sais, c'est que Lucas a affirmé clairement qu'il n'est pas un ami des Perry.

Les jeunes femmes poursuivirent la discussion, chacune essayant de se rappeler précisément ce que Sterling avait fait au père de Lucas. Un contrat qui avait mal tourné, des calomnies, une trahison... Tout cela ressemblait à Sterling, et à présent, Paisley ne doutait pas que cette histoire était vraie.

Ce dont elle doutait, en revanche, c'était du dévouement de son mari envers elle. Si tout était réel, Lucas se servait-il d'elle comme d'un moyen pour se rapprocher de Sterling et pour se venger du tort fait à son père ?

Cette idée la fit trembler – de peur, de colère, d'incertitude.

Elle sentit son téléphone vibrer dans son sac. Était-ce Lucas qui essayait de la joindre ? Avait-il trouvé les informations qu'il recherchait ?

— Paisley, je suis passée à ta boutique tout à l'heure, et j'ai vu dans la vitrine une splendide robe sirène, lança Melinda pour changer de sujet. Si je me marie un jour, c'est celle-ci que je choisirai !

Paisley s'efforça de sourire.

— Je serais heureuse de t'avoir pour cliente. Tu feras une mariée époustouflante.

— Quand je passe devant ta vitrine, j'ai envie de tout essayer, enchérit Esme en riant. Ta boutique est très élégante, et tous les mariages sur lesquels tu as travaillé et auxquels j'ai assisté étaient magiques.

— J'adore mon travail, et j'espère que chaque cliente se sent unique quand elle vient dans ma boutique.

Même si la conversation portait sur sa boutique adorée, Paisley avait envie d'y mettre un terme et de rentrer chez elle. Elle voulait savoir si Lucas lui avait délibérément menti. Et s'il l'avait épousée uniquement pour pouvoir se venger de Sterling.

Mais si elle s'en allait maintenant, les filles Perry pourraient trouver cela étrange. Or, elle tenait à ce que personne ne sache que son mariage était une mascarade.

Elle avait beau être dévastée, elle souhaitait discuter en privé avec Lucas et lui laisser au moins une chance de se défendre. Il serait très facile de porter un jugement hâtif et de l'accuser de l'avoir manipulée.

Mais elle tenait à entendre sa version de l'histoire. Et elle priait pour qu'il ne l'ait pas épousée pour se venger de ce que Sterling avait fait à son père… et pour se venger d'elle, pour l'avoir quitté brutalement douze ans plus tôt.

15

Après environ une heure, Paisley n'arriva plus à faire la conversation. Elle vérifia son téléphone, vit un message de Lucas, et prétendit qu'elle avait une urgence et devait rentrer rapidement.

Melinda et ses sœurs supposèrent qu'elle était simplement pressée d'aller retrouver son mari. Mais elles étaient loin du compte.

Dès qu'elle sortit de l'immeuble, Paisley courut vers la voiture. Elle n'eut pas à dire quoi que ce soit au chauffeur. Il ouvrit aussitôt la portière côté passager afin qu'elle puisse monter dans l'habitacle puis la referma derrière elle.

Elle s'adossa à son siège et relut le SMS de Lucas. Il lui disait simplement qu'il était rentré, qu'il l'attendrait, et qu'il espérait qu'elle s'amusait bien. Il n'y avait aucune mention de ce qu'il avait trouvé, aucun indice sur ce qu'il avait fait aujourd'hui.

Paisley s'efforça de respirer lentement afin de se calmer. Elle ne comptait pas entrer en trombe dans l'appartement et faire une scène à Lucas. Elle voulait sincèrement lui laisser une chance de se défendre.

L'idée qu'elle soit un pion dans le plan qu'il avait mis en place pour se venger de Sterling lui donnait la nausée. Après tout ce qu'ils avaient vécu ensemble dans le passé, et tout ce qu'ils avaient partagé ces dernières semaines, elle refusait de croire au pire.

Quand la voiture s'arrêta devant l'immeuble de Lucas, Paisley n'attendit pas que le chauffeur vienne l'aider à descendre. Elle ouvrit la portière à la volée et sortit en hâte du véhicule. Elle fila vers l'entrée et tapa le code de l'ascenseur d'une main tremblante. Quand la porte s'ouvrit, elle serra son sac pour tenter de contenir sa nervosité et s'engouffra dans la cabine. Tandis qu'elle montait vers le dernier étage, elle regarda les chiffres défiler sur le panneau numérique.

Dès qu'elle fut arrivée, Paisley prit une profonde inspiration et entra dans l'appartement, posant son sac sur la console de l'entrée. Lucas vint à sa rencontre. Ses cheveux portaient encore la marque de son Stetson, sa chemise était déboutonnée et ses manches retroussées. Il semblait épuisé, mais il lui offrit un de ces sourires qui ne manquaient jamais de faire vibrer son cœur.

— Si j'avais su que tu porterais une robe aussi sexy, je serais revenu à temps pour t'accompagner à cette soirée.

Il caressa ses bras nus.

— Le rouge te va à ravir.

Paisley plaqua les paumes contre ses pectoraux et recula d'un pas. Aussitôt, la fatigue dans le regard de Lucas fit place à de la méfiance.

— Quelque chose ne va pas ? demanda-t-il.

— Où étais-tu aujourd'hui ?

Il l'observa un instant, puis secoua la tête et passa la main sur sa nuque.

— Je travaillais. Il y a quelque chose que je dois t'annoncer.

Paisley sentit son cœur s'accélérer. Jamais elle n'avait été aussi nerveuse.

Soudain, elle sut. Elle sut avant même que Lucas n'ouvre la bouche. Mais il fallait qu'elle l'entende prononcer les mots.

— Cela a-t-il quoi que ce soit à voir avec ta vengeance contre Sterling ?

Lucas ne tressaillit pas, et n'eut pas l'air surpris. Il n'essaya même pas de nier.

— Mon travail d'aujourd'hui avait un rapport avec ton dossier, répondit-il.

Comme si cela expliquait tout ce qu'il lui avait caché…

— Ce qui, j'en suis sûre, arrange bien tes affaires, puisque tu comptes te venger de Sterling.

Lucas acquiesça d'un signe de tête, et son regard s'assombrit.

— Je déteste cet homme, admit-il. Il a provoqué la faillite de l'entreprise de mon père, et je ne vais pas m'excuser parce que je veux obtenir justice et honorer la mémoire de mon père.

Paisley émit un rire sans joie.

— Tu as dû jubiler quand je suis entrée dans ton bureau et que je t'ai demandé d'enquêter sur Sterling. Je t'ai donné une chance unique d'assouvir ta vengeance.

Il l'observa un instant sans rien dire. Puis il poussa un soupir et se détourna en marmonnant quelque chose dans sa barbe.

Paisley le regarda se diriger vers la baie vitrée du salon. La nuit noire derrière les vitres ne faisait qu'ajouter au mystère de cet homme. Un homme qu'elle avait cru si bien connaître… En réalité, elle avait été aveuglée par l'amour. Ou par sa naïveté ? N'était-ce pas la même chose, au fond ? Le résultat était le même, en tout cas. Elle n'avait pas vu les mensonges de Lucas.

C'était peut-être cela qui la blessait le plus. Elle avait voulu croire que Lucas voulait seulement un héritier. Que c'était la seule chose qui l'avait poussé à lui proposer un mariage arrangé.

Comme une idiote, elle avait été prête à tout lui donner. Son cœur, sa vie, son avenir.

Lucas lui tournait le dos, le regard perdu dans la nuit. Elle aurait aimé connaître ses pensées, mais elle craignait qu'il ne profère d'autres mensonges ou lui cache la vérité, comme il le faisait depuis le début.

— Sterling est une ordure et, je le reconnais, je t'ai vue comme un moyen de me venger de lui s'il s'avérait que tu étais sa fille.

Il se retourna vers elle.

— Mais beaucoup de choses ont changé entre nous et… Bon sang. Sterling n'est pas ton père.

Paisley entendit les mots, et tenta de les comprendre. Mais pouvait-elle croire quoi que ce soit venant de Lucas désormais ?

Comment pouvait-il être si certain que Sterling n'était pas son père ? À qui avait-il parlé pour affirmer une telle chose ?

Elle avait beaucoup de questions à lui poser, mais Lucas lui donnerait-il les réponses qu'elle désirait, et surtout, qu'elle méritait ?

Sur des jambes chancelantes, Paisley se dirigea vers le salon et appuya les mains sur le dossier d'une chaise en cuir. Elle avait bien besoin de s'asseoir, mais elle voulait donner l'impression qu'elle était forte, qu'elle contrôlait ses émotions – alors qu'en elle, le chaos faisait rage.

— Pourquoi devrais-je te croire ? lâcha-t-elle.

— J'ai fouillé les cartons que tu as apportés. J'ai inspecté quelques vieux agendas de Lynette hier soir, et je suis tombé sur une autre lettre. Elle l'avait adressée à Jeb Smith, mais ne l'avait jamais envoyée. Dans ce courrier, elle disait que...

— Je veux la voir ! exigea-t-elle.

— Paisley...

— Maintenant.

Lucas la fixa un instant, puis traversa la pièce pour la rejoindre et sortit un papier plié de sa poche. Sans un mot, il le lui donna. Paisley tenta de respirer lentement pour se calmer. Elle espérait que ses mains cesseraient de trembler avant qu'elle ne déplie cette feuille de papier. Tout ce que contenait cette lettre allait changer son avenir, c'était certain, et maintenant qu'elle était sur le point de découvrir la vérité, elle n'était plus très sûre de vouloir la connaître.

Avec précaution, elle déplia la lettre et lut chaque mot inscrit sur le papier. Un flot d'émotions l'envahit.

Revoir la magnifique écriture cursive de sa mère l'emplissait de tristesse. Et savoir qu'un certain Jeb Smith pourrait être son père la plongeait dans le désarroi.

Paisley n'avait jamais entendu ce nom de sa vie. Sa mère exigeait de cet homme le paiement d'une pension alimentaire, et Paisley se demandait s'il était bien son géniteur. À présent, elle n'était même plus sûre que sa mère ait su qui était son père.

Sa seule certitude, c'était que Lucas lui avait menti. Et cela lui faisait plus mal que de ne pas connaître ses origines.

— Je ne crois pas à ce qui est écrit dans cette lettre, et je ne te crois pas non plus, déclara-t-elle.

Elle replia la feuille et la lança sur la chaise devant elle.

— Sterling est plus plausible, argua-t-elle. C'est le genre d'homme autour duquel ma mère aurait gravité, et il est connu pour ses infidélités.

Lucas serra les lèvres et un muscle tressauta dans sa mâchoire.

— Sterling n'est pas ton père. Je suis allé voir Jeb aujourd'hui, et il connaissait parfaitement ton existence. Il avait même des photos de toi enfant. Apparemment, c'est Lynette qui les lui avait données.

Paisley sentit sa vision se troubler. Elle secoua la tête et ferma les yeux. Il y avait un homme quelque part, qui savait qu'il était son père… et qui n'avait jamais cherché à la retrouver. Un homme dont sa mère ne lui avait jamais parlé.

Les émotions étaient trop fortes, et elle avait le cœur trop à vif pour essayer de comprendre tout ce que cela impliquait. N'y avait-il donc personne qui ait été honnête dans sa vie ? Soudain, elle mesura à quel point elle était seule.

Lucas posa la main sur son bras. Elle s'écarta brusquement et le fusilla du regard.

— Ne me touche pas, murmura-t-elle.

Elle n'avait que faire de sa pitié. Et puisqu'elle était seule, il était inutile qu'elle se repose sur quelqu'un qui ne faisait que se servir d'elle.

Elle surmonterait toutes ces épreuves, d'une manière ou d'une autre, et en ressortirait plus forte.

Mais d'abord, elle devait retourner chez elle, pour s'isoler et fondre en larmes. Elle en avait bien besoin.

— On aurait dit que tu allais t'évanouir, dit-il. Je voulais juste t'aider.

Elle se frotta les tempes, puis remit ses cheveux en arrière.

— Je n'ai plus besoin de ton aide, pour quoi que ce soit.

Les diamants à son annulaire reflétèrent la lumière, et sans perdre plus de temps, Paisley retira les bagues. Elle les tendit à Lucas, mais il se contenta de les fixer avant de reporter son regard sur elle.

— Elles sont à toi, dit-il.

Elle émit un rire désabusé.

— Je n'en veux pas. Garde-les pour la prochaine femme que tu utiliseras, ou rends-les. Je me fiche de ce que tu en feras, mais je ne les emporterai pas.

Lucas secoua la tête.

— Tu ne vas pas t'en aller, tout de même ?

Elle recula d'un pas.

— Bien sûr que si, je m'en vais. Si Jeb Smith est mon père, alors toi et moi n'avons plus rien à nous dire. Je t'avais prévenu dès le départ que notre mariage ne serait pas permanent.

Oui, elle l'avait prévenu, mais elle-même n'avait pas tenu compte de cette mise en garde. Et elle était tombée la tête la première dans le piège de l'amour. Elle n'avait pas suivi ses propres conseils, avait ignoré toutes les alertes, et avait engagé ses émotions dans ce mariage.

Résultat : elle avait le cœur brisé, sa situation financière était loin d'être stable, et elle venait de découvrir qu'elle était la fille d'un homme dont elle n'avait jamais entendu parler... Un homme qui ne voulait rien avoir à faire avec elle, de toute évidence, puisqu'il avait toujours été au courant de son existence.

Paisley se mordilla la lèvre et se détourna. Elle n'avait aucune envie que Lucas soit témoin de sa vulnérabilité et de son désarroi.

— Paisley, ne me rejette pas, implora-t-il. Je voulais vérifier tous les faits avant de te faire part de mes découvertes. J'essayais de rendre cette épreuve aussi peu douloureuse que possible.

Elle se retourna et essuya la larme qui avait roulé sur sa joue sans qu'elle s'en rende compte.

— De quelle épreuve parles-tu ? Apprendre que mon père n'est pas Sterling et qu'il n'a jamais cherché à me voir ? Ou découvrir que tu m'as menti par omission, nuit après nuit, pendant que nous faisions l'amour ? Est-ce que tu t'es senti coupable de te servir de moi ? Après tout ce que nous avions partagé autrefois, après tout ce que nous étions en train de construire, avais-tu mauvaise conscience, au moins ? Moi, je ne me serais jamais servie d'un homme que j'aime.

L'air surpris, il la dévisagea sans rien dire.

— C'est vrai, dit-elle. Je t'aime.

Une autre larme coula sur son visage, mais elle ne prit pas la peine de l'essuyer. Autant que Lucas voie les dégâts qu'il avait provoqués.

— Au moins, quand je t'ai brisé le cœur il y a douze ans, je l'ai fait pour que tu aies une vie meilleure. Et parce que je t'aimais éperdument. Je ne t'ai jamais menti, pas une seule fois.

Lucas eut un bref hochement de tête. Il détourna le regard, mais Paisley eut le temps de voir une lueur briller dans ses yeux.

Se pouvait-il qu'il ait un cœur, finalement ?

— Je m'en vais dès ce soir, annonça-t-elle. Je reviendrai chercher mes affaires et les cartons de ma mère quand tu seras à ton bureau. Mon avocat te contactera pour ce qui concerne le divorce.

Il reporta vivement son regard sur elle.

— Ne prends aucune décision tant que tu es en colère, Paisley. Il faut que l'on discute de tout cela.

— Nous n'avons pas cessé de discuter, lui rappela-t-elle. Et parler ne changera pas les faits. Tu m'as menti et tu t'es servi de moi. Je croyais que nous pourrions construire une vraie relation ensemble. J'étais si stupide que j'étais prête à te donner la famille que tu désirais. J'avais l'espoir que tu recommencerais à m'aimer, et que, peut-être, nous serions heureux. Mais j'étais trop naïve, et maintenant, je sais exactement ce que ce mariage est, et ce qu'il n'est pas.

Elle pivota sur ses talons et s'éloigna, mais il la retint par le bras.

— Au moins, laisse-moi te parler de ton vrai père. Tu as la même forme de visage, la même bouche, la même fossette sur ta joue droite.

Paisley fixa ses sandales dorées, qui contrastaient avec le

parquet de bois sombre. Elle ne voulait pas regarder Lucas, et ne tenait pas à ce qu'il voie l'effet de ses paroles sur elle.

— Il n'a jamais voulu avoir d'enfants, poursuivit-il. Il travaillait dans le bâtiment et payait une pension alimentaire à ta mère au début, mais ensuite, il a perdu son emploi. Il lui répétait de tourner la page, et de le laisser à l'écart de ta vie. Il pensait que tu serais mieux sans lui. Tu peux le comprendre, je pense.

Paisley avait saisi le sous-entendu. Lucas faisait un parallèle entre Jeb Smith et elle. Son père avait estimé qu'elle était mieux sans lui, et elle-même avait pensé, douze ans plus tôt, que Lucas serait mieux sans elle.

Mais les deux situations n'étaient pas comparables. La jeune fille qu'elle était avait essayé de faire le meilleur choix pour l'avenir de Lucas. Alors que le père de Paisley avait pris une décision qui avait eu des conséquences sur la vie entière de sa fille.

— Envoie-moi ses coordonnées, et je me débrouillerai seule à partir de maintenant, déclara-t-elle.

Elle gagna l'entrée, saisit son sac et appuya sur le bouton d'appel de l'ascenseur.

— Mon avocat te contactera cette semaine, conclut-elle.

Elle ne se retourna pas, car elle n'avait pas envie que Lucas croise son regard de nouveau. La douleur qu'elle ressentait était indescriptible… Tout à l'heure, elle avait voulu qu'il sache à quel point elle était blessée par ses mensonges. Mais maintenant, sa souffrance était bien plus terrible. Non seulement son cœur était brisé, mais son âme était anéantie.

La porte de l'ascenseur s'ouvrit, et Paisley s'attendit à ce que Lucas l'appelle, qu'il coure vers elle et la supplie de rester.

Mais rien.

Paisley entra dans la cabine de l'ascenseur. Dès qu'elle se retourna, elle croisa le regard de Lucas. Bon sang. Elle aurait préféré que son visage ne soit pas la dernière image qu'elle emporterait avec elle.

Mais c'était peut-être ce dont elle avait besoin pour clore ce chapitre de sa vie.

La détresse sur les traits de Lucas la poussa presque à changer d'avis. Mais elle tint bon. Lucas était doué pour manipuler les gens, et il l'avait manipulée, se rappela-t-elle. S'il éprouvait de la peine ou de l'angoisse, il ne pouvait s'en prendre qu'à lui-même.

Pour sa part, elle devait remettre de l'ordre dans son existence. Oui, elle aimait encore Lucas, mais elle n'avait tout simplement pas l'énergie pour continuer la mascarade qu'était leur mariage.

16

Un silence assourdissant.

Lucas avait déjà entendu cette expression, mais il ne l'avait pleinement comprise que lorsque Paisley avait quitté son appartement.

Cela faisait maintenant cinq heures qu'elle n'était plus là.

Posté devant la baie vitrée, il avait le regard perdu dans la nuit. Il tenait encore le verre de bourbon qu'il s'était servi une heure plus tôt. Il ne savait pas comment réagir. Sans Paisley, il n'était pas lui-même. Et après ce qu'il lui avait fait, il était peu probable qu'elle revienne dans sa vie.

Pourquoi reviendrait-elle, d'ailleurs ? Il n'avait rien à lui offrir. Autrefois, il avait cru pouvoir lui offrir son cœur, mais s'il l'avait vraiment aimée, il ne l'aurait pas traitée comme il l'avait fait ces dernières semaines. Jamais il n'aurait dû se servir d'elle, il en avait conscience à présent. Mais il détestait Sterling depuis tant d'années que quand Paisley était entrée dans son bureau pour faire appel à ses services, il avait vu dans sa demande une occasion en or de se venger.

Ce qu'il n'avait pas vu, c'était la femme qu'il avait aimée autrefois, la seule qui avait eu la capacité de le faire souffrir. Parce qu'il avait été aveuglé par sa colère et son ressentiment.

Quel idiot il faisait !

Il fixa le verre qu'il tenait dans sa main. Il avait une furieuse envie de le lancer contre le mur pour le voir se briser en morceaux, mais cela ne résoudrait rien. Contre qui était-il en colère, au juste ? Il était le seul responsable de cette pagaille.

Au moins, il avait trouvé les réponses que Paisley attendait. C'était le plus important. Après tout ce qu'elle avait traversé, elle méritait de connaître la vérité.

Il n'avait pas eu l'occasion de lui expliquer que son père biologique était malade, mais à partir de maintenant, cette partie de la vie de Paisley ne le concernait plus. Il lui avait envoyé les informations demandées, et n'avait reçu aucune réponse. Non pas qu'il en ait attendu une.

Il se détourna de la vue qui tout à l'heure était éclairée par les lumières de la ville et qui, maintenant, au cœur de la nuit, était presque entièrement sombre. Il y avait probablement une sorte de corrélation entre ce panorama et sa propre vie, mais pour l'heure, il n'arrivait pas à trouver laquelle.

Il alla poser son verre sur le bar puis se dirigea vers la chambre. À la seconde où il franchit le seuil de la pièce, il se rendit compte de son erreur. Il était impossible qu'il dorme ici. Tout lui rappelait Paisley. Son peignoir de satin posé au bord du lit, ses escarpins près du placard, à l'endroit où elle les avait retirés hier, son parfum… Bon sang. Ce parfum floral était partout.

Lucas considéra le lit qu'ils avaient partagé, nuit après nuit. Et il sut qu'il ne reviendrait pas dans cette chambre avant très, très longtemps.

D'un pas décidé, il gagna l'autre bout de l'appartement tout en déboutonnant sa chemise. Il allait devoir s'installer dans l'une des chambres d'amis. Ainsi, il parviendrait peut-être à ne pas sentir la présence de Paisley autour de lui, à trouver le sommeil, à continuer à vivre sans elle.

Mais il savait bien que c'était peu probable. Paisley s'était glissée dans son existence à deux reprises, à douze ans d'intervalle, et par deux fois, quand elle l'avait quitté, il s'était senti totalement anéanti, sans aucun espoir de connaître de nouveau le bonheur.

Depuis le trottoir d'en face, Paisley observait la modeste maison que possédait Jeb Smith. Elle avait très peu dormi la nuit dernière, trop nerveuse à l'idée de rencontrer l'homme qui était censé être son père.

Pour être tout à fait franche, si elle n'avait pas trouvé le sommeil, c'était aussi parce qu'elle était seule dans son lit, dans sa petite maison de ville, à essayer de panser les blessures de son cœur.

Mais elle ne pouvait se permettre de songer à Lucas pour l'instant. Il ne serait jamais totalement loin de ses pensées, mais elle devait le reléguer dans un coin de son esprit, à tout le moins. Cette journée était trop importante. L'homme qui vivait dans cette bâtisse pourrait réellement être son père.

Au fond de son cœur, elle savait que c'était lui. Lucas ne lui aurait pas parlé de Jeb Smith s'il n'avait pas été certain à cent pour cent de ses informations. Certes, il lui avait caché son projet de vengeance contre Sterling, mais concernant son père biologique, Paisley ne le pensait pas capable de mentir.

Elle ouvrit sa portière et sortit de sa voiture. Prenant une grande inspiration, elle lissa sa longue robe et regarda des deux côtés avant de traverser la rue. Peut-être aurait-elle dû opter pour un jean. Sa robe était-elle une tenue trop stricte ? Que portait-on lorsque l'on rencontrait son père pour la première fois ?

Les doutes l'assaillirent et sa nervosité grimpa en flèche. Il n'y avait pas de retour possible. Elle tenait à savoir, elle méritait de savoir. Elle avait déjà perdu un parent, et elle voulait avoir l'occasion d'apprendre à connaître l'autre.

Elle ignorait toujours pourquoi sa mère ne lui avait pas simplement dit qui était son père, ni pourquoi elle n'avait pas précisé son nom dans la lettre qu'elle lui avait laissée. Peut-être avait-elle essayé de le protéger, après tout ce temps. Ou alors, elle avait eu trop honte de son passé pour en parler. Paisley ne connaîtrait peut-être jamais les motivations de sa mère. Tout ce qu'elle savait, c'était qu'elle était sur le point de rencontrer son père. Enfin.

Elle monta les marches du perron et lança un regard vers la balançoire en bois, à l'autre bout de la galerie qui entourait la maison. D'une main tremblante, elle sonna à la porte et recula d'un pas.

Elle plaqua un sourire sur son visage, prête à faire face à la personne qui vivait dans ce lieu.

Un homme d'un certain âge, aux cheveux gris et au regard doux, apparut de l'autre côté de la porte vitrée. Dès qu'il croisa son regard, il haussa les sourcils, l'air surpris, et s'empressa d'ouvrir la porte.

— Paisley ? demanda-t-il d'un ton incertain.

Elle hocha la tête, tentant de ne pas laisser ses émotions la submerger.

— Jeb Smith ?

En guise de réponse, il lui fit signe d'entrer.

— Je me suis dit qu'après le passage de ton mari, j'aurais peut-être ta visite.

Paisley entra dans le vestibule et resta là, mal à l'aise, pendant qu'il refermait la porte derrière eux. Quand il se retourna vers elle et lui sourit, elle sentit son appréhension diminuer.

— Je... Je ne sais même pas quoi dire ni..., commença-t-il. Je devrais peut-être t'apporter quelque chose à boire ?

Paisley rit.

— Non, merci, ça ira. Je dirais que nous sommes tous les deux nerveux.

Il l'observa un long moment, avant de secouer la tête et de pousser un soupir.

— Tu es devenue une très belle demoiselle.

— Cela fait longtemps que l'on ne m'a pas appelée « demoiselle », avoua-t-elle avec un petit rire. Mais je vous remercie.

— Allons dans le salon, dit-il, ouvrant la voie.

Elle le suivit dans la petite pièce confortable et prit place sur le canapé tandis que Jeb s'asseyait péniblement dans un vieux fauteuil inclinable.

— Tout va bien ? demanda-t-elle, un peu inquiète.

Il soutint son regard.

— Désolée. Ça ne me regarde pas.

— Ne sois pas désolée, déclara-t-il, appuyant les mains sur les bras de son fauteuil. Comme je l'ai expliqué à Lucas, j'ai un problème cardiaque. Je me fatigue facilement. Une auxiliaire de vie vient plusieurs fois par semaine pour entretenir la maison et m'apporter mes médicaments. Je ne suis plus... aussi vif et alerte qu'autrefois.

Un problème cardiaque ? Paisley s'avança sur son siège.

— Que puis-je faire pour vous aider ?

Jeb secoua la tête.

— À moins que tu ne sois une faiseuse de miracles, il n'y a rien à faire. Je suis... condamné à court terme.

— Ce n'est pas possible ! s'exclama-t-elle. Je viens à peine de vous retrouver !

Puis elle se rappela tout ce que Lucas avait dit.

— Vous connaissiez mon existence depuis le début, n'est-ce pas ?

Jeb opina.

— Oui. Lynette et moi n'étions pas vraiment en couple. Nous nous sommes vus quelques fois, mais ça n'est jamais devenu sérieux. J'avais du mal à trouver un emploi stable, alors, quand elle m'a annoncé qu'elle était enceinte, j'ai fait ce que j'ai pu pour l'aider financièrement, mais ce n'était pas grand-chose. J'espérais qu'elle se trouverait un compagnon qui puisse subvenir à ses besoins et aux tiens, mais ça n'est jamais arrivé.

— Vous ne vouliez pas de moi, en tout cas.

C'étaient des mots douloureux, mais qui devaient être posés. Elle était venue ici pour obtenir des réponses.

— Je n'étais pas fait pour être père, rectifia-t-il. Je suis assez vieux désormais pour me rendre compte que j'ai commis des erreurs à ton égard. Je croyais que Lynette se marierait avec un autre homme et qu'elle aurait d'autres enfants. J'ai pensé que si je lui donnais simplement de l'argent quand je le pouvais et que je la laissais tranquille, ce serait mieux pour vous deux.

Paisley l'écoutait attentivement. Si elle avait lu ces paroles dans une lettre ou dans un mail, elle aurait été furieuse et aurait supposé que son père cherchait seulement à se trouver des excuses. De piètres excuses. Mais elle entendait les remords dans sa voix. Elle voyait les regrets dans ses yeux.

Des regrets, elle aussi en avait. Beaucoup.

— Si c'était à refaire, je me battrais pour te voir, pour faire partie de ta vie, ajouta-t-il.

— Lucas m'a dit que vous aviez des photos de moi.

Jeb hocha la tête.

— Ta mère m'en envoyait de temps en temps. Quand je venais avec un chèque, elle m'en donnait une. Je n'en ai pas beaucoup. Je... Je n'étais pas le meilleur modèle paternel qui soit, et elle était parfaitement en droit de me détester.

Paisley croisa les jambes et passa les mains sur sa robe.

— Pourquoi n'êtes-vous pas entré en contact avec moi ces dernières années ?

— J'avais honte. Et j'avais peur, aussi.

Il haussa les épaules et regarda par la fenêtre. Il semblait prendre le temps de mettre de l'ordre dans ses pensées.

— Tu avais environ quinze ans quand j'ai envisagé sérieusement d'entrer en contact avec toi. Mais j'ai pensé que Lynette et toi étiez bien installées dans votre vie. Je me disais que si elle ne t'avait pas parlé de moi, c'était pour une bonne raison. Je ne pouvais pas simplement débarquer dans ton existence et chambouler ton monde, le seul monde que tu connaissais. Et ensuite, après la disparition de ta mère...

Il reporta son regard sur elle.

— Je n'étais pas sûr que tu voudrais avoir quoi que ce soit à faire avec moi. Je n'avais aucune idée de ce qu'elle t'avait dit à mon sujet, je ne savais même pas si elle t'avait parlé de moi, et je ne voulais pas perturber ta vie.

Il avait peut-être eu de mauvaises excuses quand elle était enfant, mais Paisley voulait bien croire qu'ensuite, il était resté à l'écart par honte et par peur.

— Nous pourrions nouer une relation père-fille maintenant, suggéra-t-elle.

Jeb afficha un sourire qui creusa les plis aux coins de ses yeux et les rides autour de sa bouche.

— Il n'y a rien qui me ferait plus plaisir. Ça m'ennuie d'être malade, car nous n'avons pas beaucoup de temps devant nous. J'ai manqué tant d'années…

Paisley sentit l'émotion l'envahir. Mais elle tâcha de rester forte, pour lui.

— Alors, nous allons devoir créer toute une vie de souvenirs dans le temps qui nous reste.

Il sourit de plus belle.

— Tu as prévu quelque chose pour le dîner ? demanda-t-il.

Enfin, elle sentit l'espoir la gagner.

— Je dîne avec mon père.

17

Lucas fixait l'écran de son ordinateur mais les mots se brouillaient devant ses yeux. Il relisait la même phrase depuis une heure et n'avait absolument pas avancé.

Ses dossiers ne lui paraissaient plus si prioritaires, désormais. Il n'arrivait pas à se concentrer, à dormir, à fonctionner, car tout son monde avait volé en éclats. Il se frayait un chemin entre les débris pour tenter de s'adapter.

Et il n'y parvenait pas, manifestement.

L'appartement étant trop silencieux, il dormait ici, sur son lieu de travail, depuis quelques jours. Mais sur son bureau trônaient les photos que Paisley et lui avaient prises au centre commercial. Il n'arrêtait pas de les regarder.

Paisley et lui semblaient si heureux sur ces clichés... Comme les jeunes amoureux qu'ils avaient été.

Il recula son fauteuil et se leva. Glissant les mains dans ses poches, il observa les photos qui semblaient se moquer de lui. Ce bonheur-là, il l'avait jeté aux orties, tout cela pour pouvoir assouvir sa vengeance.

À présent, il n'avait plus de plan pour se venger, et plus d'épouse. Du moins, Paisley demeurait sa femme jusqu'à ce que le divorce soit prononcé. Il n'avait pas encore eu de nouvelles de l'avocat de Paisley, pourtant elle avait quitté le foyer conjugal depuis quatre jours.

Quatre maudits jours. Les jours les plus longs de son existence.

S'il pensait avoir été anéanti douze ans plus tôt, ce n'était rien comparé à aujourd'hui. Chaque fois que Paisley l'avait quitté, elle n'avait pas provoqué la rupture mais y avait été contrainte par les circonstances. Dans les deux cas, elle lui avait fait confiance, elle s'était reposée sur lui... Elle l'avait aimé.

Il cligna des yeux pour réprimer les larmes qu'il sentait monter, et détourna la tête pour ne plus voir les photos d'eux. Présenter ses excuses ne semblait pas suffisant. Comment les mots *je suis désolé* pourraient-ils absoudre tous les péchés qu'il avait commis ?

Une chose était sûre, il ne pouvait pas continuer ainsi. Il ne pouvait pas laisser Paisley sortir de sa vie de nouveau, car il savait que si elle s'en allait, cette fois, elle ne reviendrait jamais.

Il ferma la fenêtre de son ordinateur et envoya un mail à l'un de ses meilleurs détectives pour lui demander de reprendre l'enquête sur laquelle il avait essayé de travailler. L'entreprise n'en pâtirait pas – Lucas s'était construit une réputation solide et ses employés excellaient dans leur travail. Mais pour l'instant, il était incapable de donner le meilleur de lui-même.

Le seul travail qu'il voulait assurer était celui d'époux de Paisley Ford. Elle avait gardé son nom de jeune fille mais il trouvait que « Paisley Ford » sonnait très bien. Il désirait être son époux, pour de bon, sans mensonges ni faux-semblants. Il voulait construire cette vie de famille dont ils avaient rêvé il y a si longtemps. Il souhaitait fonder une famille avec elle, pas seulement pour avoir un héritier à qui transmettre son entreprise, mais aussi parce qu'il voulait des enfants avec la femme qu'il aimait plus que tout au monde.

Un étau enserra son cœur. Il était prêt à tout pour convaincre Paisley de revenir. Pour elle, il pourrait tout sacrifier, y compris sa fierté. Sans sa femme, la vie n'avait pas de sens. Même s'il avait assouvi sa vengeance contre Sterling, cela aurait été une victoire amère. Parce qu'il aurait perdu Paisley, et qu'elle comptait plus que tout au monde.

Il saisit ses clés et sortit par la porte de service. Quatre jours plus tôt, son chauffeur avait conduit Paisley chez elle, et Lucas lui avait donné pour instruction de rester dans le coin depuis, au cas où elle aurait besoin de quoi que ce soit.

Lucas était surpris qu'elle ne lui ait pas envoyé de SMS pour lui ordonner de sortir de sa vie. Mais peut-être était-elle tellement en colère qu'elle n'avait même pas envie de lui parler. Ou alors, elle utilisait les services du chauffeur, qui sait ? Lucas tenait à lui faciliter la vie.

Il fallait qu'il lui fasse comprendre pourquoi il avait agi comme il l'avait fait. Il fallait qu'elle sache qu'il tenait à elle, même s'il avait une drôle de manière de le montrer.

Il grimpa dans son véhicule et prit la direction de la maison de Paisley. Il n'allait pas la prévenir de sa visite, sinon elle trouverait une excuse pour s'éclipser ou le persuaderait de ne pas venir. Il avait besoin de la voir, de lui donner sa version de l'histoire. Si nécessaire, il la supplierait.

Il n'était pas trop fier pour admettre qu'il s'était comporté comme une ordure. Et il n'était pas trop fier pour ouvrir son cœur, dans l'espoir de reconquérir la femme qu'il aimait. Une fois qu'il aurait joué cartes sur table, il se mettrait en retrait, afin de laisser à Paisley le temps de réfléchir. De décider si elle souhaitait revenir ou non.

Mettre son âme à nu puis s'en aller et attendre que Paisley fasse un choix serait terrible. Mais rien ne pouvait être pire que de voir Paisley sortir de sa vie.

Ces quatre jours de séparation avaient été bien trop longs. Il était temps qu'il retrouve sa vie. *Leur* vie.

Les dimanches étaient faits pour se relaxer, mais Paisley était loin d'être détendue.

Elle avait reçu une immense somme d'argent sur son compte bancaire. Une somme avec laquelle elle pourrait s'offrir une robe de mariée hors de prix, rembourser le prêt pour sa maison, et même acheter une voiture si tel était son souhait.

Comment pourrait-elle se détendre alors que son futur ex-mari essayait de l'acheter afin qu'elle revienne vers lui ?

Bien sûr, elle lui était reconnaissante de la soutenir financièrement, mais elle ne pouvait pas accepter cette aide. Elle allait demander le divorce et ne pouvait donc pas garder ce qui ne lui appartenait pas… Que ce soit l'argent ou l'homme.

Resserrant la ceinture de son peignoir, elle se dirigea vers la salle de bains pour prendre une douche. Au moment où elle sortait du salon, on sonna à sa porte. Qui donc pouvait venir lui rendre visite un dimanche matin ? Aucune de ses amies ne passerait à l'improviste, et Paisley n'avait certainement invité personne à venir la voir. Étant donné son humeur actuelle, elle préférait rester seule. Car, si quelqu'un lui demandait comment elle allait, elle pourrait bien éclater en sanglots.

Elle devait garder toute sa patience et ses sourires pour ses clients. Aujourd'hui, cependant, c'était un jour de congé. Elle comptait laisser à son esprit du temps pour se reposer, et à son cœur du temps pour guérir. Toutefois, elle savait bien qu'une journée serait loin d'être suffisante.

Elle ne s'était jamais remise de sa première rupture avec Lucas, alors comment pouvait-elle penser qu'elle se remettrait cette fois, après être devenue son épouse et avoir passé chaque nuit dans son lit ?

Elle repoussa ses cheveux ébouriffés et, pieds nus, gagna l'entrée de sa maison. Elle distingua une silhouette à travers le verre dépoli de la porte, et sut exactement qui se trouvait sur son perron.

Eh bien, il en avait mis du temps pour venir !

Lucas ferait mieux d'être là pour ramper et se mettre à genoux devant elle. Non pas que cela suffise. Elle camperait sur ses positions et ne laisserait plus jamais personne profiter d'elle.

Néanmoins, elle n'allait pas refuser des excuses. Quelques larmes seraient bienvenues, aussi. Au moins, si Lucas pleurait, elle saurait qu'elle n'était pas seule à être noyée dans la tristesse.

Mais Lucas était-il même capable de pleurer ? Elle ne l'avait jamais vu montrer d'autres émotions que la passion et la colère.

Non, ce n'était pas vrai. Il lui en avait montré bien davantage. Mais sa propre colère et sa peine obscurcissaient son jugement.

La sonnerie retentit de nouveau, suivie par des coups contre le battant.

— Tart, je sais que tu es là !

Elle en avait vraiment assez de ce surnom.

Paisley déverrouilla la porte et l'ouvrit à la volée. En voyant les cheveux décoiffés de Lucas, sa chemise froissée et les cernes sous ses yeux, elle ne put s'empêcher d'avoir un peu de peine pour lui.

— Tu as une mine affreuse, lâcha-t-elle.

Eh bien, ce n'était pas exactement ce qu'elle avait voulu dire, mais c'était la vérité. Elle ne l'avait jamais vu si épuisé et si triste, mais c'était lui qui s'était mis dans cette situation... Alors pourquoi se sentait-elle coupable ?

— Je dors dans mon bureau depuis des jours et je n'arrive pas à me concentrer sur mon travail, avoua-t-il. Je ne mérite pas cinq minutes de ton temps, mais je te les demande malgré tout.

Non seulement elle ne l'avait jamais vu comme ça, mais elle n'avait jamais entendu ce ton dans sa voix. Lucas semblait réellement brisé.

Cependant, après tout ce qu'il lui avait fait subir, elle refusait de lui faciliter la tâche. Pourquoi le devrait-elle ? Il l'avait manipulée sans une once de culpabilité. Quoique, il s'était sans doute senti coupable une fois pris.

Mais avant cela, il avait choisi de la maintenir dans l'ignorance et de lui mentir jour après jour.

— Je sais que tu as envie de me claquer la porte au nez, Paisley. Fais ce que tu as à faire, mais je te demande juste une chance de m'expliquer. Tout comme je t'ai laissé une chance de t'expliquer sur ce qui s'est passé il y a des années.

— Mensonges.

Elle serra la porte et songea sérieusement à la lui claquer au nez comme il l'avait suggéré.

— Tu ne m'as pas laissée pleinement m'expliquer. J'ai essayé, mais tu refusais de croire que ton père t'avait menti. Ça fait mal, n'est-ce pas ? De savoir que quelqu'un qu'on aime, quelqu'un à qui on faisait entièrement confiance vous a trahi ?

— Je sais que tu ne m'as pas menti au sujet de mon père. Je sais que tu m'aimais à l'époque, et je sais que tu m'aimes aujourd'hui. Peux-tu m'accorder cinq minutes ? Rien que cinq minutes ?

— Il te faudra un peu plus de temps que cela pour me faire des excuses dignes de ce nom.

Elle réfléchit. Déjà, son cœur lui soufflait de céder. Elle avait très envie d'oublier la raison et d'inviter Lucas à entrer dans sa maison... dans sa chambre.

— Tu as quatre minutes et demie. Je t'écoute.

— Je peux entrer ?

Elle s'appuya contre la porte.

— Non.

Il l'observa un instant, puis finit par hocher la tête. Elle se demanda s'il s'était déjà retrouvé dans cette position. Il n'avait aucun contrôle sur la situation, et ils le savaient tous les deux.

Après un instant, il redressa les épaules et plongea son regard azur dans le sien.

— J'ai tout gâché, je ne peux absolument pas le nier. Et je tiens à ce que tu le saches, je ne suis pas ici seulement pour reprendre notre mariage temporaire. Je suis ici parce que j'aimerais que tu reviennes pour de bon. Je veux un vrai mariage, un vrai avenir, sans mensonges ni secrets.

Elle tenta d'ignorer les appels de son cœur, mais comment pourrait-elle y parvenir ? Chaque mot que Lucas prononçait semblait si sincère, si spontané... Cependant...

— Ce n'est pas si simple, objecta-t-elle. Tu ne peux pas revenir ici simplement parce que tu te sens seul. Tu es censé souffrir. C'est ton châtiment.

Il avança vers elle et glissa un bras autour de sa taille. Le contact physique provoqua un frisson en elle. Maudit soit Lucas ! Elle faisait tout son possible pour ne rien éprouver, mais il lui compliquait sérieusement la tâche.

— Je ne suis pas ici parce que je souffre, murmura-t-il. Je suis ici parce que *tu* souffres.

Elle sentit son regard s'embuer. Pourquoi fallait-il qu'il

trouve les mots justes ? Qu'il soit si débordant de charme ? Elle aurait aimé le détester, mais c'était impossible.

Elle ravala les larmes qui lui piquaient les yeux.

— Oui, je souffre, avoua-t-elle. Mais tes paroles ne suffiront pas à faire disparaître cette douleur. Je n'ai jamais été utilisée auparavant, Lucas. Et je n'aurais jamais pensé que je serais utilisée par quelqu'un d'aussi proche de moi.

Elle sentait la chaleur de son bras contre elle, et fondait petit à petit. Les défenses qu'elle avait dressées autour d'elle étaient en train de s'écrouler.

— Je n'ai jamais eu l'intention de te faire du mal, Paisley. Oui, je t'ai vue comme un moyen d'atteindre Sterling, mais cet homme est une véritable ordure. D'un côté, je souhaitais qu'il soit ton père pour que tu sois fixée, et de l'autre, j'espérais qu'il ne soit pas ton géniteur, parce que je ne voulais pas que tu aies le moindre lien avec cet homme.

Il l'attira contre lui, et leurs deux corps furent pressés l'un contre l'autre. Même chiffonné et épuisé, Lucas Ford était l'homme le plus séduisant qu'elle ait jamais vu.

Cependant, son pouvoir de séduction ne suffirait pas pour la reconquérir. Mais cette douleur dans son regard, cette expression qu'elle ne lui connaissait pas et son ton suppliant pourraient bien y parvenir.

Elle qui avait voulu être intraitable et le faire ramper...

— J'ai rendu visite à mon vrai père, révéla-t-elle. Il est... malade.

— Je le sais, mais je suis content que vous puissiez passer du temps ensemble.

Paisley ferma les yeux et prit une profonde inspiration.

— Je ne peux pas vivre avec toi si je ne te fais pas confiance, Lucas.

— Je le sais aussi. Mais je compte passer chaque jour du reste de notre vie à te prouver que je t'aime plus que tout.

Elle sentit son cœur tressauter.

— Quoi ?

— Je t'aime, répéta-t-il.

Il captura sa bouche, avec douceur d'abord, puis avec plus d'ardeur. Paisley se cambra contre lui et s'abandonna entre ses bras. Tous les signaux d'alerte disparurent. Elle n'avait pas envie de se focaliser sur le négatif. Elle voulait simplement retenir ces deux faits : Lucas était venu la voir parce qu'il savait qu'elle souffrait, et pour lui avouer qu'il l'aimait.

Il glissa les mains sous l'ourlet de son peignoir de soie et remonta jusqu'à ses fesses.

— Bon sang, Tart, marmonna-t-il contre sa bouche. Tu es nue !

— J'allais prendre ma douche, murmura-t-elle. J'ignorais que j'aurais de la visite.

Il appuya le front contre le sien.

— Laisse-moi entrer, ordonna-t-il. Tes voisins sont en train de se rincer l'œil.

Elle était si captivée par Lucas qu'elle avait oublié qu'ils étaient sur son perron, et que les voisins et les passants pouvaient en effet les voir.

Elle saisit Lucas par l'avant de sa chemise et l'attira dans l'entrée, puis referma la porte derrière eux. Il se laissa volontiers faire, l'embrassant à pleine bouche tandis qu'il défaisait la ceinture de son peignoir. Les pans du vêtement s'ouvrirent, et il posa les mains sur elle. Enfin.

— Tu m'as manqué, gronda-t-il contre sa bouche. J'ai tellement besoin de toi.

Oui, elle aussi avait besoin de lui.

Il la porta dans ses bras, et Paisley enroula les jambes autour de sa taille. Il fit quelques pas et la posa sur la console au bas de l'escalier. Sans attendre, il se cala entre ses cuisses et fit glisser son peignoir sur ses bras.

— Dis-moi que tu en as envie, Paisley. Je veux te l'entendre dire.

Elle hocha la tête, tentant de former une phrase alors que son corps pulsait de désir.

— J'ai envie de toi, Lucas, murmura-t-elle d'une voix haletante. Maintenant.

Il prit ses seins en coupe tandis qu'elle plongeait les mains dans ses cheveux. Elle avança sur la surface de marbre et croisa les chevilles derrière son dos.

Il la lâcha le temps de descendre la fermeture Éclair de son pantalon, puis entoura sa taille de ses mains larges et puissantes. Il soutint son regard au moment où il se glissa en elle.

Elle poussa un cri de plaisir et rejeta la tête en arrière. Il posa une main au creux de son dos pour se soutenir et se mit à onduler entre ses replis intimes.

Il effleura de ses lèvres ses seins, son cou, et elle releva la tête pour qu'il puisse prendre possession de sa bouche. Elle serra ses épaules à travers l'étoffe de sa chemise, un peu frustrée de ne pas pouvoir sentir sa peau sous ses doigts.

— Paisley, murmura-t-il.

Entendre Lucas murmurer son nom et le voir contracter la mâchoire comme s'il était au bord de l'explosion la fit basculer. Elle étreignit Lucas et laissa les spasmes de plaisir la consumer.

Quelques secondes plus tard, Lucas appuya la tête au creux de son cou. Elle caressa ses épaules, plongea les mains dans ses cheveux et le serra contre elle pendant qu'un orgasme le balayait à son tour.

Après plusieurs instants de félicité, Paisley se demanda si elle avait commis une erreur en laissant Lucas entrer si vite. Elle ne l'avait pas fait ramper beaucoup, et elle était presque sûre que les quatre minutes et demie n'étaient pas écoulées lorsqu'il avait franchi le seuil de sa maison.

Elle avait toujours été faible avec Lucas, mais maintenant, elle devait décider comment gérer la situation. Oui, elle désirait Lucas, mais il fallait aussi qu'elle lui fasse de nouveau confiance.

— Ne commence pas à avoir des regrets, dit Lucas.

Il sentait que Paisley prenait de la distance. Pas physiquement ; elle était encore blottie contre lui. Mais émotionnellement et mentalement, elle revenait déjà en arrière. Manifestement, elle essayait de trouver un moyen de se protéger.

— Notre mariage peut fonctionner, assura-t-il. Je sais que j'ai commis une terrible erreur, mais je te promets que désormais, rien ne sera plus important que toi.

Il caressa ses cheveux. L'idée que Paisley le quitte le plongeait dans une souffrance indescriptible. Il préférait ne pas envisager cette perspective, car il allait faire tout ce qui était en son pouvoir pour montrer à Paisley qu'il était amoureux d'elle.

— Je t'achèterai une robe de mariée.

Il avait dit cela sans y penser. Mais maintenant qu'il y réfléchissait, il se rendait compte qu'elle méritait bien plus.

— N'importe quelle robe, quel qu'en soit le prix. Je me fiche qu'elle soit cousue main, qu'elle ait des perles d'Italie ou que tu y ajoutes les morceaux de dentelle de ta combinaison. Je veux t'offrir le mariage de tes rêves.

Paisley émit un petit rire.

— Je ne porterai plus jamais cette combinaison, et tu as mis tant d'argent sur mon compte en banque que je n'ai pas besoin que tu m'achètes quoi que ce soit.

Il avait fait ce versement afin que Paisley ne se soucie pas de ses finances. Il avait aussi contacté en secret la mariée abandonnée, et lorsqu'il lui avait rappelé qu'elle était coupable de violation de contrat, elle avait fini par régler la facture en totalité.

Si Paisley décidait finalement de le quitter, Lucas serait absolument dévasté, mais il tenait malgré tout à la mettre à l'abri du besoin.

Elle soupira.

— Je ne peux pas garder cet argent, Lucas. Et même si le sexe est fantastique, ça ne réglera pas nos problèmes.

Il remonta son pantalon, ne prenant pas la peine de le boutonner, puis remit en place le peignoir de Paisley sur ses bras et ses seins.

— Je te jure que je n'étais pas venu ici pour le sexe, affirma-t-il.

Il fallait que Paisley sache qu'elle comptait pour lui, et que leur histoire ne se résumait pas à une passion charnelle.

— Tu es tout pour moi, Paisley. Je suis ici pour apaiser ta souffrance, si c'est possible. Je sais que j'ai fait des dégâts. Dis-moi ce que je peux faire pour me racheter. Il n'y a rien que je ne ferais pas pour toi.

Paisley se mordilla la lèvre et détourna les yeux. Elle descendit de la console, et il s'écarta pour lui laisser de l'espace. Elle noua la ceinture de son peignoir, sans dire un mot. Son silence le rendait fou.

Il était le seul responsable de la situation, malheureusement, il ne pouvait pas revenir en arrière et changer les choses. À ce stade, tout ce qu'il pouvait espérer, c'était que Paisley comprenne qu'il avait eu de bonnes intentions, mais qu'il avait tout fait de travers.

— La famille est tout pour moi, confia-t-il. Je voulais me venger pour mon père. J'attendais une bonne occasion pour agir, et quand Sterling a été incarcéré, j'ai pensé que cela devrait me suffire, bien que je n'aie joué aucun rôle dans son arrestation. Mais ensuite, tu es venue me trouver, en me disant que tu étais peut-être sa fille. Et j'ai tout de suite pensé que c'était l'occasion rêvée de le faire payer. Je ne vais pas te mentir, je voulais aussi que tu reviennes dans mon lit. La perspective que tu sois toute à moi pendant que je menais l'enquête était très tentante.

En guise de réaction, elle se contenta de croiser les bras. Elle n'avait pas reculé et ne lui avait pas demandé de se taire. C'était bon signe, pensa-t-il. Alors il poursuivit :

— Mais ensuite, tu t'es installée chez moi. Et j'ai compris que je voulais vivre avec toi pour toujours, même avec tes coussins jaunes et tes tableaux « artistiques », parce qu'ils te représentent. Je n'étais pas amoureux de la jeune fille que tu étais autrefois. J'étais en train de tomber amoureux de la femme que tu es aujourd'hui.

Son regard s'embua et elle baissa les yeux.

— Ne te cache pas, dit-il, prenant sa main. Quand tu ressens une émotion, je veux que tu l'exprimes. Et j'en ferai autant.

Je ne veux plus rien faire sans toi. Dis-moi que tu réfléchiras à nous, à notre mariage. Je suis prêt à repartir de zéro, à...

— Tais-toi.

Il se figea.

— Je te demande pardon ?

Une larme roula sur la joue de Paisley.

— Je m'étais dit que j'allais te laisser ramper encore un moment, mais je ne peux plus en entendre davantage.

Lucas prit son visage en coupe et essuya sa larme avec le plat de son pouce.

— Est-ce que j'ai rampé suffisamment ?

Paisley haussa les épaules.

— Je ne sais pas encore. Mais j'avais besoin d'une pause.

Il déposa un doux baiser sur ses lèvres.

— Je passerai le reste de ma vie à ramper si tu m'en laisses l'occasion. Je veux faire de notre arrangement temporaire un vrai mariage, Paisley, et fonder une famille avec toi.

Pour la première fois depuis qu'il était entré chez elle, elle lui offrit un sourire vrai et sincère.

— Je ne t'aurais pas laissé rentrer et je n'aurais certainement pas couché avec toi si je n'avais pas décidé de t'accorder une autre chance.

Elle noua ses bras délicats autour de son cou, et il l'étreignit.

— Je ne te mérite pas, murmura-t-il.

— Non, approuva-t-elle en riant. Mais nous sommes légalement liés, alors tu es coincé avec moi.

— Ça me va.

Il mordilla ses lèvres.

— Il me semble que tu as parlé de douche tout à l'heure, dit-il. Tu as de la place pour moi ?

— Oui, j'ai de la place pour toi. Dans ma salle de bains, et dans mon cœur.

Il la prit dans ses bras et la porta à l'étage. Ce nouveau chapitre de sa vie s'annonçait merveilleux. Lucas n'avait peut-être pas eu la vengeance qu'il avait tant espérée, mais il avait gagné quelque chose de bien plus épanouissant. Un mariage avec la seule femme qu'il ait jamais aimée.

Et bientôt, ils fonderaient leur propre famille.

Rien ne pourrait le rendre plus heureux.

Épilogue

Angela entra avec précipitation dans le restaurant et se fraya un chemin entre les tables. Assise au fond de la salle, Lavinia lui fit signe de la rejoindre.

— Désolée pour mon retard, dit Angela. La circulation était un vrai cauchemar.

Elle prit place sur une chaise et glissa son sac sous la table. Un serveur vint lui demander si elle souhaitait une boisson, et Angela commanda une eau minérale. Dès qu'il fut reparti, elle prit une grande inspiration et reporta son attention sur son amie.

— Je suis très contente de te voir, Lavinia. Nous devrions déjeuner ensemble plus souvent.

— C'est vrai. Il s'est passé tellement de choses avec ton père. Et ce corps qui n'a toujours pas été identifié… Nous vivons une période folle.

Angela ne pouvait qu'en convenir.

— Je n'arrive pas à croire qu'un pauvre homme est mort, dit-elle. Il a sûrement une famille quelque part, qui se demande où il est. Personne ne mérite de finir comme…

— Je sais, approuva Lavinia.

Le serveur apporta la boisson d'Angela et prit leur commande.

— Parlons de choses plus gaies, suggéra Lavinia lorsqu'elles furent de nouveau seules. Tu es absolument rayonnante. Tu as des raisons de te réjouir, on dirait.

Angela saisit sa serviette et l'étala sur ses genoux.

— On peut le dire. Avec tout ce qui se passe en ce moment, Ryder et moi avons décidé de nous éloigner de Houston quelque temps et de partir en voyage. Rien que nous deux. Nous avons vraiment besoin d'une parenthèse pour nous ressourcer.

Lavinia émit un son de surprise.

— Eh bien ! J'admire ta force de caractère, Angela. Je ne sais pas ce que je ferais si l'homme que je fréquentais était soupçonné d'être le père biologique de mon frère.

Angela se figea net. Elle sentit sa respiration se bloquer dans sa gorge.

— Quoi ? parvint-elle à articuler.

— Tu n'es pas au courant ? s'étonna Lavinia.

Son amie but une gorgée d'eau puis se pencha vers elle et chuchota :

— Selon une récente rumeur, Ryder aurait eu une liaison avec ta mère, et il serait le vrai père de Roarke.

Angela serra sa serviette, se sentant soudain nauséeuse. Elle savait que ses parents n'avaient pas toujours été fidèles, et les ragots autour de leurs liaisons adultères n'étaient pas nouveaux. Mais cette dernière rumeur était la plus accablante. Lavinia, la plus grande commère de la ville, était sans nul doute très heureuse de partager les informations en sa possession.

Mais Angela refusait de les croire. Il était impossible que Ryder soit le père de Roarke. Il devait y avoir erreur.

Son esprit était en ébullition. Il fallait qu'elle parle à son père. Et surtout, il fallait qu'elle parle à Ryder.

— Angela, ma chère, tout va bien ? s'enquit Lavinia. Je pensais vraiment que tu étais au courant. Quand j'ai parlé avec Sterling l'autre jour, il a évoqué cette rumeur comme si c'était une information publique.

— Tu as parlé de ça avec mon père ? s'exclama Angela.

Elle lança sa serviette sur la table et se leva brusquement.

— Il faut que j'y aille. Nous déjeunerons ensemble une autre fois.

— Ne pars pas, Angela. Assieds-toi, et parlons de cela calmement. Tu ne devrais pas conduire si tu es perturbée.

Perturbée ? C'était bien loin de décrire son état. Elle aurait été perturbée si elle avait fait une éraflure sur une de ses chaussures préférées. Mais après avoir découvert que son petit ami avait peut-être couché avec sa mère, elle était... dévastée.

— Je ne suis pas trop perturbée pour conduire, rétorqua-t-elle. Je suis bien décidée à découvrir la vérité.

Elle se retourna vivement et faillit faire tomber un serveur qui portait un plateau. Sans attendre, elle fila vers la sortie. Il était impossible qu'elle poursuive sa liaison avec Ryder si la rumeur était vraie.

Comment avait-il pu omettre de lui parler de cette liaison avec la mère d'Angela ? C'était un sujet qu'il aurait dû aborder dès qu'ils avaient commencé à se rapprocher.

Angela avait les mains tremblantes quand elle démarra. Elle agrippa fermement le volant et regarda droit devant elle. Elle se força à inspirer et à expirer lentement, pour essayer de se détendre, mais en vain. Il était impossible qu'elle reste calme après une telle nouvelle.

Elle ignorait encore ce qu'elle dirait à Ryder, mais elle avait une certitude : leur escapade romantique n'était plus d'actualité.

NIOBIA BRYANT

La mésalliance inattendue

Traduction française de
ELSA GANEM

PASSIONS

HARLEQUIN

Titre original :
ONE NIGHT WITH CINDERELLA

Ce roman a déjà été publié en 2021.

1

Mars

— J'espère qu'un jour je serai aussi riche que j'en ai l'air aujourd'hui.

Monica Darby se regardait dans le grand miroir accroché au mur du spacieux dressing en tournant sur elle-même. La couleur pourpre de la robe haute couture qu'elle tenait devant elle était très différente des teintes sombres qu'elle avait l'habitude de porter. Avec sa main libre, elle fit une queue-de-cheval haute et aspira ses joues en prenant une pose de mannequin.

Elle se sentait comme une petite fille qui jouait à se déguiser.

Dans le reflet, elle aperçut l'étiquette du prix qui pendait sur la manche. Elle ne fut pas étonnée de voir qu'elle coûtait presque un quart de son salaire annuel.

Monica imagina ce que ça pourrait faire de posséder d'aussi beaux habits, de vivre dans une maison luxueuse et parcourir le monde en jet privé quand ça lui chantait.

Dans mes rêves.

Elle pendit la robe avec les autres tenues hors de prix, craignant d'être surprise pendant ce bref instant d'égarement alors qu'elle servait la puissante famille Cress en tant que gouvernante. Elle chérissait ce poste car elle avait trouvé chez eux la stabilité dont elle avait manqué en ayant grandi en famille d'accueil. Après un dernier coup d'œil vers le placard pour s'assurer qu'il était parfaitement rangé, elle se retourna et quitta le dressing en fermant la porte derrière elle.

Ses tennis ne faisaient presque aucun bruit sur le parquet à chevrons tandis qu'elle traversait la suite pour récupérer le chariot avec tout son matériel de ménage.

Encore huit suites et la cuisine, se dit Monica avant de quitter la chambre et d'arriver sur le vaste palier du quatrième et dernier étage de cette maison de ville dans le coin historique très en vue de Lenox Hill, dans l'Upper East Side de Manhattan.

La demeure de neuf cents mètres carrés était calme alors qu'elle se dirigeait vers l'ascenseur. Elle était seule. La chef était sortie faire des courses et tous les membres de la famille Cress étaient absents pour la journée. Elle pouvait faire le ménage sans craindre d'être interrompue.

Elle prit l'ascenseur pour descendre au sous-sol où le linge qui n'avait pas été envoyé au nettoyage à sec attendait d'être lavé. C'était aussi là que se situait sa chambre.

Ding.

Elle fronça les sourcils quand l'ascenseur ralentit. Elle pensait être seule, mais, à l'évidence, elle se trompait. Ses yeux s'écarquillèrent quand il s'arrêta au troisième étage et qu'elle découvrit derrière le fer forgé Gabriel Cress, que tout le monde appelait Gabe. Le fils cadet de Phillip et Nicolette Cress était occupé sur son iPhone. Elle s'humecta les lèvres en reculant jusqu'à ce que son dos heurte la paroi et baissa la tête. Son cœur s'emballa et se mit à battre si fort dans sa poitrine qu'elle craignit qu'il l'entende.

Il leva brièvement la tête et lui fit un petit signe.

— B'jour, dit-il d'une voix grave et neutre.

— Bonjour, monsieur Cress, dit-elle d'une voix douce en gardant les yeux rivés sur ses tennis noires.

Cet homme très beau la rendait très nerveuse.

Monica aurait voulu se cacher dans un trou de souris. Elle se risqua tout de même à lever fugacement les yeux. Il se tenait contre le mur opposé, toujours concentré sur l'écran de son téléphone. Il ne faisait pas attention à elle, mais elle y était habituée. Les hommes comme Gabe Cress, puissants, beaux, sexy, riches et pleins d'assurance, étaient attirés par des femmes à l'opposé de Monica, la femme de ménage, avec son uniforme noir et pas maquillée.

Elle s'autorisa à étudier son profil.

C'était un homme bourré de charme qui ressemblait beaucoup à l'acteur Jesse Williams. Le teint ambré. Les yeux bleu-gris. La mâchoire carrée et les pommettes hautes. Une bouche souple. Les cheveux coupés court et une barbe de trois jours nette. Il était grand, plus d'un mètre quatre-vingts, athlétique, et parfaitement habillé avec une chemise marine glissée dans un jean foncé, une ceinture cognac et des chaussures sur mesure. C'était le genre de tenue qu'il portait tous les jours ; en apparence simple, mais stylée et ajustée.

Même si sa mère, Nicolette, l'avait engagée il y a déjà cinq ans, Monica ne s'était toujours pas habituée à lui. Ni à l'odeur chaude et épicée de son eau de Cologne qui la faisait frissonner.

Les cinq fils Cress étaient tous beaux, mais Gabe était le seul à lui faire tourner la tête.

Ressaisis-toi, Monica.

Il était irrésistible sans même le vouloir.

Quand l'ascenseur s'arrêta progressivement, il glissa son téléphone dans la poche arrière de son jean, ouvrit la grille et lui adressa un signe de tête en s'éloignant.

Comme elle avait retenu sa respiration, elle poussa un soupir tremblant, ferma les yeux et se mordilla la lèvre inférieure en attendant de recouvrer ses esprits.

Elle ne pouvait pas l'expliquer.

Mais elle était bien là.

L'étincelle.

Pourtant, elle ne voulait pas attirer son attention, ni celle d'aucun autre homme. En ce qui la concernait, l'amour n'apportait que des problèmes.

Elle appréciait sa solitude. Elle consacrait ses journées au maintien de l'ordre dans la maison avant de se retirer dans ses quartiers et de profiter d'une soirée télé ou lecture. Ainsi, elle pensait être à l'abri de la déception et du chagrin qu'elle avait éprouvés toute sa vie en ayant grandi dans le système des familles d'accueil où elle ne s'était jamais vraiment sentie chez elle et ne trouvait jamais sa place... Elle se demandait alors pourquoi ses parents n'avaient pas voulu la garder.

Monica chassa la douleur familière de l'abandon. Heureusement, le temps l'avait atténuée. Elle secoua légèrement la tête en sortant de l'ascenseur au sous-sol, passa devant la cave à vin, le débarras et le placard à balais. Elle refusait de donner aux parents qu'elle ne connaissait pas ce pouvoir sur sa vie, tout comme elle l'avait fait avec les personnes qui étaient passées dans sa vie.

Elle ne s'impliquait jamais émotionnellement.

L'amour l'avait déçue plus d'une fois.

Il suffit de regarder comment s'est terminée ma dernière relation.

Alors qu'elle poussait le chariot dans le placard où elle conservait son matériel, elle s'arrêta, une main sur la porte. Elle se souvenait de lui.

James.

Elle leva les yeux au plafond et secoua la tête, regrettant qu'il n'y ait pas de boutons « Retour en arrière » et « Effacer » dans la vie.

Quand elle avait atteint la majorité aux yeux du gouvernement, à dix-huit ans, Monica avait eu la chance d'aller dans un *community college* et de se voir attribuer un appartement, en comptant sur des aides, un prêt et un travail à temps partiel pour payer son loyer. Ce fut une période maigre et compliquée. Elle n'avait jamais eu aussi peur de ne pas être capable de s'en sortir toute seule, mais n'avait également jamais été aussi déterminée à profiter de sa liberté. Elle fréquentait cet établissement depuis deux ans quand elle avait rencontré et était tombée amoureuse de James Giligan, un beau photographe de voyage qui l'avait convaincue d'abandonner ses études pour parcourir le pays en caravane avec lui tandis qu'il alimenterait son blog avec ses aventures. Quitter l'école avait été une décision majeure, mais elle avait alors le sentiment d'avoir enfin quelqu'un qui l'aimait et elle n'avait pas voulu prendre le risque de le perdre. Leurs voyages et leur vie nomade avaient duré cinq ans. Cinq années pleines d'amusement et de spontanéité, jusqu'à ce qu'ils rentrent à New York pour une brève visite et qu'elle se réveille un matin en découvrant qu'il était parti avec sa nouvelle conquête.

Monica grommela en se souvenant de sa naïveté et de la marque qu'avait laissée cette trahison. Cinq ans avaient passé depuis le jour où elle avait dû se ressaisir, ravaler ses larmes et élaborer de nouveaux projets pour sa vie. La petite annonce pour un poste de gouvernante lui était apparue comme une réponse à ses prières, lui fournissant un travail et un toit. Elle posa sa candidature et accepta avec gratitude le poste quand on le lui offrit.

Elle se résolut à ne jamais laisser l'opportunité à quiconque de la blesser ou de la laisser tomber à nouveau.

Comme ses parents.

Comme grand nombre de familles qui l'avaient accueillie.

Comme James.

Monica soupira tandis que cette douleur poignante, ce sentiment de déception amer irradiait dans sa poitrine. Elle souffrait toujours de cette trahison et elle détestait ça.

Elle ferma la porte du placard à balais et avança jusqu'à celle de la buanderie lumineuse, où elle chargea deux grosses machines du linge de lit qu'elle changeait tous les jours. Elle se rendit ensuite à l'autre bout du sous-sol où se trouvaient ses quartiers. C'était une jolie suite comprenant une chambre, une salle de bains et un petit salon. Elle l'avait décorée avec différentes teintes de jaune pour la rendre plus chaleureuse et lui donner un peu plus l'impression d'être chez elle ; elle n'était jamais restée aussi longtemps au même endroit.

Elle sortit un petit paquet d'enveloppes de la poche de devant de son tablier et le posa sur la console. Elle les ouvrirait plus tard. Elle avait d'abord déposé le courrier de la famille sur un plateau en cuir dans l'entrée, comme d'habitude. En quittant sa chambre, elle ferma la porte et emprunta l'escalier qui menait à la cuisine moderne et lumineuse au rez-de-chaussée. La pièce, avec ses appareils chromés et sa plomberie couleur bronze, était aussi magnifiquement conçue que le reste de la maison.

La chef cuisinière de la famille, Jillian Rossi, était sortie pour faire les courses quotidiennes, et Monica profitait toujours de ce moment pour nettoyer la cuisine après le petit déjeuner familial. Avant de remplir le lave-vaisselle, elle l'ouvrit et y découvrit les couteaux de luxe de Jillian. Elle savait qu'ils lui appartenaient grâce aux initiales gravées sur les manches. Elle repéra la valisette en cuir de la chef sur le comptoir en granit, défit la boucle et l'ouvrit.

Un message manuscrit se trouvait à l'intérieur. Elle le lut à haute voix :

J'ai encore ton goût sur la langue.

Eh bien, Jillian…

Monica fronça les sourcils tandis qu'elle refermait la valisette, en regrettant d'avoir vu ce petit mot… ainsi que l'estampe dorée du logo Cress Inc. sur l'en-tête. Dans une famille aussi importante et riche dont les membres choisissaient de travailler et vivre ensemble, les secrets n'étaient pas rares. Elle en avait vu et entendu beaucoup ces cinq dernières années. Des coffres-forts cachés. Des vices. Des rancunes tenaces. Des accords professionnels. Des promesses. Des promesses rompues. Même deux des frères qui fréquentaient la même femme sans le savoir. Découvrir que l'un des hommes de la famille Cress entretenait une relation secrète avec la chef Jillian faisait pâle figure en comparaison.

Cela ne la regardait pas, mais Monica ne pouvait s'empêcher de se demander de qui il s'agissait.

Phillip Jr. ? Sean ? Cole ? Ou peut-être Lucas ?

Elle grimaça en visualisant Gabe en train d'embrasser passionnément Jillian. Elle n'avait aucun droit d'être jalouse. Si Gabe et Jillian étaient amants, alors ce n'était pas son problème.

Non ?

Si.

Pourtant, à cet instant, c'était plus facile à dire qu'à faire.

Gabe se gratta le menton en regardant la fontaine en cascade au fond du jardin. C'était la fin de l'hiver et l'air était encore vif et tonifiant. Il s'assit à la longue table de béton sous la pergola couverte de bambous qui s'étendait sur dix mètres et offrait à la famille de l'intimité et de l'ombre quand ils étaient dehors. On pouvait entendre les bruits de New York sur Lexington Avenue, mais il s'agissait d'un bruit de fond vague qui ne le distrayait pas de ses pensées.

En tant que président de la division restaurant de Cress Inc., il était chargé de prendre des décisions efficaces. Phillip Cress Sr., son père exemplaire et directeur général de la compagnie, n'attendait rien de moins et était très clair avec ses fils. Gabe était un homme déterminé qui avait ses propres idées, mais il n'était pas très patient. Il trouvait pénible de devoir prouver sa valeur à un père autoritaire qui n'attendait rien d'autre qu'une allégeance aveugle.

Gabe aurait aimé qu'il sache que s'il était loyal envers sa famille, c'était simplement parce qu'il aimait ses parents et ses frères par-dessus tout et aurait fait n'importe quoi pour les voir heureux. Faire des sacrifices n'était pas nouveau. Gabe avait toujours fait de son mieux pour ne pas causer de souci à ses parents. Avec cinq garçons chahuteurs et des carrières envahissantes, ses parents n'avaient pas besoin d'un tracas supplémentaire. D'un autre enfant à discipliner. Il avait pris l'habitude de baisser la tête et ne jamais décevoir ces parents qu'il admirait tant. Il était impossible de dénigrer leur réussite.

Phillip Cress Sr. et Nicolette Lavoie-Cress aimaient la cuisine presque autant qu'ils aimaient leurs cinq fils. Ces quinze dernières années, ils s'étaient fait reconnaître en tant que chefs respectés, avaient gagné des étoiles au guide Michelin et des James Beard Awards, ouvert plusieurs restaurants réputés et écrit plus de deux douzaines de livres de recettes à succès.

Tandis qu'ils commençaient à ralentir le rythme, ils se consacraient de plus en plus à l'essor de l'empire culinaire Cress Inc. et à la diversification de l'entreprise avec des émissions de télévision sur des chaînes nationales, du matériel de cuisine, des magazines en ligne, une école de cuisine reconnue par l'État gérée par Nicolette, et une fondation à but non lucratif.

Ils avaient transmis leur amour pour la cuisine à leurs fils qui étaient tous des chefs reconnus eux-mêmes. Et chacun d'entre eux jouait un rôle dans l'entreprise. Gabe dirigeait la division restaurant. Son frère aîné, Phillip Jr., gérait la Cress Family Foundation. Sean supervisait la licence d'émissions de cuisine. Cole s'occupait des magazines en ligne et des sites web. Et leur petit frère, Lucas, venait d'être nommé à la tête de la vente de matériel.

Mais Phillip Sr. envisageait de préparer l'un d'entre eux pour devenir son successeur à la tête de Cress Inc., et les fils Cress convoitaient tous ce titre. D'autant plus qu'obtenir une telle approbation représenterait la reconnaissance ultime de leurs compétences. Cela alimentait une certaine compétition et de légères altercations entre les frères, ce que Gabe trouvait lassant. Ils avaient toujours été élevés pour être aimants et loyaux les uns envers les autres. Chaque jour qui passait, il constatait tristement que cela changeait.

Parfois, travailler et vivre ensemble n'était pas facile. Il avait donc décidé de travailler à la maison et non dans les bureaux de l'entreprise au centre de Manhattan. Il avait besoin de souffler. De tous les membres de la famille, c'était lui qui détestait le plus les confrontations inutiles et les disputes.

Son estomac gargouillait. Il prit son téléphone sur la pile de dossiers. Il était presque midi et il avait sauté le petit déjeuner. Il se leva, glissa son portable dans la poche de devant de sa chemise sur mesure, traversa le jardin et ouvrit la baie vitrée de la verrière de la salle à manger.

Il y trouva la gouvernante, Monica, qui fermait le lave-vaisselle et appuyait sur les boutons pour l'allumer avant de se tourner vers le garde-manger. C'était une excellente gouvernante en qui ils avaient tous entièrement confiance, aussi bien pour leur maison que pour leurs possessions, et elle s'assurait toujours de ne pas interférer dans leurs vies. Elle parlait peu et croisait rarement leurs regards. Elle était… mystérieuse.

Elle était là depuis cinq ans, et il n'était pas sûr de lui avoir adressé plus d'une douzaine de mots.

En arrivant dans la cuisine, Gabe ouvrit le congélateur pour trouver quelque chose à manger. Il était presque tenté de préparer son plat préféré : des raviolis farcis aux champignons sauvages, à la ricotta et au parmesan, servis dans une bisque. Mais cela faisait presque trois ans qu'il avait quitté son poste de chef du restaurant Cress à Midtown Manhattan. Cress Inc. était devenue sa priorité. Gabe ne cuisinait presque plus. En fait, plus personne ne le faisait dans la famille. Ils n'avaient pas le temps. Voilà pourquoi une famille de chefs avait besoin d'un chef à leur service.

En poussant un profond soupir, il réalisa combien cela lui manquait. C'était la preuve la plus flagrante de sa loyauté envers sa famille et de son désir d'aider ses parents à atteindre leurs rêves d'un empire culinaire.

— Oh. Pardon.

Il ferma un peu la porte et regarda par-dessus son épaule Monica qui arrivait du garde-manger. Elle écarquilla les yeux avant de les baisser vers les produits ménagers qu'elle tenait dans ses mains.

— Jillian n'est pas là, monsieur Cress, dit-elle précipitamment, mal à l'aise.

— Jillian ? Ai-je besoin de sa permission pour entrer dans la cuisine ? demanda-t-il d'un ton sévère avant de se tourner vers le réfrigérateur et d'en sortir une barquette de restes de carottes au gingembre et une autre de noix de Saint-Jacques poêlées.

— Non… Non. Bien sûr que non. J'ai juste pensé que vous la cherchiez. Juste… Peu importe, fit-elle en secouant la tête alors qu'elle posait son matériel sur le comptoir et allait sortir de la pièce.

Il avait l'air contrarié. *C'est ridicule.*

— Ai-je fait quelque chose pour vous offenser ou vous mettre si mal à l'aise ? demanda-t-il avec le sentiment qu'elle le voyait comme un loup prêt à bondir sur sa proie.

Il n'aurait pas dû s'en soucier. Cette femme timide et réservée incapable de le regarder dans les yeux n'était pas du tout son genre. Il préférait les femmes sensuelles et pleines d'assurance.

Monica pivota brusquement sur elle-même.

— Bien sûr que non, monsieur Cress, affirma-t-elle, visiblement choquée.

Gabe fut surpris quand il sentit son estomac se nouer soudainement en décelant cette rare démonstration d'émotion de sa part. La première qu'il voyait en cinq ans. Cela transformait son visage. Lui apportait de la vie et de la lumière. Et de l'intérêt. Pour la première fois, il remarqua qu'elle était jolie. Instinctivement, ses yeux la considérèrent dans son ensemble, comme un homme regarde une femme.

Elle avait des airs de Zoe Saldana. Une peau chocolat. De longs cheveux noirs tirés en une queue-de-cheval qui accentuait ses pommettes hautes et ses yeux de biche aux longs cils. Sous son T-shirt et son pantalon noirs, il devinait qu'elle était grande et mince, mais avait de jolies formes. Il trouva même le petit grain de beauté au coin de son œil gauche mystérieux.

Il se demanda quelles autres émotions elle cachait. La passion ? Le désir ? Le plaisir ? La satisfaction ?

Comment son visage serait-il transformé pendant l'orgasme ? Des yeux hébétés ? Une bouche entrouverte ?

À cette pensée, son cœur s'arrêta de battre, tandis que la tentation grandissait violemment.

Du calme, Gabe. Du calme.

— Je voulais juste m'assurer que je n'avais rien fait qui vous mette mal à l'aise en ma présence.

Il ne savait pas qu'il pouvait être attiré par ce genre de femme.

Elle le regarda et ravala manifestement une boule dans la gorge.

— Non. Jamais, lui assura-t-elle d'une voix douce.

Non. Pas douce. Voilée. Rauque.

Eh bien. Qui aurait pu s'en douter ?

— Je ne veux pas troubler votre emploi du temps, dit Gabe en traversant la cuisine pour prendre une assiette dans le meuble vitré à côté duquel elle se tenait. Je prends juste un petit quelque chose à manger puisque je travaille à la maison aujourd'hui.

Sa proximité soudaine la fit reculer d'un pas.

Il la regarda en fronçant les sourcils. Leurs yeux se croisèrent un bref instant avant qu'elle détourne le regard. Elle devait avoir à peu près le même âge que lui, trente-deux ans. Sa nervosité piqua sa curiosité.

— Monica, fit-il d'une voix grave.

Elle leva les yeux vers lui.

— Monsieur ? répondit-elle en se tordant les mains.

Oh.

Il lut la vérité au fond de ses yeux de biche.

Gabe avait l'habitude des femmes. Et là, devant lui, s'en trouvait une à qui il plaisait. Qui s'intéressait à lui. Le désirait.

Il en était sûr.

L'intérêt de Monica à son égard fit monter la température de son corps. Il s'éclaircit la voix et retraversa la cuisine pour remplir son assiette avant de la mettre dans le four à micro-ondes.

Bzzzz.

Il prit son téléphone qui vibrait et jeta un œil à l'identité de la personne qui l'appelait. C'était une vieille connaissance. Felicity. Il pensa à cette beauté bien proportionnée, avec de grands yeux, des lèvres charnues et des cuisses rondes, mais ne décrocha pas. Ils avaient passé du temps ensemble plusieurs semaines plus tôt et il n'avait pas l'intention de remettre le couvert. Tout ce qu'elle voulait, c'était avoir accès à sa vie privilégiée, et lui s'était satisfait de cette jolie potiche qui ne demandait qu'à lui plaire. La première fois qu'elle avait fait allusion, sans trop de subtilité, au mariage, cela avait refroidi ses ardeurs.

Gabe était aussi inflexible sur sa réussite professionnelle qu'il était déterminé à éviter une relation sérieuse. Son passé amoureux avait prouvé qu'il était incapable de trouver un équilibre entre la vie de couple et les devoirs imposés par sa carrière sans que quelqu'un souffre. Donc il avait choisi cette dernière, appréciant le prestige, le défi et l'admiration d'un père qui, comme lui, n'attendait que le meilleur.

Felicity lui avait rappelé sans le savoir le type de femmes sophistiquées et sexy qu'il appréciait. Des femmes à l'opposé de Monica.

De toute façon, cela avait peu d'importance. Elle faisait partie des employés de la maison et était donc hors de portée.

Il jeta un coup d'œil dans sa direction et ne fut pas surpris de trouver l'endroit vide.

Tant mieux.

La dernière chose qu'il voulait aurait été de l'encourager et la décevoir quand rien ne se serait passé. Il était plus intéressé par ses talents pour ranger et nettoyer sa chambre que par l'idée de l'avoir dans son lit pour combler son désir.

Notre désir, s'avoua-t-il.

Si les circonstances avaient été différentes et si elle avait eu un peu plus d'éclat et d'aplomb, Gabe savait qu'il aurait satisfait avec plaisir le désir qu'il avait vu dans ses yeux.

2

Une semaine plus tard

Gabe desserra son nœud papillon noir, le laissant pendre derrière le col de sa chemise assortie, appuyé sur l'encadrement de la porte du dernier établissement Cress. C'était le dixième et en tant que président de la division restaurant, c'était une célébration personnelle. Il avait supervisé chaque étape de sa création, de son design chic à son menu de cuisine française en passant par la sélection de son chef et de sa brigade.

Toute la famille était réunie dans l'une des quatre salles privées du Cress X pour célébrer son inauguration. On avait bu du champagne, savouré le repas, échangé des compliments, tout en parlant affaires.

Il prit une gorgée de champagne millésimé et observa ses frères par-dessus le bord de sa flûte en cristal.

Phillip Jr., l'aîné, déposa un baiser dans le cou de sa femme, Raquel, alors qu'elle frottait le dos de leur bébé endormi, Collette, qui était étendue sur leurs genoux. Ce qu'il lui susurra à l'oreille la fit sourire.

Son deuxième frère, Sean, paradait à travers la pièce, son petit verre de brandy à la main. Il animait plusieurs émissions culinaires produites par Cress Inc., fréquentait des célébrités influentes et s'était hissé dans le top dix des chefs les plus sexy pour le magazine *People* l'année précédente. Heureusement, son sourire et ses talents culinaires étaient aussi grands que son ego.

Ses deux plus jeunes frères, Cole et Lucas, lançaient tous deux des œillades à une jolie serveuse qui faisait le tour de la table, remplissant tous les verres, avant qu'ils échangent un sourire vorace qui indiquait qu'ils appréciaient son physique, même s'ils n'oseraient pas agir. Gabe n'aurait toutefois pas été étonné que Cole défie la règle de la famille pour passer une nuit dans son lit. Il semblait aimer aller à gauche juste parce que tout le monde allait à droite.

Lucas était le benjamin des fils Cress et clairement le favori de ses parents. Ils le savaient tous et l'acceptaient. Aujourd'hui, en voyant son corps bien dessiné, il était difficile de croire que l'indulgence de sa mère lui avait causé un surpoids de plus de vingt kilos.

Depuis longtemps, chacun avait un rôle assigné. Phil était le responsable. Sean, la star. Cole, le rebelle et Lucas le chouchou. Gabe savait qu'il était « le garçon bien ». L'enfant du milieu qui ne posait pas de problème.

Ses épaules s'affaissèrent et il prit une autre gorgée d'alcool.

Ding-ding-ding.

Le mélange de voix et de bruits de couverts se tut quand tout le monde tourna son attention vers son père qui venait de se lever et tapait une fourchette contre sa flûte. Gabe fixa cet homme grand à la peau mate, aux larges épaules et au sourire éclatant.

— Nous avons partagé quarante ans ensemble, mon amour, commença Phillip Sr. avec son fort accent anglais, les yeux rivés sur sa femme, Nicolette, beauté au teint olive dont les mèches argentées rappelaient son blond d'autrefois. Ensemble, nous avons tant accompli, et nous l'avons fait avec amour. L'amour mutuel. L'amour de notre famille. L'amour de la vie. De la cuisine.

Gabe sourit tandis que sa mère glissait sa main dans celle de son père et caressait doucement sa paume avec son pouce.

— Et nous avons transmis cet amour à nos enfants, à

nos fils. Nos cinq fils, insista-t-il en se frottant le torse pour exprimer toute sa fierté.

La pièce se remplit de rires.

Depuis leur enfance, les garçons Cress avaient tout appris sur la nourriture et la meilleure façon de la cuisiner. Ils avaient appris à apprécier ses nuances et à varier les techniques pour obtenir des résultats différents, tous délicieux. Ils s'étaient tous entraînés dans les restaurants de leurs parents et avaient fréquenté une école de cuisine avant d'emprunter différentes voies pour devenir chefs. Ils étaient tous des experts culinaires accomplis qui nourrissaient l'amour de cet art transmis par leurs parents à travers les gènes et leurs habitudes.

— Ce soir, nous célébrons une nouvelle réussite pour Cress Inc., dit Phillip en regardant ses enfants adultes. Un empire qui est le plus grand reflet de nos plus grands amours : la cuisine et la famille.

Nicolette se leva près de son mari.

— À la cuisine. À la vie. À l'amour, dit-elle dans sa langue natale, le français.

Ce mantra était peint sur le mur au-dessus de chacun de leurs fourneaux, personnels et professionnels, sur le fond de chaque casserole de la marque Cress, dans le filigrane de chaque lettre des divers éditeurs de leurs magazines culinaires. Il était aussi affiché sur tous leurs sites et profils en ligne et c'était la phrase de fin de chaque émission de cuisine produite par Cress Inc. à la télévision.

— À la cuisine. À la vie. À l'amour, répétèrent-ils tous en chœur en levant leurs flûtes pour porter un toast.

Phillip Sr. et Nicolette échangèrent un baiser. Il lui prit la main et la guida vers la petite zone au milieu de la pièce, décorée de lin et de bronze, avant de la serrer contre lui pour danser en chantant doucement une chanson d'amour française dans son oreille.

Gabe les regardait. La vie lui avait prouvé depuis longtemps qu'il était incapable de trouver un tel équilibre.

Il arrêta la jolie serveuse avec un sourire poli avant de poser sa flûte vide sur le plateau qu'elle portait.

— Merci, dit-il en défaisant le bouton de son smoking noir avant de quitter discrètement la salle.

Pour lui, la soirée et la fête étaient terminées.

Il descendit dans le hall, puis se dirigea vers la porte d'entrée pour rejoindre son SUV. Le chauffeur quitta son siège pour ouvrir la portière arrière du véhicule noir rutilant.

Gabe le remercia d'un signe de la tête et se détendit dès qu'il fut installé sur le cuir moelleux de la banquette. La combinaison du champagne et des tranches de viande de bœuf wagyu avait été délicieuse, mais cette soirée l'avait fatigué. Il pensait s'accorder un petit moment de solitude et d'introspection avant que la famille revienne du restaurant et que les festivités se poursuivent à la maison.

Arrivé chez eux, Gabe monta en petites foulées les marches et pressa son pouce sur le capteur biométrique pour déverrouiller la porte en fer forgé et entrer dans le vestibule de marbre. Tout le rez-de-chaussée était très subtilement éclairé par de petites touches de lumière. Il se rendit prestement dans la spacieuse cuisine de chef.

Sur l'îlot central étaient posées une caisse de champagne et une douzaine de flûtes.

Sifflotant, il attrapa une bouteille et une flûte qu'il emporta avec lui vers l'ascenseur. Il se souvint alors de ce jour où il avait failli ne pas remarquer la présence de Monica adossée à la paroi comme si elle essayait de s'y fondre. Un jour comme tant d'autres. Ce qui était différent, c'était que, plus tard ce jour-là, dans la cuisine, il l'avait *vue*, l'avait vraiment vue, pour la première fois.

Et il avait aimé ce qu'il avait découvert.

Et c'est toujours le cas.

Il fronça les sourcils en se retournant, la bouteille et le verre entre les doigts d'une main et pressant le bouton pour le mener au toit-terrasse de l'autre. L'ascenseur se mit doucement en marche alors qu'il se souvenait de son regard plein de désir et de la manière dont son propre cœur s'était emballé en prenant conscience que la discrète Monica le convoitait secrètement.

Son estomac se noua quand il pensa à elle.

Sa beauté était subtile. Douce. Mais une fois qu'on l'avait remarquée, elle était indéniable.

Il souffla en trépignant.

Le plus important chez Monica Darby, c'était ses compétences en tant que gouvernante. Le fait qu'elle garde toujours les yeux baissés et accomplissait ses tâches sans les importuner ou trahir leur confiance. Plusieurs fois, sa mère avait affirmé qu'elle faisait partie intégrante de leurs vies trépidantes, en dépassant même leurs espérances. La maison tournait comme une machine bien huilée grâce aux tâches qu'elle accomplissait dans l'ombre.

Cela comptait plus que ses yeux de biche scintillants de désir.

Ding.

L'ascenseur ralentit avant de s'arrêter. Avec sa main libre, il ouvrit la grille et sortit sur le toit-terrasse qui s'étendait sur les sept mètres de largeur de l'immeuble. L'air était calme, frais, et les bruits de la ville résonnaient tandis qu'il passait devant le salon et contournait la verrière.

Quand il vit Monica penchée au-dessus de la rambarde, en train de contempler Central Park, il se figea. Un petit coup de vent souleva légèrement son peignoir de coton long jusqu'au sol. Ses cheveux étaient lâchés dans son dos. Un léger sourire étirait ses lèvres et la lune projetait une douce lueur sur son profil alors que les guirlandes lumineuses qui ornaient la pergola semblaient étinceler derrière elle.

C'était assez touchant et magique.

Comme l'une de ces scènes de film romantique que sa belle-sœur, Raquel, adorait regarder.

Monica regarda dans sa direction alors qu'il allait se retourner pour la laisser à sa solitude.

— Oh ! je suis désolée, monsieur Cress. Je pensais que la famille était absente pour la soirée.

Son peignoir et le col haut de la chemise qu'elle portait en dessous étaient guindés. Très sages. Très réservés. Très Monica.

— Je suis le seul à être rentré, dit-il en levant la bouteille et la flûte. Je voulais profiter d'un moment seul avant que tout le monde revienne.

Elle approuva d'un signe de tête.

— Je vais vous laisser, déclara-t-elle en coinçant ses cheveux derrière son oreille droite tandis qu'elle s'approchait de lui.

— Nous avons inauguré notre nouveau restaurant, le Cress X, ce soir, lança-t-il, surpris de ressentir le besoin de briser le silence.

Monica leva les yeux vers lui avec un air malicieux.

— Je sais. Félicitations.

Bien sûr qu'elle était au courant. Il doutait qu'il y ait grand-chose qu'elle ignore concernant leur famille. D'où l'accord de confidentialité qu'on lui avait fait signer quand elle avait été engagée.

Un crissement de pneus retentit.

Ils s'approchèrent tous deux de la rambarde pour regarder la rue. Une voiture de sport rouge fit un écart à droite d'une décapotable bleue avant de s'enfuir.

— Évitée de justesse, dit Gabe en la regardant à ses côtés.

— Par chance, tout le monde rentrera chez lui sain et sauf.

Gabe étudia ses pommettes hautes, la douce rondeur de ses joues et l'inclinaison de son menton. Un parfum subtil mais doux flottait autour d'elle. Il s'efforça de détourner le regard et de s'éclaircir la voix.

— Oui, dit-il en versant un peu de champagne dans sa flûte.

— Je vais vous laisser célébrer l'événement, indiqua Monica.

Avec un acquiescement poli, Gabe but une gorgée et posa la bouteille à ses pieds en essayant d'ignorer comme son attention était concentrée sur elle. Sur son parfum. Sa beauté. Même sur le doux vent de la nuit qui rabattait ses cheveux sur son visage. Il valait mieux garder ses distances. C'est ce qu'il s'était efforcé de faire toute la semaine passée pour l'empêcher de trop faire attention à elle. Depuis que le voile sur *leur* désir avait été levé, il avait été difficile de l'ignorer.

Elle se retourna pour partir, mais quelques secondes plus tard, un petit cri lui échappa quand ses pieds s'emmêlèrent dans un pan de son long peignoir et projetèrent son corps contre lui en trébuchant.

Réagissant habilement, il passa un bras autour de sa taille et serra son corps contre le sien pour l'empêcher de tomber. Leurs visages n'étaient qu'à quelques centimètres l'un de l'autre. Quand les yeux de Monica descendirent vers sa bouche, il retint son souffle. Ses propres yeux parcoururent son visage avant de plonger dans les siens.

Il savait que tout cela n'avait duré qu'une fraction de seconde, mais là, alors qu'il la tenait dans ses bras et que leurs regards étaient rivés l'un sur l'autre, cela lui semblait être une éternité. Il se demanda ce qu'elle ressentait. Son cœur battait-il la chamade ? Son pouls était-il rapide ? Était-elle excitée ? Sentait-elle cette attirance et ce désir ?

Lui, oui.

En se léchant légèrement les lèvres, ce qui faillit causer sa perte, Monica inclina la tête et l'embrassa. C'était doux et sucré. Une invitation.

— Monica ? demanda-t-il, emporté par le désir, mais la voix grave et douce en essayant de reprendre ses esprits.

— Embrasse-moi, murmura-t-elle contre ses lèvres, la voix voilée par l'envie.

— Merde, jura Gabe avant de céder à la tentation et de baisser la tête pour presser sa bouche contre la sienne.

Et une seconde plus tard, les lèvres et le corps de Monica se ramollirent contre le sien, alors qu'elle ouvrait la bouche et l'accueillait avec un souffle chaud qui semblait résonner autour d'eux. Le premier contact de leurs langues provoqua un choc à travers le corps de Gabe et il la serra encore plus fort, pendant que les mains de Monica remontaient le long de ses bras et de ses épaules avant d'attraper les revers de son smoking. Elle semblait se raccrocher à ce qu'elle pouvait alors qu'elle succombait à une passion irrésistible.

Monica se sentait comme dans une bulle.

Le goût et le contact de sa bouche correspondaient en tout point à ce qu'elle avait imaginé.

Ce qu'elle avait rêvé.

Ce qu'elle avait désiré.

Elle était emportée dans un mélange grisant de surprise et d'excitation tandis qu'elle levait légèrement ses mains tremblantes pour caresser l'arrière de sa tête. Un gémissement profond lui échappa. Il émit un râle à son tour. Quelque part dans l'ardeur de ce moment, elle entendit la flûte s'écraser par terre quand il la lâcha pour faire remonter sa main à l'arrière de ses cuisses.

Il goûta ses lèvres avant de déposer des baisers enflammés le long de sa gorge où elle le sentit inhaler son parfum, puis sucer le petit creux au-dessus de sa clavicule. Elle retint son souffle et poussa un petit cri en balançant la tête en arrière pour lui permettre d'accéder davantage à son cou. Elle se cramponna à lui, levant et pliant la jambe sur le côté de son corps ferme et fut récompensée par sa main qui saisit ses fesses au travers du coton. Le tissu ne l'empêchait pas de sentir la chaleur de sa peau.

— Gabe, murmura-t-elle, prononçant son prénom pour la toute première fois.

Et quel moment pour le faire.

Quand elle l'avait vu, si beau et élégant dans son smoking noir, la chemise entrouverte et son nœud papillon défait, une bouteille de champagne à la main, il semblait tout droit sorti des pages d'un magazine de mode ou d'une publicité pour un parfum. Elle avait ressenti une attirance tellement puissante et irrationnelle qu'elle ignorait comment la cacher. Il était si fort, mystérieux et sexy. Absolument irrésistible.

Son cœur s'était mis à battre si violemment qu'elle en eut le souffle coupé.

Et maintenant, il l'embrassait. La caressait. Et pressait son corps contre le sien.

Suis-je en train de rêver ?

La bouche de Monica chercha la sienne et il accepta son audace quand elle tendit la langue. Avec un râle de plaisir, il l'accueillit dans sa bouche. Profondément. Encore et encore. Elle trembla. Son pouls s'emballa et le centre de sa féminité devint douloureux.

Ne me réveillez pas.

Monica posa ses mains sur ses joues, appréciant le contact de sa barbe naissante contre ses paumes alors qu'elle jouait délicatement avec les lobes de ses oreilles. Elle sentit son corps frissonner légèrement et sut qu'elle avait touché un point sensible. Peut-être le premier d'une longue liste.

Contre sa cuisse, elle sentit son membre dur.

Elle rompit leur baiser et s'écarta légèrement pour l'observer, haletante.

Leurs regards se rivèrent l'un à l'autre et quelque chose passa entre eux. Un courant électrique. Une étincelle. Une vibration. Elle le sentit et frissonna à son tour.

C'était le désir ; à l'évidence, il éprouvait la même chose.

— Monica ? murmura-t-il.

Cela faisait si longtemps qu'elle n'avait pas cédé au plaisir charnel, mais elle ne se souvenait pas avoir jamais ressenti ça. Tout son corps était comme électrifié. Il cherchait un signe d'approbation pour lui donner encore *plus* de plaisir. C'était tellement rare qu'une telle option se présente à elle. Après toute une vie de déception. Il y avait eu tellement de rêves auxquels elle n'avait même pas osé croire. Comment aurait-elle pu se refuser *ça* ?

— Oui, consentit-elle, leur accordant la permission à tous les deux.

Gabe la souleva dans ses bras et fit de longues enjambées pour atteindre la pergola fleurie. Il la posa sur l'épais coussin de l'une des doubles chaises longues rondes. Il retira sa veste et jeta son nœud papillon. La chemise moulait son corps parfaitement sculpté.

Aurait-il pu être encore plus sexy ?

Monica s'allongea sur les coussins alors que le bouton charnel entre ses jambes prenait vie. Elle l'observa sortir un préservatif de son portefeuille pendant qu'elle dénouait la ceinture de son peignoir et l'ouvrait pour le laisser tomber à ses côtés. Sa main tremblante marqua une pause sur le premier bouton de sa chemise de nuit tandis qu'elle voyait pour la première fois Gabe Cress, LE Gabe Cress, fièrement nu devant elle.

Oh. Mon. Dieu.

C'était un véritable dieu grec. Dans le plus simple appareil. Des épaules larges, une taille fine, une tablette de chocolat et des cuisses puissantes. Les poils sur son torse décrivaient une flèche qui descendait au milieu de ses abdos et rejoignait le buisson frisé et foncé autour de son membre glabre, gros et long. Il avait une couleur plus foncée que le reste de sa peau marron clair. Comme du chocolat au lait.

Gabe massa son manche avant de le couvrir avec la protection en latex. Il se pencha au-dessus de la chaise. Elle remonta sa chemise de nuit fleurie sur ses cuisses en écartant les jambes. Elle pensait qu'il allait presser son corps contre le sien, mais il se mit à défaire un à un les minuscules boutons de sa chemise. Chaque geste semblait lui envoyer une décharge électrique tandis que son corps nu était de plus en plus exposé. Quand il atteignit le dernier et ouvrit complètement le vêtement, elle se cambra et poussa un soupir brûlant alors que le vent du printemps passait sur son corps et faisait durcir encore plus ses tétons.

Gabe caressa et massa l'intérieur de ses cuisses avant de s'allonger et lui adressa un regard ardent en baissant la tête.

Il ne peut pas le faire. Il ne va pas le faire.

Mais si.

Le premier contact de sa langue habile contre son clitoris

causa sa perte. Monica poussa un cri et attrapa la tête de Gabe tout en roulant des hanches pendant qu'il aspirait son bouton bien trop sensible dans sa bouche. Alors qu'il lui procurait du plaisir, elle aurait aimé avoir suivi son instinct et lui faire la même chose. Le simple fait d'imaginer son membre dur contre ses lèvres et sa langue rendait sa respiration difficile. Elle était absorbée par sa passion et retrouvait une part d'elle-même qu'elle avait enfermée à double tour dans sa solitude, ces cinq dernières années.

C'était un merveilleux geste pour sa féminité. Pour sa sexualité. Pour son être.

Un véritable éveil.

— Gabe, Gabe, Gabe, lança-t-elle dans l'air de la nuit en s'agrippant aux coussins et y enfonçant ses ongles pour garder le contrôle, tandis qu'elle sentait venir un orgasme explosif qui lui donnait l'impression que son corps était à vif.

Tellement vivant. De la meilleure des façons qu'elle ait jamais connues.

Alors qu'elle était sur le point de venir, Gabe se positionna sur elle et sonda sa zone humide et palpitante avec le bout de son membre raide. Elle leva le menton et lui lécha les lèvres quand leurs regards se croisèrent.

— Juste une fois, dit-elle.

— Juste une fois, concéda-t-il avec un signe de tête et un regard sombre et intense. Alors j'ai intérêt à assurer.

— S'il te plaît, le supplia-t-elle en enroulant ses jambes et ses bras autour de son corps de manière presque désespérée alors qu'il utilisait son bassin pour la remplir d'un seul coup.

Ils crièrent à l'unisson.

Ils étaient unis.

Connectés.

Monica ferma les yeux en le sentant si serré à l'intérieur d'elle. Chaque pulsation de son sexe semblait battre contre ses parois. Elle savait qu'il luttait pour se maîtriser. Qu'il faisait de son mieux pour ne pas jouir. Elle était contente que son propre plaisir soit un peu moins fort. Pour le moment. Elle n'était pas prête à accepter que leur nuit sauvage sur le toit de cette magnifique maison victorienne se termine.

— Regarde-moi.

Ils ne se quittèrent pas des yeux tandis qu'il commençait à bouger en elle. Elle le sentit. De toute sa longueur. Sa raideur. Sa grosseur. Sa chaleur.

Se sentant enhardie par ce plaisir charnel, elle suivit le rythme avec de lents mouvements de ses hanches et resserra ses parois autour de son membre.

Il pinça les lèvres et jura.

Elle comprit qu'elle lui donnait du plaisir et sourit en penchant la tête sur le côté, la bouche ouverte, sans le quitter des yeux. Il baissa la tête pour l'embrasser et elle put goûter sa propre moiteur. Elle suça alors sa langue et la prit dans sa bouche avec un ronronnement grave.

Leurs yeux étaient toujours connectés. C'était intense. Grisant. Et puissant.

Ses à-coups s'intensifièrent et il accéléra le rythme. Le souffle coupé, elle écarquilla les yeux et ne put rien faire d'autre que s'abandonner à son assaut passionné et rompre le contact visuel pour enfouir son visage dans son cou et étouffer ses cris de plaisir. Il glissa la main sous elle pour attraper ses fesses. Elle regarda par-dessus son épaule le mouvement de haut en bas de son postérieur. Les muscles de Gabe se contractaient à chaque mouvement. Une perle de sueur coula le long de son dos et disparut dans la rainure entre ses fesses fermes.

Quel glorieux spectacle.

Il mordit légèrement son épaule tandis que son corps se raidissait.

— Qu'est-ce qui ne va pas ? murmura-t-elle entre deux halètements.

— Je ne veux pas que ça se finisse. Pas déjà, dit-il, la respiration laborieuse alors qu'il attendait que le plaisir descende.

— Non. Ne viens pas. Pas maintenant, renchérit-elle en tournant la tête vers lui.

Ils rirent ensemble en se regardant, les yeux dans les yeux.

Monica caressa sa joue et fut surprise quand il tourna la tête pour embrasser la paume de sa main. Elle lui adressa un regard interrogateur.

— Tu es magnifique, dit-il.

Elle semblait ne pas le croire.

— Non, c'est toi, riposta-t-elle, caressant sa fesse avec son talon tandis qu'il lui massait le dos du bout des doigts.

Il se mit à rire.

Elle contracta ses parois autour de lui.

Il s'arrêta de rire et passa le bras autour de sa taille pour la serrer contre lui avant de rouler pour qu'elle se retrouve au-dessus de lui. Elle plongea dans ses yeux bleu argenté qui contrastaient avec sa peau mate. Elle étudia son visage. N'omettant aucun détail. Pas même la petite cicatrice sur son menton qui était légèrement cachée par sa barbe de trois jours.

Se sentant pleine d'assurance, elle repoussa son bras et s'assit lentement en plaquant ses mains sur ses pectoraux. Elle passa ses cheveux derrière son dos pour bien voir son visage tandis qu'elle le chevauchait. Elle eut l'impression que les yeux de Gabe s'emplissaient d'émerveillement alors qu'il la regardait faire onduler son corps comme un serpent.

Il fit remonter ses mains de ses cuisses à son ventre et prit un sein dans chaque main.

— Aaaaaaah, cria Monica en laissant sa tête partir en arrière, si bien que les pointes de ses cheveux chatouillèrent le haut de ses fesses.

Il continua à remonter une main le long de sa gorge jusqu'à ce que son index effleure sa bouche.

Elle tourna la tête pour sucer le bout de son doigt et fut récompensée quand elle le sentit durcir en elle. La base de son membre frottait contre son clitoris, alimentant l'arrivée d'un nouvel orgasme. Elle appréhendait le moment où cela arriverait.

Elle gémit par anticipation.

Gabe se redressa pour prendre un mamelon brun dans

sa bouche tout en saisissant ses hanches pour s'enfoncer profondément en elle, presque violemment. Encore et encore.

La combinaison de son léchage de téton et du frottement de son clitoris était absolument bouleversante. Elle accéléra le rythme de ses va-et-vient sur lui et il la suivit.

— Oui, soupira-t-elle. Oui.

— Je suis avec toi, gémit-il contre elle avant de prendre son autre sein en bouche et de le lécher comme s'il était affamé.

— Oui ! s'exclama-t-elle, la gorge sèche à force de haleter et de gémir de plaisir.

Tout son corps était brûlant alors qu'elle explosait.

Gabe rugit pour exprimer sa propre satisfaction en la serrant dans ses bras.

Monica était dans un autre monde quand elle posa sa joue sur le haut de sa tête et se mordit la lèvre inférieure. Elle sentit alors une vague de plaisir encore plus intense quand elle comprit que Gabe jouissait avec elle. Leurs cris rauques emplirent l'air, se mêlant au bourdonnement du trafic nocturne, et ils se retrouvèrent tous deux transpirants et essoufflés, luttant pour maîtriser les battements de leurs cœurs.

Quand il s'allongea sur le dos et qu'elle posa sa tête sur son torse ferme, elle s'émerveilla de ce qu'ils venaient de partager. Elle se demanda s'il avait déjà connu une électricité et un plaisir aussi forts auparavant. Parce qu'elle, non. Jamais. Et elle se demanda si cela lui arriverait encore à l'avenir.

Juste une fois.

Cela avait été sa requête, et elle savait que c'était mieux ainsi. Même dans les bras l'un de l'autre, rendus fébriles par leur orgasme explosif, le regret s'immisçait en elle. Elle se mordilla la lèvre inférieure. Gabe Cress, aussi beau et sexy soit-il, et ayant surpassé tous ses rêves les plus fous, était son employeur. Elle ne pouvait pas prendre le risque de perdre ce travail qu'elle aimait tant et ne voulait pas que ce genre d'incartade devienne régulière.

Ce soir, c'était juste un plaisir personnel. C'est tout.

Elle détestait être assaillie par les doutes alors qu'elle était dans ses bras.

— Juste une fois, lui rappela-t-elle à voix basse en écoutant les battements de son cœur ralentir doucement.

Il acquiesça, et pendant des secondes qu'elle ne compta pas, il continua à la serrer dans ses bras avant de déposer un baiser sur ses cheveux et se lever de la chaise longue. C'était un adieu à leur rendez-vous impromptu.

3

Deux semaines plus tard

Monica essuya la transpiration sur son front avec le dos de sa main avant de se redresser et jeter la grosse éponge dans le seau d'eau savonneuse.

— Merci, dit Raquel de sa place sur l'un des deux canapés d'angle gris clair dans le confortable séjour.

— De rien, madame Cress, répondit-elle en récupérant le seau sur le tapis persan.

— Excuse-toi auprès de Miss Monica pour le désordre que tu as causé, Collette.

Quelques secondes plus tard, Monica sentit qu'on tirait doucement sur son pantalon. Elle se retourna et baissa les yeux sur la petite fille de trois ans aux fossettes et aux lunettes jaune vif qui la rendaient encore plus adorable.

— Je suis désolée d'avoir renversé mon lait, Miss Monica.

— Ce n'est pas grave, Colli, assura-t-elle avec un doux sourire.

La fillette traversa aussitôt la pièce en courant pour s'asseoir aux pieds de sa mère où elle jouait sur son iPad.

Monica nota mentalement de faire envoyer le tapis à nettoyer. Après avoir vidé le seau, elle utilisa l'escalier en fer forgé pour descendre au troisième étage où elle était en train de nettoyer les suites avant d'être interrompue.

Elle traversa le séjour qui était la réplique exacte de celui à l'étage supérieur, avec ses grandes vitres, son parquet, ses bibliothèques et ses portes en bois massif. Elle retrouva son chariot de ménage et le tira derrière elle jusqu'à la suite de Gabe. Ses pas étaient légèrement hésitants. Après ce qui s'était passé entre eux, pénétrer son sanctuaire la rendait nerveuse.

Devant la porte, elle prit une grande respiration et s'humecta les lèvres avant d'ouvrir et avancer dans la spacieuse chambre élégamment peinte en gris. Ses yeux tombèrent sur lit *king-size* défait et elle l'imagina allongé là, nu, en train de dormir.

« Juste une fois. Alors j'ai intérêt à assurer. »

Elle ferma les yeux et secoua la tête pour chasser ses pensées incendiaires et le souvenir de ce soir-là. Deux semaines plus tard, il était toujours aussi vif dans sa mémoire. Elle regarda ses bras qui se couvraient de chair de poule chaque fois qu'elle pensait à lui.

Ressaisis-toi, Mo.

Alors elle traversa rapidement la chambre pour ouvrir les rideaux en daim gris avant de se diriger vers le lit pour retirer le couvre-lit, la couverture pliée aux pieds et les draps en coton immaculé. En les tenant dans ses bras, pressés contre sa poitrine, il était difficile d'ignorer son parfum.

Comme une lycéenne amoureuse idiote, elle s'autorisa à y enfouir son nez.

— Oh. Pardon, Monica.

Effrayée, elle poussa un petit cri et fit tomber le linge sur le tapis soyeux tandis qu'elle regardait Gabe dans l'encadrement de la porte ouverte de la salle de bains. Elle baissa les yeux pour éviter son torse nu, mais ils tombèrent sur la serviette qui était à peine accrochée autour de ses hanches. Elle retint son souffle et se retourna en espérant qu'il n'entendait pas sa respiration rauque.

— Désolée, monsieur Cress. Je pensais que vous étiez déjà parti, dit-elle en se dirigeant aussitôt vers la porte.

— Monica. Attendez. Je ne savais pas non plus que vous étiez là, lança-t-il en guise d'explication.

— Je vais attendre dehors, dit-elle précipitamment, au même rythme que les battements de son cœur.

Dès qu'elle referma la porte, elle alla se plaquer contre le mur et leva les yeux vers les moulures au plafond, clin d'œil à l'époque victorienne à laquelle la maison avait été construite. *Quelle délicatesse*, se dit-elle pour essayer de se concentrer sur autre chose que la serviette douce qui enveloppait Gabe.

Monica se souvenait si bien de cette nuit sur le toit.

Elle secoua la tête et regarda par la fenêtre les feuilles émeraude de l'immense arbre dans le jardin. La distance et la cordialité étaient de nouveau de mise entre elle et Gabe, mais sa présence l'affectait toujours autant. Leur aventure avait même fait empirer les choses. Le simple fait de l'effleurer, quand elle lui tendait quelque chose ou passait à côté de lui dans l'entrée, faisait accélérer son pouls. La nuit, ses rêves lui étaient consacrés.

Dans un monde parfait où elle n'était pas une employée et où elle venait d'une grande famille riche, elle aurait volontiers fait de lui son amoureux. Mais ce n'était pas *sa* réalité, et même si cela blessait sa fierté et attisait ses doutes, elle savait pertinemment que Gabe Cress ne voulait rien de plus que cette unique nuit.

Alors tourne la page, Mo la gouvernante. Passe à autre chose. Seul un chagrin d'amour t'attend au bout de cette route. Tout comme tu l'as connu dans le passé.

Elle grimaça. Penser à son ex, James, dans un moment comme celui-ci était une insulte pour Gabe.

La porte de la chambre s'ouvrit. Elle s'écarta du mur pour se tenir bien droite, une expression neutre sur son visage.

Il sortit.

Et, bien sûr, il était très beau, vêtu d'un costume léger brun clair parfaitement taillé.

— Merci, Monica, dit-il sur un ton qui n'indiquait rien d'autre que la politesse qu'on adresserait à une inconnue. Passez une bonne journée.

— Vous aussi, monsieur Cress.

Elle fit l'erreur de lever la tête et croisa les yeux gris-bleu qu'il posait sur elle.

Leurs regards restèrent rivés l'un à l'autre.

Elle se sentit attirée vers lui et perçut le bourdonnement désormais familier qui donnait voix à leur alchimie. Elle savait qu'il le sentait lui aussi. Plusieurs fois au cours de ces dernières semaines, elle l'avait vu la regarder.

Lui tendant un piège, volontairement ou pas. Attisant son désir.

Monica se força à détourner le regard.

Un instant plus tard, elle éprouva un réel soulagement en entendant le bruit de ses chaussures en cuir italiennes sur le parquet. Elle s'essuya les mains sur son pantalon d'uniforme noir et s'approcha de la baie vitrée pour contempler le jardin. Elle plissa les yeux et se pencha pour mieux voir Lucas qui s'éloignait de Jillian près du jardin d'herbes fraîches.

Le benjamin des frères Cress était-il l'amant secret de Jillian ? L'auteur du message ?

« J'ai encore ton goût sur la langue. »

Elle continua d'observer Jillian, qui regardait Lucas partir avant de secouer la tête et se pencher pour ramasser des herbes qu'elle mit dans le panier à ses pieds. Piquée par une curiosité à laquelle elle savait qu'elle aurait dû résister, Monica dévala l'escalier au pas de course. Arrivée au rez-de-chaussée, elle s'immobilisa quand elle vit Gabe et Lucas devant la porte d'entrée et attendit qu'ils soient sortis.

Monica venait tout juste d'arriver dans la salle à manger quand Jillian entra. Monica observa la beauté grande et mince à la peau caramel et aux cheveux bouclés auburn attachés en chignon. Les lunettes écaille de tortue de la chef ne cachaient pas ses cils longs et épais qui entouraient ses grands yeux marron. Ses pommettes étaient hautes et son menton étroit, donnant à son visage une forme de cœur qui mettait en valeur sa bouche charnue couverte de rouge à lèvres rouge vif.

Jillian était jolie, intelligente et talentueuse.

La question était de savoir quel homme de la famille Cress n'avait su résister à son charme.

— Bonjour, chef, dit Monica avec un sourire chaleureux. Occupée ?

Jillian rit doucement.

— Bonjour. Eh oui. Toujours. Lucas vient de me demander un pique-nique à la dernière minute pour lui et son rancard.

Ceci explique cela.

— Mais que puis-je faire pour toi ? demanda la chef en contournant la table familiale.

— R-rien, bégaya Monica. Je prends juste une petite pause et je me suis dit que j'allais passer te voir.

— Pour être honnête, Monica, je suis trop débordée pour papoter entre filles aujourd'hui, dit-elle avec un air désolé avant d'entrer dans la cuisine pour poser le panier sur l'îlot.

— Pas de problème. Une autre fois, dit Monica qui se dirigeait déjà vers l'ascenseur pour retourner au troisième étage.

Lucas ne demanderait pas à sa maîtresse secrète de préparer un pique-nique pour son rancard, hein ?

Monica pensa aux beautés qui se succédaient dans la vie du plus jeune des frères Cress depuis qu'il avait perdu plus de vingt kilos et que le jeune garçon potelé était devenu un bel homme musclé. Elle se souvenait même l'avoir vu faire sortir discrètement une femme tôt un matin et en faire entrer une autre le soir du même jour. Il s'était alors contenté de remuer les sourcils avec un air amusé quand il avait vu son expression choquée en invitant sa « copine » à entrer dans sa chambre.

Avec lui, tout était possible.

De retour dans la suite de Gabe, elle ne put finir de faire son lit avec du linge propre et de ranger le salon et le dressing qu'en s'efforçant de se concentrer, se pinçant les poignets à chaque fois que son esprit était envahi par de vilaines pensées concernant cet homme qui portait le nom d'un ange.

Monica tira son chariot derrière elle pour prendre l'ascenseur jusqu'au deuxième étage, entièrement dévoué à Phillip Sr.

et Nicolette. Pour elle, c'était la zone la plus belle et luxueuse de toute la maison.

Cela aurait pu constituer le décor glamour d'un film des années 1940.

Pendant un instant, elle s'imagina vêtue d'une robe en satin, les cheveux parfaitement coiffés, avec de grosses babioles en diamant et un maquillage sophistiqué, en train de fumer une longue cigarette fine avec un fume-cigarette.

Cette idée la fit rire.

Monica s'étira rapidement et enfila une paire de gants neuve avant de rendre à la pièce son apparence de vitrine de grand magasin. Après avoir fait le lit, elle remarqua un bout de dossier qui dépassait de la table de chevet ancienne surmontée d'un miroir. Normalement, elle ne fouinait pas dans ce genre d'endroits intimes, mais elle ne voulait pas donner l'impression de ne pas avoir fait correctement son travail. Elle ouvrit alors le tiroir suffisamment pour ranger le dossier à l'intérieur, mais rencontra de la résistance quand elle voulut le refermer. Elle essaya à deux reprises, mais il semblait coincé.

Monica ouvrit plus grand le tiroir pour le remettre à sa place et un coup d'œil involontaire lui révéla une feuille de papier sur le dessus du dossier. Elle retint son souffle en réalisant ce qu'elle venait de voir et s'empressa de recaler le tiroir pour pouvoir le fermer. Mais elle eut peur que Phillip Sr. ou Nicolette ne la soupçonne d'avoir vu le dossier et que cela ne puisse causer son licenciement. Alors elle ressortit le tiroir de ses rails et fit de son mieux pour remettre le dossier dans sa position initiale.

Elle préférait être réprimandée pour avoir oublié de ranger le tiroir plutôt que renvoyée et se retrouver à la rue pour avoir découvert que l'un des parents Cress, peut-être même les deux, faisait surveiller les autres membres de la famille par un détective privé.

Ils étaient riches et puissants, mais humains, et les êtres humains parfaits n'existaient pas. Ni les parents parfaits. Ni la famille parfaite.

Même si elle n'avait pas beaucoup d'expérience sur ce dernier point...

Elle savait toutefois qu'elle préférait être seule plutôt que dans une famille en pleine mutation où tous les fils étaient en concurrence pour avoir la place de leur père à la tête de Cress Inc. Durant les six derniers mois, depuis que Phillip Sr. avait fait allusion à son éventuelle retraite, la complicité qu'elle avait pu constater entre les frères commençait à s'effriter. Cela la troublait, mais elle était une employée et elle n'avait pas son mot à dire sur les disputes fréquentes, les remarques narquoises de l'un sur les erreurs ou les échecs d'un autre ou le refus d'assister à certains événements familiaux.

Même le soir de l'inauguration, Gabe avait laissé le reste de la famille pour faire la fête seul.

Cela ne me concerne pas. Mon travail, c'est de ranger ce qui est en désordre dans la maison. Pas dans la famille. Je déteste juste qu'ils n'aient pas conscience de la chance qu'ils ont de former une famille. J'aurais tellement aimé...

Elle chassa rapidement ce regret, refusant de laisser son chagrin concernant ses parents lui puiser davantage d'énergie.

Monica termina sa tâche et quitta la suite avec empressement. Elle venait de soulever un voile qu'elle ne pouvait ignorer.

« Gabe, Gabe, Gabe. »

Le souvenir de cette nuit et son prénom qui roulait sur les lèvres de Monica avec une passion qu'elle ne pouvait cacher le mettait en transe. Si bien qu'il ne voyait pas Manhattan à travers les immenses baies vitrées de son bureau du siège de Cress Inc. Dans le reflet, il revoyait cette scène de sexe avec Monica.

Et cela avait été le cas presque constamment ces trois dernières semaines.

Monica l'avait surpris ce soir-là et il avait été marqué par son ardeur. Par sa passion.

Pourtant, même si leur rencontre avait été délicieuse, il

ne s'agissait que d'un coup d'un soir. Il n'avait pas l'intention d'aller plus loin avec cette beauté timide au désir caché. Il ne pourrait jamais y avoir autre chose que du sexe entre eux, et il était bien déterminé à honorer sa requête.

« – Juste une fois. Alors j'ai intérêt à assurer.

— S'il te plaît. »

Gabe savait depuis longtemps que certaines femmes arrivaient plus aisément à passer d'une relation physique agréable à de l'amour que la plupart des hommes. Et au fond de lui, il savait que Monica Darby en faisait partie. Il n'avait pas d'amour à donner et il ne voulait pas l'induire en erreur en sachant qu'il était aussi inflexible sur son choix d'éviter une relation sérieuse que sur sa détermination à réussir. Son passé amoureux lui avait prouvé qu'il était incapable de trouver un équilibre entre ses attentes amoureuses et professionnelles sans que quelqu'un souffre.

Mais le plus important, c'était qu'il savait que sa mère licencierait Monica si elle découvrait ce qui s'était passé. La raison lui disait que Monica avait besoin de son travail et qu'il valait mieux que cette femme efficace et fiable soit leur gouvernante plutôt que sa maîtresse temporaire. Tout le reste aurait été égoïste de sa part.

Je n'arrive pas à croire que j'ai failli tout gâcher.

Même si cela avait été une nuit fantastique.

Ils s'étaient mis d'accord sur le fait qu'ils devaient oublier cette nuit et continuer comme si rien ne s'était passé.

Ça vaut mieux comme ça.

Pourtant, il en avait assez d'être réveillé par des rêves érotiques l'impliquant et de devoir prendre des douches froides pour soulager son désir.

Bzzzz.

Gabe s'éclaircit la voix et se retourna dans son fauteuil pour s'installer face à son bureau en bois d'ébène. Il appuya sur le bouton de l'Interphone.

— Oui, dit-il sèchement avant de taper son mot de passe sur son ordinateur portable.

— Votre frère, Phillip Jr., est là, indiqua la voix de sa secrétaire dans le haut-parleur.

« Gabe, Gabe, Gabe. »

— Faites-le entrer, répondit-il, ignorant le souvenir sensuel tels les murmures des sirènes d'Homère.

Bien qu'il ne veuille pas l'admettre, il remerciait silencieusement son frère d'interrompre ses pensées interdites.

Phillip Jr. entra et referma la porte derrière lui.

— J'ai appris que Lucas et toi alliez voir une nouvelle usine pour la collection de matériel culinaire, lança-t-il d'une voix grave et tonitruante.

Elle correspondait à son corps grand et musclé. Il ressemblait un peu à l'ancien catcheur Dwayne Johnson et ses frères le taquinaient souvent avec ça.

— Oui. Il veut avoir mon avis, répondit Gabe en allant sur le site des James Beard Awards pour voir la liste des nominés dans les catégories restaurants et chefs avant de le fermer.

— Après me l'avoir demandé et m'avoir posé un lapin ? Ou est-ce que vous avez comploté ça ensemble ? demanda Phillip Jr., debout derrière l'un des fauteuils alignés devant le bureau et s'agrippant si fort à son dossier que Gabe craignit que ses doigts ne déchirent le cuir.

Ce dernier s'enfonça dans son fauteuil et toisa son frère.

— Comment ça, Philly ? demanda-t-il en utilisant volontairement le surnom qu'on lui donnait enfant pour le désarmer.

Phillip Jr. se radoucit.

— Peut-être que vous pensez que vous avez plus de chance d'obtenir les faveurs de père en formant une équipe.

— Je n'aime pas partager. Tu le sais.

— Et je n'aime pas être l'aîné, son homonyme, et qu'on me surveille, répliqua Phillip, insinuant une nouvelle fois qu'il devrait automatiquement hériter du trône.

Gabe ne dit rien. Il voulait être nommé P-DG, mais il refusait de se battre contre ses frères pour obtenir ce poste. Pour lui, cela aurait été une perte de temps et d'énergie.

Phillip émit un petit rire railleur plein de frustration avant de se retourner pour quitter le bureau. Il s'arrêta dans l'encadrement de la porte.

— Bonne chance pour les nominations, l'année *prochaine*, lâcha-t-il avant de partir.

Cette dernière pique fit remuer Gabe dans son fauteuil. Aucun des restaurants Cress n'avait reçu de prix.

Dans le passé, la famille se réunissait pour écouter l'annonce des nominés et faire la fête ou se consoler ensemble. Aujourd'hui, il ne savait pas si Phillip lui souhaitait sincèrement de réussir la prochaine fois ou si son ambition dévorante lui faisait voir cet échec comme une preuve que son frère n'était pas capable de diriger l'empire.

Triste époque.

Gabe s'essuya la bouche en fermant les yeux et poussa un long soupir. Lui aussi voulait remporter ce poste convoité, mais jusqu'à quel point ?

Bzzzz.

Il regarda sa montre et son corps se raidit.

— Oui ? dit-il en appuyant sur le bouton de l'Interphone.

— Le déjeuner est servi, monsieur Cress.

— Merci, répondit-il en regrettant de ne pas être n'importe où ailleurs.

Absolument n'importe où.

Il regarda son bar et envisagea de se verser un double brandy, mais se ravisa. Il devait garder les idées claires. Les dagues verbales allaient voler.

Les bureaux de Cress Inc. occupaient tout le quatorzième étage de la tour, et il y avait une cuisine de test au milieu de la douzaine de bureaux et de salles de conférences. C'était devenu une tradition, quand sa mère n'était pas trop occupée par son école de cuisine, de préparer le repas pour la famille et le personnel. Normalement, il attendait avec impatience les petits plats de sa mère, mais ces derniers temps, les réunions de famille pouvaient s'avérer un peu tendues.

Il y avait une forte odeur de tomates et de produits de la mer. À dire vrai, son estomac gargouillait, mais il n'accéléra pas le pas pour rejoindre la salle à manger privée séparée de celle des employés. Barbara, l'une des employées du bureau, lui adressa un regard approbateur en le croisant dans le couloir.

— Jolie cravate, monsieur Cress, dit-elle avec un petit sourire en s'arrêtant devant lui et bloquant le passage.

Cela faisait des années que Barbara était claire sur le fait qu'elle était ouverte à plus qu'une relation de travail, mais Gabe avait toujours gardé ses distances. Aujourd'hui ne ferait pas exception.

— Merci, dit-il avec un signe de tête poli. Bon appétit.

— Vous voulez vous joindre à moi ?

Gabe ouvrit la bouche pour répondre.

— Désolé, Babs, mais mon grand frère mange avec moi à midi.

Gabe regarda son frère Cole, qui avait des airs de Michael Ealy, qui les rattrapait, habillé d'un jean, de bottes et d'un T-shirt à manches longues noir. Cole avait toujours été le rebelle de la famille et ignoré la demande de leurs parents de porter une tenue de bureau appropriée. Son esprit de contradiction allait jusqu'à exiger de gérer un *food truck* les week-ends, ce qui embêtait profondément leur père.

— Une autre fois alors, dit la jolie femme menue avec un autre regard insistant avant de s'éloigner.

Quand elle passa devant Cole, celui-ci s'arrêta et tourna la tête pour la regarder.

— Attention, petit frère, l'alerta Gabe.

Mais il ne fit pas d'autres réprimandes, se souvenant de ce qu'il avait lui-même fait récemment avec une employée.

« Gabe, Gabe, Gabe. »

— Peut-être qu'elle finira par s'intéresser à toi, dit Gabe.

— Elle peut jouer avec le feu si elle veut. Ce n'est pas moi le bon Samaritain qui n'enfreint jamais aucune règle.

Le bon Samaritain.

Ses frères le taquinaient souvent pour son image lisse de garçon sage.

« Juste une fois. Alors j'ai intérêt à assurer. »

C'était amusant. Il n'avait eu aucun problème à enfreindre les règles ce soir-là.

Gabe réprima un sourire en se remémorant ce souvenir.

— Cent dollars que c'est une *fideuà*, dit Cole alors qu'ils approchaient de la double porte de la salle à manger privée.

Gabe s'arrêta.

— Paella, suggéra-t-il.

— Pari tenu.

Ils entrèrent dans la pièce lumineuse au design moderne et découvrirent que tous les autres étaient réunis autour de la grande table ronde.

— Mince, jura Cole en voyant l'immense plat à paella au centre de la table.

Gabe prit le billet de cent dollars de la main de son frère et le glissa dans sa poche avant d'aller s'asseoir entre Phillip Jr. et Lucas.

— Ta paella sent très bon, ma, dit Sean en prenant la serviette en lin sur son assiette pour la déployer sur ses genoux.

— Ton père a préparé le déjeuner pour nous aujourd'hui, leur dit Nicolette en français, sachant que son mari et ses fils parlaient très bien cette langue ainsi que l'espagnol.

Leur père avait cuisiné.

Les frères Cress marquèrent tous une pause et échangèrent des regards fugaces avant d'observer leur père qui contournait la table pour remplir les verres avec un vin blanc millésimé.

Gabe était sûr qu'ils pensaient tous la même chose. Il n'y avait pas de coïncidence entre le fait que leur père avait fait la cuisine ici (ce qu'il n'avait jamais fait avant) et l'annonce des résultats des James Beard Awards où la famille avait fait chou blanc. Au cours de leurs carrières de chefs, ils avaient presque tous été nommés ou avaient remporté le titre de restaurateur remarquable ou meilleur chef. Mais en tant que groupe sous la houlette de Cress Inc., ils n'avaient pas encore reçu la consécration.

Phillip Leonard Cress Sr. n'était pas content.

Et s'il avait cuisiné ce plat espagnol qui demandait du

savoir-faire, des connaissances et l'usage de nombreuses techniques pour être préparé à la perfection, c'était pour leur rappeler qu'il n'attendait pas moins de ses fils que l'excellence.

Phillip Sr. servit chaque membre de sa famille avant de lever son verre de vin.

— À la cuisine. À la vie. À l'amour, dit-il avant de s'asseoir près de sa femme.

Tout le monde goûta la paella.

Gabe dut lutter pour ne pas fermer les yeux de plaisir en savourant l'assaisonnement exquis, la tendreté du mélange de fruits de mer et le croustillant parfait au fond du plat de riz. C'était divin.

Et Phillip Sr. le savait.

Message reçu.

4

Deux semaines plus tard

Monica tremblait si fort que la lettre qu'elle tenait à deux mains s'agitait comme si le vent soufflait en tempête. Pourtant elle était à l'abri de la brise printanière à l'intérieur de ce cabinet d'avocat luxueux de Manhattan.

Elle était nerveuse. Et sous le choc.

— Miss Darby ?

Elle entendit l'avocat, mais sa voix semblait lointaine alors que son propriétaire se trouvait juste de l'autre côté du bureau devant elle. Elle souffla doucement, les yeux rivés sur le rebord de la robe qu'elle avait mis tant de temps à choisir, se demandant si c'était une tenue appropriée pour un rendez-vous avec un puissant avocat.

D'autant plus que je ne savais pas pourquoi j'avais été convoquée. J'espère que ça va.

Monica savait que ses pensées vagabondes tentaient de la distraire de ce qu'elle venait d'apprendre.

— Comprenez-vous ce que je vous ai expliqué ? demanda-t-il. Vous avez reçu un héritage de la part de Brock Maynard...

— L'acteur ? demanda-t-elle, même s'il lui avait déjà confirmé.

Elle leva les yeux vers le chauve corpulent avec des lunettes à monture épaisse.

— Celui qui a fait tous ces films ? ajouta-t-elle.

— Oui. C'est votre père.

Monica pinça les lèvres en secouant la tête.

— Pas mon père. Un donneur de sperme, le corrigea-t-elle, submergée par toutes ces années de tristesse et de solitude.

Elle s'était si longtemps demandé qui étaient ses parents et pourquoi ils n'avaient pas pu ou voulu l'élever... Elle avait tout envisagé, même qu'ils soient morts.

Découvrir que son père était un acteur riche et célèbre était encore pire.

Et aujourd'hui, il est mort.

Elle regarda tout autour d'elle, les plafonds hauts, la décoration de luxe et la vue sur New York. C'était le monde de la famille Cress et des leurs. Les riches et prospères. Intelligents et talentueux. Elle imaginait sans mal Gabe assis derrière ce bureau avec toute la confiance et le courage nécessaires pour être le maître des lieux.

Elle ne se sentait pas à sa place. Comme un intrus dans son monde à lui.

À Gabe.

Pourquoi est-ce que je pense à lui à cet instant ? Pourquoi est-ce que je pense à lui tout le temps ?

Elle se mordit la lèvre inférieure en repensant au moment qu'ils avaient partagé sous les lumières féeriques et les fleurs de la pergola.

Parce que je n'arrive pas à oublier cette nuit.

— Miss Darby.

« Tu es magnifique. »

— Miss Darby ?

Monica ramena son regard sur l'avocat.

— Oui ?

— Il y a juste une clause restrictive pour recevoir l'argent, dit M. Villar.

Quelque chose dans ses yeux noirs derrière ses lunettes fit comprendre à Monica que ses prochaines paroles seraient difficiles à entendre. Elle se raidit et leva le menton.

— Vous devez signer un accord de non-divulgation...

Un rire amer échappa à Monica tandis qu'elle se levait d'un bond.

— L'ultime insulte. Il refuse de me reconnaître, même dans la mort.

Elle traversa rapidement le grand bureau, prête à partir.

— Monica !

Elle se retourna, surprise par une voix féminine. Une dame menue en tailleur-pantalon vert émeraude se tenait près de la porte d'une pièce qui jouxtait le cabinet de Marco Villar. Elle serrait son sac à main si fort que sa peau noire pâlit au niveau de ses articulations.

— Quoi encore ? demanda Monica.

Me Villar se leva, mais la femme lui fit un signe et secoua la tête en maintenant son attention sur Monica.

— Nous n'avions pas l'intention de te tromper, Monica, dit-elle d'une voix forte et rauque, comme si elle fumait beaucoup. Je suis la sœur de Brock, Phoebe. Ta tante, si tu veux.

Monica fit un pas en arrière, les yeux écarquillés et le souffle coupé, alors que la femme s'approchait d'elle.

— Vous me ressemblez, dit-elle, ses yeux examinant chaque détail de cette femme de soixante ou soixante-dix ans.

Phoebe sourit.

— Techniquement, c'est toi qui me ressembles.

Un père célèbre. Une tante qui me ressemble ? Un héritage ?

— Mesdames, et si vous vous asseyiez ? suggéra Marco. N'hésitez pas à vous servir au bar. Je vais vous abandonner un moment.

Sur ce, il les laissa seules.

Phoebe s'assit, croisa les jambes et tapota le canapé en cuir à côté d'elle.

— Que me voulez-vous ? demanda Monica en restant debout.

— Je déteste ce que mon frère t'a fait, et si j'avais été au courant de ton existence, je t'aurais élevée, dit-elle, ses yeux se remplissant de larmes et la main sur le cœur. Il m'a fait cette révélation sur son lit de mort et j'ai dû faire de gros efforts pour ne pas dire à mon frère mourant que ce qu'il avait fait me mettait en colère et me décevait beaucoup. Cela a changé à jamais l'image que j'avais de lui. Je te le jure. Je n'étais pas au courant.

Son angoisse était évidente, et Monica n'avait pas le cœur de l'ignorer. Elle s'assit à côté d'elle et la laissa prendre ses mains pour les serrer très fort dans les siennes.

— Quand Marco m'a dit qu'ils t'avaient retrouvée, je l'ai supplié de me laisser me cacher ici pour pouvoir te voir. Je ne savais pas si tu accepterais de me rencontrer, quand j'ai appris tout ce que tu avais dû subir, dit Phoebe. Mais je ne pouvais pas te laisser partir sans ce qu'il te doit, Monica. C'est le moins qu'il pouvait faire, t'offrir une vie plus facile que celle que tu as eue ces trente dernières années.

— Mais même mort, il ne veut pas reconnaître mon existence, releva Monica d'une voix creuse, une douleur lancinante dans la poitrine.

— Tu pourras disposer de cet argent comme tu le souhaites, dit Phoebe d'une voix passionnée. Si tu signes ces papiers, que tu récupères l'argent et nous dis d'aller nous faire voir, je ne pourrai pas te le reprocher.

— Donc vous aussi, vous voulez que je signe cet accord de confidentialité ? demanda-t-elle, libérant ses mains.

Phoebe essuya ses larmes.

— Je n'étais pas au courant avant que Marco m'en parle, mais si c'est pour que tu puisses recevoir cet argent, oui ! s'exclama-t-elle. Tu es peut-être obligée de signer ce papier pour avoir cet argent, mais pas moi. Je pourrai raconter la vérité. Ton existence ne sera plus niée. Je te le promets ! Je le ferai même si je dois perdre la rente qu'il m'a laissée pour entretenir la maison en bord de mer qu'il m'a achetée il y a longtemps à Santa Monica.

— En Californie ? demanda Monica, toujours en train d'essayer de digérer toutes ces nouvelles.

— Oui. Et devine quoi ? dit Phoebe en attrapant de nouveau ses mains. Il t'a donné le nom de son endroit préféré au monde.

— C'est lui qui a choisi mon prénom ?

— Un petit geste pour apaiser son sentiment de culpabilité, je suppose.

Mon manque d'amour est-il si fort qu'un geste aussi anodin compte autant pour moi ?

— Et ma mère ? demanda Monica.

— Je connais l'histoire de ta naissance, mais pas son nom. Il ne me l'a pas révélé, dit Phoebe, manifestement désolée. Mais je suis sûre qu'il doit y avoir un moyen de la retrouver. Peut-être que Marco et son équipe pourraient t'aider.

Suis-je prête à retrouver ma mère ? Je n'en suis pas sûre. Cela risque de me causer encore plus de tristesse et de déception.

— On verra. J'ai besoin de temps pour accepter tout ça, dit Monica.

Sa tante se montra compréhensive.

— J'espère que tu me donneras une chance d'apprendre à te connaître, Monica.

— Peut-être... avec le temps. Je ne peux rien vous promettre.

— Je laisserai mes coordonnées à Marco et quand tu seras prête, ou plutôt si tu l'es un jour, tu pourras les avoir, proposa Phoebe. Sache juste qu'il n'y a pas de limite de temps pour me contacter. Que ce soit un jour, un an ou douze... si je suis toujours en vie, je t'accueillerai les bras ouverts.

Monica ne dit rien.

Phoebe se leva pour appeler l'avocat.

— Elle est prête, lui signala-t-elle.

Ah bon ?

Monica aurait aimé se retrouver seule un moment pour réaliser. Mais elle se leva, s'approcha du bureau et écouta les explications de l'avocat concernant l'accord de non-divulgation.

Elle avait tellement de questions.

Ai-je des frères et sœurs ?

Était-il marié ?

Quelle est l'histoire de ma naissance ?

Quand ont lieu les funérailles ? Suis-je invitée à y assister ?

Qui est ma mère ?

Mais elle n'était pas prête à intégrer d'autres informations.

Pas aujourd'hui. Sauf...

— À combien s'élève cet héritage exactement ? pensa-t-elle à demander.

Marco échangea un regard bref avec Phoebe en croisant les mains sur les papiers posés sur son bureau.

— Cinquante millions de dollars.

— Comment ? demanda-t-elle en clignant des yeux extrêmement rapidement. Cinq millions ?

Marco et Phoebe se mirent à rire.

— Non. Cinquante millions, pas cinq, corrigea-t-il en insistant sur le « ante ».

Elle avait la tête qui tournait et espérait ne pas s'évanouir et se retrouver avec la jupe sur la tête.

Gabe regardait le haut de la tour Eiffel illuminée au loin, appuyé contre l'encadrement de la porte du Cress V dans le quartier des Champs-Élysées à Paris. C'était un vrai New Yorkais qui appréciait le rythme effréné et le style urbain de sa ville, mais la Ville lumière arrivait juste après dans son cœur. C'était ici que sa mère était née, ici que ses parents s'étaient rencontrés et c'était le pays de sa cuisine préférée. Il séjournait dans la résidence de campagne de ses parents à Saint-Germain-en-Laye pour la semaine pendant qu'il faisait du repérage pour un nouvel établissement Cress.

La flûte de champagne qu'il avait à la main était d'une qualité sans équivalent et valait bien son prix exorbitant. Mais ce soir, le restaurant avait été privatisé, et l'alcool coulait à flots.

Il finit son verre, se retourna et ouvrit la baie vitrée pour rentrer dans le restaurant. Tout le personnel était réuni pour célébrer la sortie du dixième livre de cuisine du chef et meilleur ami de Gabe, Lorenzo Leon Cortez. Il était très apprécié et respecté par son équipe et ses pairs.

— Tu as l'air épuisé, mon ami, dit Lorenzo en le regardant par-dessus sa bouteille de bière. Comment s'appelle-t-elle ?

Monica.

Gabe secoua la tête, se retenant de révéler même à son meilleur ami qu'il avait couché avec la gouvernante de la famille.

— Je fais une petite pause de ce côté-là, avoua-t-il.

Lorenzo rit doucement.

— Tu es malade ? plaisanta-t-il.

Gabe toisa son ami avant de secouer la tête.

— Un coup d'un soir m'obsède depuis un mois, finit-il par avouer.

— Ah. Le coup d'un soir qui n'est en fait pas vraiment juste pour un soir, dit Lorenzo d'un air songeur. J'en ai connu plus d'un.

— Oui, mais c'était réellement juste pour une nuit.

Lorenzo fit la grimace et siffla.

— Alors vous devriez au moins en avoir une autre.

Une autre nuit avec Monica ?

Cela pourrait étancher son désir pour elle. Ou alors, causer son licenciement.

Et je ne prendrai pas le risque de me faire prendre.

— Parfois, je t'envie, Zo, dit Gabe en changeant volontairement de sujet.

— Pourquoi ? Parce que je fais huit centimètres de plus que toi ? demanda Lorenzo en passant ses cheveux raides et longs jusqu'à la taille derrière ses épaules.

— J'ai des centimètres en plus là où il faut, répliqua Gabe en riant, avant de se resservir un demi-verre de champagne.

— Je ne veux pas en savoir plus. Mais qu'est-ce qui te préoccupe ? À moins que tu ne veuilles que je devine ?

— Ce ne serait pas difficile de deviner. Pas pour toi, dit-il en se tournant vers la grande fenêtre de la cuisine qui grouillait habituellement d'activité.

— Cuisiner te manque.

Gabe acquiesça.

— Certains jours plus que d'autres. Ne te méprends pas. Je suis très fier de l'héritage que nous bâtissons pour les générations de Cress à venir. Ces trois dernières années au sein de

Cress Inc. m'ont ouvert les yeux et m'ont offert de nombreux défis, mais…

— Rien de comparable au pic d'adrénaline qu'on ressent quand on dirige une cuisine. Hein, chef ?

Un éclat de rire soudain attira l'attention des deux hommes vers les serveurs qui participaient à un concours de danse improvisé.

— Et le poste de P-DG ? lui demanda Lorenzo.

— Je le veux aussi.

— Dans ce monde pas si parfait que ça, tu ne peux pas toujours avoir tout ce que tu veux, Gabe.

C'est vrai.

Lorenzo donna un petit coup de coude à Gabe et indiqua la double porte qui menait à la cuisine d'un signe de la tête. Dès qu'ils entrèrent dans cet immense espace, il attrapa deux tabliers sur la pile de linge propre et en jeta un à son ami.

Gabe l'attrapa d'une main avec un air curieux.

— Si tu pouvais préparer n'importe quel plat tout de suite, ce serait quoi ? demanda Lorenzo.

— Il y a tout un buffet de nourriture juste là.

— On est ouverts six soirs par semaine, c'est mon premier soir off où je peux célébrer mon nouveau livre de cuisine et j'aimerais que Gabriel Cress, chef renommé, mon ancien chef de cuisine, deux fois lauréat du James Beard Award et meilleur ami depuis l'école de cuisine, me prépare un repas, dit Lorenzo en désignant le garde-manger réfrigéré. Qu'est-ce que je peux aller vous chercher, chef ?

— Tu seras mon sous-chef ? Intéressant, dit Gabe en s'approchant de l'un des éviers pour se laver les mains.

— Oui, mais ce sera comme avec ta mystérieuse partenaire… juste une fois, précisa Lorenzo en riant tandis qu'il attachait ses cheveux dans sa nuque avec un élastique noir avant de se laver les mains à son tour.

— Tu te souviens du plat qui m'a valu une semaine de corvée de vaisselle ? demanda Gabe.

— Bien sûr ! dit Lorenzo en commençant à rassembler les casseroles.

Pendant les trente minutes suivantes, Gabe s'autorisa à ne penser qu'à son amour pour la cuisine, de la préparation à l'assaisonnement. Même si la musique et les rires parvenaient jusqu'à eux, il était dans une bulle. Il ressentait l'adrénaline, et son ami était le parfait sous-chef pour suivre ses ordres et même parfois préparer ce qu'il fallait avant même qu'il lui demande. Pour Gabe, c'était une symphonie parfaite.

Bientôt, les parfums de la bisque avec du fromage de chèvre et de l'écrasé de butternuts rôties emplirent la cuisine. Il utilisa sa main pour rapprocher l'arôme de son visage et inhaler profondément. Son téléphone portable vibra dans sa poche arrière, mais il l'ignora. Avec une cuillère en plastique, il goûta sa bisque avant d'ajouter une grosse pincée de sel rose d'Himalaya.

Avec des gestes fluides et précis, il égraina l'épi de maïs que Lorenzo avait fait griller et ajouta les grains à sa préparation.

— Les raviolis, chef, indiqua Lorenzo en faisant glisser le plat de raviolis maison qu'il venait de fourrer de ricotta, de chair de crabe, de parmesan et de champignons sauvages.

Gabe lui adressa un rapide signe de tête tout en plongeant soigneusement les pâtes dans l'eau bouillante. Dix minutes plus tard, il servit la bisque avec une louche dans un grand bol en céramique avant d'y ajouter les raviolis avec une écumoire. Il les parsema de parmesan frais et de l'échalote grossièrement ciselée.

Avec un air satisfait, il posa le bol devant Lorenzo, qui s'était servi un gros verre de vin rouge.

— Bon appétit, dit Gabe en faisant un pas en arrière et en essuyant la sueur sur son front avec le torchon qu'il avait coincé dans la ceinture de son tablier.

Ce n'est que là qu'il remarqua que les employés s'étaient avancés pour l'observer cuisiner. Il sourit en voyant l'admiration sur de nombreux visages.

— Alors ? demanda Gabe à Lorenzo.

Tout le monde se tourna vers lui pour jauger sa réaction.

Son ami prit soin de prendre un ravioli entier couvert de bisque avant d'enfourner la cuillère dans sa bouche. Il la ferma et émit un petit râle de plaisir en mâchant.

— Je vois que tu as retenu la leçon du chef Roderick. *Es la perfección, amigo mío.*

— *Gracias*, le remercia Gabe alors que l'assistance l'applaudissait quand son ami lui dit que son plat était parfait.

Ils vinrent tous rapidement se servir et Gabe prit le temps d'observer le plaisir sur leurs visages dès les premières bouchées. C'était comme s'il découvrait pour la première fois qu'il avait le talent et le savoir-faire pour créer des mets délicieux.

Il trouva un verre et le tendit à son ami pour qu'il le remplisse.

— Ce n'était que pour un soir, rappela Lorenzo avec un clin d'œil.

Gabe trinqua avec lui en pensant à un autre coup d'un soir qui serait inoubliable.

Une semaine plus tard

La vie était surréaliste.

Monica se réveilla dans son appartement de gouvernante comme toujours. Elle prit sa douche, enfila son uniforme et se prépara pour attaquer ses tâches quotidiennes. Dans sa salle de bains toute blanche, elle prit un moment pour étudier son reflet.

Pendant cinq ans, cela avait été sa vie. Ici, avec la famille Cress. Elle n'avait jamais connu une telle stabilité. En grandissant dans des familles d'accueil et en voyageant avec James, elle n'avait jamais eu la chance de s'enraciner. Cela semblait idiot d'appréhender de prendre un nouveau départ alors qu'elle avait eu la chance de recevoir autant d'argent pour le faire, mais c'était pourtant le cas.

C'était le même environnement. Les mêmes tâches.

Mais une Monica différente.

Elle avait donné son préavis de deux semaines à Mme Cress et était excitée à l'idée de recevoir cette nouvelle fortune qui allait faire du bien à son compte en banque le lendemain. Mais elle était aussi nerveuse à la perspective de faire ses valises et quitter cette maison qui n'était pas vraiment la sienne la semaine suivante.

Elle serait de nouveau seule.

Comme la tristesse et la peur remplissaient ses yeux, elle préféra arrêter de regarder son reflet.

J'aurais préféré connaître mon père que recevoir mon argent. C'est bête, non ?

Elle monta au rez-de-chaussée et, comme n'importe quel autre jour, la maison était calme et silencieuse. Elle s'arrêta dans la cuisine pour tout contempler au petit matin.

C'était une belle maison dans un quartier riche et elle lui manquerait quand elle serait partie.

Que va penser Gabe ?

Il avait passé la semaine à Paris, et elle ne savait pas s'il était au courant qu'elle passait ses derniers jours chez les Cress.

S'efforçant de le chasser de ses pensées, Monica se prépara une tasse de café et prit un fruit frais avant de faire le tour complet du rez-de-chaussée pour s'assurer que la famille n'avait rien dérangé après qu'elle s'était retirée dans ses quartiers la veille au soir. Elle rit doucement en se souvenant que pendant ses premières semaines ici, elle se réveillait et découvrait les conséquences d'un dîner festif et improvisé. Le chaos régnait alors et elle trouvait des assiettes sales et des bouteilles de vin vides un peu partout.

Par chance, aujourd'hui, tout était en place à l'exception d'un verre par-ci, par-là, d'un coussin déplacé et de corbeilles à papier pleines qu'elle s'empressa de vider dans un sac-poubelle. En fredonnant une chanson, elle porta ce sac et ceux de la cuisine dehors.

Elle s'arrêta dans l'escalier extérieur et regarda la rue avec ses maisons de ville alignées. Dans une semaine, tout changerait et elle avait des décisions à prendre. Maison ou appartement. New York ou New Jersey. Voyager ou…

Ou quoi ?

Des flashs d'appareils photo et des voix lui firent tourner la tête. Elle se figea et recula pour échapper à la foule qui avançait pour encercler le porche.

— Elle est là !

— C'est elle !

Monica écarquilla les yeux, abasourdie, devant ces gens qui pointaient leurs caméras sur elle.

— Quoi ? demanda-t-elle, sentant son cœur s'emballer.

— Vous êtes bien Monica Darby ? cria l'un d'entre eux.

Elle remonta les marches.

— Que ressentez-vous après avoir appris la mort du père que vous n'avez jamais connu ?

— Est-ce que vous détestez Brock Maynard ?

Les sacs-poubelle échappèrent à ses mains tremblantes.

— Pourquoi n'étiez-vous pas présente à ses funérailles ?

Le flot de questions était rapide et confus. Les flashs des appareils photo et des spots des caméras étaient comme une intrusion violente dans sa vie.

— Apparaissez-vous dans son testament ?

— Si non, projetez-vous de porter plainte ?

— Poussez-vous ! Excusez-moi. Dégagez ! rugit une voix masculine.

Gabe se fraya un chemin dans la foule de paparazzis, sa valise à la main. Monica remarqua alors le SUV familial qui s'éloignait dans la rue.

Il ouvrit le portillon en fer forgé pour la rejoindre en haut des marches. Elle ressentit un doux soulagement quand il passa son bras autour de sa taille et l'invita à s'approcher de la porte.

Qu'est-ce que ça fait de passer de femme de ménage à fille de star ?

Gabe la fit entrer, referma la porte et posa sa valise.

— Qu'est-ce que c'est que tout ça ? Ils parlent de votre père ? Qu'est-ce qui se passe ?

Se souvenant de l'accord de non-divulgation qu'elle avait

signé, Monica pinça les lèvres et haussa les épaules en secouant la tête. Des rides de contrariété apparurent sur le beau visage de Gabe alors qu'il retournait vers la porte pour regarder les photographes qui étaient toujours là. Elle s'autorisa à le regarder un instant. À apprécier d'être près de lui pour la dernière fois. Il était si charmant avec son jean et une chemise bleu vif qui mettait en valeur ses yeux.

— J'ai démissionné la semaine dernière et posé mon préavis de deux semaines.

Il tourna la tête et elle vit la perplexité sur son visage.

— Mais je crois qu'il vaudrait mieux que je parte aujourd'hui, ajouta-t-elle, sentant le parfum subtilement épicé de son eau de Cologne.

Elle avait l'impression que des feux d'artifice explosaient dans son ventre.

— Aujourd'hui ? dit-il d'une voix grave.

Elle acquiesça. Son accord de confidentialité l'empêchait d'en dire plus. C'était le prix de son héritage.

— C'est à cause de ce qui s'est passé entre nous ?

— Non.

— On vous a fait une meilleure proposition ?

— Non.

Ils échangèrent un long regard avant qu'il tende la main.

— Je suppose qu'on doit se dire au revoir, alors.

Monica glissa sa main dans la sienne.

— Je suppose.

Elle remarqua silencieusement comment sa grosse main prenait aisément toute la sienne.

Et elle était si chaude. Surtout son pouce qui reposait sur la peau sensible à l'intérieur de son poignet.

Elle dégagea sa main, pour pouvoir se concentrer sur ce qu'elle avait à faire. Elle devait appeler la police pour disperser la foule. Quand elle donnerait l'adresse dans l'Upper East Side, ils arriveraient certainement très vite.

— Monica. Attendez.

— Oui, monsieur Cress ? demanda-t-elle en se tournant vers lui.

Il s'accroupit devant sa valise Vuitton pour sortir une enveloppe de sa poche.

— La semaine prochaine a lieu le bal de charité de la Fondation Cress. J'aimerais que vous y veniez accompagnée. S'il vous plaît, insista-t-il.

— Je ne pense pas que ce serait approprié…, commença-t-elle avant de se souvenir que, dans moins de vingt-quatre heures, elle serait aussi riche que lui et ne serait plus sa gouvernante.

Son regard la transperça.

— Je vais y réfléchir, dit-elle finalement en acceptant l'épaisse enveloppe couleur crème. Merci.

Monica se retourna pour terminer sa dernière journée et faire des projets pour le lendemain.

5

Une semaine plus tard

> *La famille Cress est aussi surprise que le reste du monde d'apprendre que notre chère Monica est la fille de Brock Maynard. Bien que nous soyons attristés de perdre cette employée inestimable et dévouée qui ne vit plus chez nous, nous vous demandons de respecter l'intimité de l'ensemble de la famille Cress puisque nous n'avons pas d'autres informations à ce sujet. Pour conclure, nous souhaitons à Monica le meilleur.*

Gabe ne prit pas la peine de lire l'article en ligne sur l'histoire de Monica qui suivait la déclaration officielle de sa famille, transmise par l'équipe de communication de Cress Inc. Ils espéraient que cela dissuaderait les paparazzis rôdant encore dans le quartier dans l'espoir de prendre en photo Monica, qui avait pourtant déjà déménagé.

— Avec un peu de chance, ça mettra fin à *tout ça*, dit Nicolette en insistant sur ces deux derniers mots.

Il regarda sa mère, assise à l'extrémité de la table de la salle à manger. Elle posa bruyamment son journal sur le revêtement en cuir de la table, à côté de son assiette de fruits frais et d'un croissant au beurre. Il savait sans le demander qu'elle parlait de Monica.

Cela semblait être son seul sujet de conversation depuis que les paparazzis avaient planté leurs tentes devant leur maison.

— Le temps guérit toutes les blessures, dit Phillip Sr. de l'autre côté de la table avant de prendre une gorgée de café.

Arrêterai-je de rêver d'elle avec le temps ?

— J'ai lu dans le *Star Gazette* que sa mère travaillait comme femme de ménage pour son père quand elle est tombée enceinte. Elle a bouclé la boucle en devenant femme de ménage à son tour, dit Phillip Jr. juste avant que la chef Jillian entre avec une carafe de jus de citron pressé.

Gabe se pinça l'arête du nez, en regrettant que son frère n'ait pas plus de tact et la langue moins pendue sur le sujet.

— Les sites Internet comme celui du *Star Gazette* sont peu fiables, dit-il en se contenant. Nous sommes bien placés pour savoir qu'ils ont plus l'habitude d'inventer des histoires que de rapporter des faits.

Tout ce dont il se souvenait, c'était la terreur qu'il avait vue dans les yeux de Monica quand elle avait été assaillie par les paparazzis ce matin-là. Alors que sa voiture arrivait devant leur maison, il avait vu la foule qui s'amassait avant de réaliser que c'était Monica qui était paralysée devant eux, les yeux remplis de peur et de confusion. Il avait ressenti un besoin irrésistible de la protéger, alors il avait bondi de la voiture à peine arrêtée pour se frayer un chemin jusqu'à elle et la faire rentrer à l'intérieur. Il avait dû contenir son envie de se retourner pour s'en prendre à ceux qui l'avaient mise dans cet état.

— C'est vrai. Ils sont là pour divertir… pas pour informer, intervint Cole en attrapant un croissant.

— Peu importe, marmonna Phil.

— La *Gazette* a aussi déclaré que Monica avait essayé la télépathie pour contacter son père décédé, dit Lucas.

Gabe resta silencieux, les laissant spéculer sur leur ex-employée que la presse n'arrivait pas à localiser. Lui aussi se posait des questions, par exemple, pourquoi elle ne lui avait pas dit la vérité ce matin-là.

« J'ai démissionné la semaine dernière et donné un préavis de deux semaines. Mais je crois qu'il vaudrait mieux que je parte aujourd'hui.

— Aujourd'hui ? C'est à cause de ce qui s'est passé entre nous ?

— Non.

— On vous a fait une meilleure proposition ?

— Non. »

Gabe ne savait pas pourquoi Monica n'en avait pas dit plus sur son départ, mais il était clair que la découverte de ses origines n'y était pas pour rien. Ou alors… elle pensait tout simplement que ça ne le regardait pas.

— Je me demande où elle a pu disparaître, dit Raquel. Peut-être qu'elle a toujours su, qu'elle ne voulait pas qu'on la trouve et que c'est pour ça qu'elle est devenue gouvernante.

— Qui choisirait d'être femme de ménage en ayant un riche acteur comme père ? protesta Cole. Désolé, Raquel, mais c'est ridicule.

— Bon sang, tout ce cirque autour de cette histoire est ridicule, dit Nicolette. Mais si tout se passe bien, on n'aura bientôt plus rien à voir avec cette comédie. Surtout avec le gala de charité de ce soir.

Bzzzz.

Gabe s'essuya les mains sur sa serviette avant de sortir son téléphone pour voir qui l'appelait. C'était Felicity. Il ne répondit pas.

— Est-il nécessaire de préciser que ce soir n'est pas le jour idéal pour flirter avec des demoiselles que vous n'oseriez pas me présenter ? demanda Nicolette, fusillant chacun de ses fils avec ses yeux bleu acier. Et surtout pas le genre qui se glisserait chez nous pour faire Dieu sait quoi avec l'un de mes fils dans son lit. N'est-ce pas, Lucas ?

Raquel s'empressa de couvrir les oreilles de Collette tandis que les frères riaient.

Lucas adressa à sa mère le plus charmant des sourires.

— Bien sûr.

Bzzzz.

Gabe jeta un nouveau coup d'œil à l'écran de son téléphone. Encore Felicity. Il pouvait la bloquer, l'ignorer ou répondre. Ses appels répétitifs avaient piqué sa curiosité, alors il décrocha.

— Salut, Felicity, dit-il en se levant pour quitter la table et sortir dans le jardin, sa tasse à la main.

— Bonjour, bel inconnu.

Elle était clairement en mode séduction. Il l'entendait à son ton voilé. Elle voulait quelque chose.

— Que puis-je faire pour toi ?

— Toujours aussi sérieux, Gabriel.

Il prit une grosse gorgée d'infusion.

— Cela fait longtemps que je n'ai pas eu de tes nouvelles, alors je sais que tu veux quelque chose.

— Peut-être que je me rappelais le bon vieux temps et que je me suis dit que tu me manquais.

— Ou...

Elle émit un petit rire, clairement destiné à le séduire.

— Ou ? répéta Gabe.

— Gabriel, avons-nous rompu en mauvais termes ?

— Techniquement, nous n'avons jamais rompu. Nous avons juste arrêté de nous appeler, dit-il en regardant l'heure sur sa montre. C'est la preuve qu'on est tous les deux passés à autre chose, mais si je peux faire quelque chose pour toi, demande-le.

— Je voudrais une invitation pour le gala de charité de ce soir.

Gabe leva les yeux au ciel, exaspéré. *Et voilà.*

— Ce n'est pas possible, Felicity.

Il n'avait pas décidé s'il y irait accompagné ou pas, et la dernière chose dont il avait besoin, c'était une ex impétueuse pour lui gâcher la soirée.

— D'ailleurs, j'ai déjà renoncé à mes deux dernières entrées, ajouta-t-il avec sincérité.

— Ga-bri-el, dit-elle en fredonnant. C'est ta famille qui organise cette soirée. Je suis sûre que tu peux te procurer une autre entrée.

— C'est mon frère Phillip qui gère la fondation et s'est

occupé du spectacle du gala. Il nous a dit il y a une semaine que c'était complet.

— Si tu arrives à me trouver un billet, je pense que je saurai me montrer très reconnaissante, dit-elle avec un petit gémissement. Tu te souviens comment j'exprime ma reconnaissance, hein, Ga-bri-el ?

Il s'en souvenait.

Gabe s'éclaircit la voix.

— Felicity, je ne peux rien faire pour toi, mais je suis content d'avoir eu de tes nouvelles.

— Vraiment ? demanda-t-elle sur un ton froid.

— Bien sûr.

— Alors souviens-t'en bien, parce que tu risques de ne pas entendre parler de moi pendant un certain temps.

Et elle raccrocha.

Il termina son infusion et rentra dans la maison.

— Où peut bien être... Monica Darby ?

Ses yeux suivirent ceux de toute sa famille, rivés sur l'immense téléviseur au-dessus de la cheminée dans le salon. C'était une émission matinale mêlant information et divertissement.

Il regarda avec attention la vidéo de Monica avant de se rasseoir à table. Elle se tenait immobile sur les marches de leur maison, les yeux écarquillés.

— Notre maison passe à la télévision ! Quand cette folie s'arrêtera-t-elle ? Merde ! jura Nicolette en français.

— La fille secrète du célèbre acteur et comédien de théâtre Brock Maynard n'a pas été vue depuis ce jour où elle a quitté la maison de la famille Cress, connue pour leur empire culinaire... et leurs physiques avantageux. Regardez donc cette famille !

Des photos publicitaires de la famille apparurent à l'écran.

Nicolette râla.

Phillip Sr. fronça les sourcils.

Sean afficha un large sourire.

Phillip Jr. poussa un lourd soupir.

Lucas grimaça.

Gabe contracta la mâchoire tandis qu'ils remontraient les

flashs des caméras sur le visage de Monica. Il se demanda où elle était. Si elle allait bien. Si elle était heureuse. Il l'espérait parce qu'elle le méritait. Elle avait toujours été digne de confiance. Il ne lui souhaitait que le meilleur. Il repensa aux entrées pour le gala qu'il lui avait données et s'avoua qu'il espérait qu'elle avait décidé d'y assister.

— Nous ne sommes peut-être pas capables de dire où Monica Darby se trouve actuellement, mais nous avons appris récemment de source sûre que Maynard a laissé un héritage, estimé à plus de cinquante millions de dollars, à sa fille. Voilà comment on s'excuse...

Cette information abasourdit toute la famille Cress.

Cette semaine avait été absolument chaotique.

Monica était assise au bout de l'immense lit de sa suite d'un luxueux hôtel sur la Cinquième Avenue et parcourait les chaînes du câble. Elle s'arrêta sur la vidéo qui la montrait, effrayée, et qui tournait en boucle depuis une semaine, sur Internet et à la télévision.

Qu'est-ce qu'il y a encore ?

— La fille secrète de l'acteur et comédien de théâtre primé Brock Maynard n'a pas été vue depuis ce jour où elle a quitté la maison de la famille Cress, connue pour leur empire culinaire... et leurs physiques avantageux. Regardez donc cette famille !

Les yeux de Monica se fixèrent sur le visage de Gabe sur la photo. Rien n'avait changé depuis une semaine qu'elle ne l'avait pas vu. Le simple fait de le voir lui donnait la sensation d'être plus vivante.

Elle regarda vers la commode où était posée l'enveloppe ouverte qui contenait les tickets pour le gala de charité. Une opportunité de le revoir.

— Est-ce que je devrais y aller ? demanda-t-elle doucement.

— Nous ne sommes peut-être pas capables de dire où Monica Darby se trouve actuellement, mais nous avons appris récemment de source sûre que Maynard a laissé un héritage, estimé à plus de cinquante millions de dollars...

Clic.

Monica jeta la télécommande sur le lit derrière elle après avoir éteint le téléviseur.

— De source sûre ? protesta-t-elle. Vous voulez parler de Phoebe Maynard ? Alors dites-le.

C'était en effet sa tante qui avait tout raconté à la presse parce qu'elle refusait de laisser son frère faire dans la mort ce qu'il avait fait quand il était vivant : prétendre qu'il n'avait pas de fille. Et Monica appréciait cette démonstration de soutien de la part de Phoebe, mais cela avait eu pour conséquence de faire entrer brutalement la presse dans sa vie, et ils étaient aussi déterminés que des guêpes dont on aurait fracassé le nid.

Elle en avait assez de se faire piquer.

Elle traversa la chambre jusqu'à la commode en soupirant, attrapa l'invitation et l'approcha de son nez. Chaque jour, l'odeur de son eau de Cologne s'atténuait et elle décelait aujourd'hui à peine la senteur chaude et épicée. Elle leva les yeux et se vit dans le miroir, portant le peignoir blanc et moelleux de l'hôtel de luxe, les cheveux attachés en chignon décoiffé, le visage sans maquillage et les yeux brillants en pensant à Gabe.

Pendant toute cette semaine, elle s'était enfermée dans cette chambre d'hôtel où elle avait l'intention de rester jusqu'à ce qu'elle ait choisi où entamer le nouveau chapitre de sa vie.

Pas de travail. Pas de visite. Rien pour la tenir occupée. Rien d'autre que ses pensées. Et le *room service.*

— Pourquoi me laisser ronger par l'ennui ?

Elle décida qu'il était temps de s'amuser un peu.

Derrière des lunettes *oversize*, elle s'aventura à l'extérieur et se fondit aisément dans la foule pressée. Armée des conseils du concierge, elle entra dans une boutique proche où elle prit plaisir à essayer des robes de soirée de grands couturiers jusqu'à ce qu'elle en trouve une qui attira tous les regards du magasin. Elle compléta sa tenue par des boucles d'oreilles Van

Cleef, des chaussures Bergdorf Goodman et une coiffure, un maquillage et une manucure réalisés au Spa de l'hôtel.

C'était la première fois qu'elle osait toucher à son héritage. Et ce qui perturbait au départ devenait de plus en plus facile à chaque fois qu'elle tendait sa carte bancaire. Ça faisait bizarre de dépenser une telle somme alors qu'il y a encore quelques jours, il lui aurait fallu travailler plusieurs semaines pour la réunir, mais c'était agréable, pour une fois, de s'offrir de jolies choses.

Nous y voilà.

Monica regardait la marina par la vitre teintée de la Chevrolet Tahoe avec chauffeur. C'était très beau de nuit avec la lueur de la lune qui se reflétait sur les vaguelettes de l'Hudson River. Quand le chauffeur arrêta la voiture dans le parking, elle se força à attendre qu'il quitte sa place pour faire le tour et ouvrir sa portière.

— Merci, dit-elle en acceptant la main qu'il lui tendait pour l'aider à descendre.

— Passez une bonne soirée, madame Darby.

Madame Darby ? Cela la troubla un instant. Tout lui semblait nouveau et différent. Même ce genre de témoignage de respect.

Elle lui adressa un petit signe de tête et inhala l'odeur de la rivière. Des participants en tenues élégantes avançaient déjà sur le quai vers le yacht rutilant de soixante mètres de long. Elle sourit en entendant leurs discussions excitées ; tout le monde était impatient de participer aux festivités.

Une brise tiède souffla tandis que Monica s'arrêtait pour observer l'embarcation. La fête battait déjà son plein.

Elle avait entendu la famille parler des préparatifs et savait que plus de cinq cents personnes étaient attendues. Il devait y avoir un groupe, un bar, des hors-d'œuvre hallucinants, une vente aux enchères de plus de cinquante expériences culinaires avec des chefs renommés, un tournoi de poker caritatif et le miniconcert d'une célébrité populaire pour clore la soirée.

À bord du yacht, le cœur battant à cause de l'excitation et aussi de la nervosité, elle se dirigea droit vers le bar pour prendre une flûte de champagne. Par-dessus son verre, elle observait la foule et les artistes. Des contorsionnistes, des magiciens et des jongleurs se produisaient pour les invités.

Un serveur en uniforme lui présenta un plateau. Elle prit une petite assiette et utilisa des pinces pour se servir une tartelette au bacon et au chèvre, une brochette d'agneau et une minitourte qu'elle découvrit être fourrée au homard. Elle contemplait la salle richement décorée quand elle repéra Gabe debout près du bar, d'une beauté dévastatrice dans son smoking noir. Elle faillit s'étouffer quand elle vit une grande brune bien proportionnée en combinaison bustier couleur cerise à ses côtés. *Étaient-ils ensemble ?*

La femme en rouge rit en caressant le revers en velours de son smoking et lui prit sa flûte des mains pour poser ses lèvres peintes sur le cristal et boire une grande gorgée de champagne doré. Monica détourna le regard si vite qu'elle sentit des mèches de cheveux lâchés lui chatouiller le dos. Elle détestait constater l'écart qui résidait entre elle et cette femme. Même après avoir subi cette transformation qui lui avait coûté si cher et donné de l'assurance, Monica avait toujours ce sentiment familier de ne pas être à la hauteur. Séquelle de son enfance brisée et instable.

Éprouvant le besoin que Gabe et son rancard sulfureux ne la voient pas, Monica arrêta un autre serveur pour reposer l'assiette et le verre qu'elle n'avait pas terminés sur son plateau avant de partir en exploration.

— Monica ?

Une main chaude saisit délicatement son poignet. Elle savait avant même de se retourner que c'était Gabe. La chair de poule ne mentait pas.

— Bonsoir, monsieur Cress, dit-elle après s'être retournée, le cœur palpitant, alors qu'il la dévisageait, de ses cheveux parfaitement coiffés à ses doigts de pieds vernis.

Sa robe en dentelle noire était à la fois délicate, avec son corset en forme de cœur et ses bretelles ornées de rubans, et sexy, puisqu'elle exigeait de ne pas porter de sous-vêtements. La jupe à la coupe simple laissait apercevoir ses cuisses et la bordure en dentelle effleurait ses chevilles au-dessus de ses escarpins à brides. Ses cheveux lâchés formaient de grosses boucles sur ses épaules. Des yeux charbonneux et un rouge à lèvres *nude* complétaient sa tenue.

Que pense-t-il ?

— Vous… Vous êtes superbe, déclara-t-il, sa voix ne pouvant trahir son admiration.

Elle rit doucement.

— Vous semblez surpris.

— Non. Pas surpris, répondit-il en glissant ses mains dans les poches de son pantalon. Je vous ai déjà vue encore plus belle.

Monica sentit ses joues chauffer.

Elle coinça ses cheveux derrière ses oreilles, révélant ses boucles de diamant.

— Je ne savais pas vraiment si cette robe était trop ou pas assez pour l'occasion, confia-t-elle.

Gabe la fixait avec un regard intense.

— Elle est parfaite.

Ils se regardaient dans les yeux. Le silence régnait, mais il y avait une tension, une électricité, qui imprégnait l'air autour d'eux. Elle savait à la chaleur qu'elle ressentait au creux de son ventre et à celle qu'elle voyait dans les yeux de Gabe qu'il éprouvait le même désir qu'elle.

— Juste une fois ? lui rappela-t-elle, son pouls battant à cent à l'heure.

— Je croyais que c'était oublié, dit-il, son regard sondant le sien.

Elle détourna les yeux pour éviter la tentation.

— C'est ce qu'on était censés faire.

— Je n'ai pas pu oublier, même en essayant.

Elle frissonna.

— Regardez-moi, Monica.

Ravalant la boule qui s'était logée dans sa gorge, elle obéit.

Et à cet instant, elle se souvint d'une douzaine de détails de ce soir-là, de la sensation des mains de Gabe sur ses fesses aux gémissements de plaisir guttural qu'elle avait émis quand il l'avait prise profondément.

— Pardon.

Ils découvrirent un couple derrière eux. Ils n'avaient pas réalisé qu'ils bloquaient l'accès à l'escalier.

Gabe attrapa sa main et la tira derrière lui. À plusieurs reprises, des gens le hélèrent ou essayèrent de le suivre, mais il les ignora tous alors qu'il l'entraînait vers la terrasse. Dès qu'ils s'arrêtèrent, il la tira contre lui et passa ses doigts dans ses cheveux tandis qu'elle inclinait la tête en arrière et s'agrippait aux revers de sa veste de smoking. Il baissa la tête pour l'embrasser.

D'abord, leurs lèvres se pressèrent doucement les unes contre les autres. Puis, leurs langues se touchèrent avec sensualité avant que leur baiser s'approfondisse, accompagné de râles. Leurs corps étaient serrés l'un contre l'autre.

Les secondes semblaient s'étirer à l'infini. Monica mit fin au baiser avec réticence, sans trop savoir combien de temps avait passé. Elle avait l'impression d'être ivre. Et comme dans un rêve.

Son prince charmant était trop beau dans son smoking sur mesure pour qu'elle n'ait pas envie de le déshabiller et passer une autre nuit passionnée avec lui.

Est-il minuit ? Le carrosse va-t-il se retransformer en citrouille ? Ai-je perdu mon soulier ?

Ses pensées délirantes la firent sourire.

— Juste une fois de plus ? demanda-t-il d'une voix grave.

Les yeux de Monica descendirent sur ses lèvres et elle essuya le gloss qui s'y était déposé avec son pouce.

Il glissa ses mains dans le creux de son dos, juste au-dessus de la courbe de ses fesses.

— Tu ne travailles plus pour nous.

— Non, en effet, acquiesça-t-elle avant de faire un pas en arrière et de se dégager de ses bras.

Puis elle s'avança vers la main courante et contempla les vagues illuminées par la lune. Elle savourait la sensation de la brise sur sa peau, mais ce n'était rien comparé à la chaleur du corps de Gabe.

Il se rapprocha d'elle.

— Je ne suis pas fait pour une vraie relation, admit-il.

— Et ce n'est pas ce que je veux, riposta-t-elle, levant légèrement la tête en se retournant pour s'adosser contre la balustrade.

— Juste avec moi ? Ou avec n'importe qui ?

— N'importe qui. L'amour, c'est pour les idiots.

Cela le fit rire et il attrapa la main courante de chaque côté de son corps avant de se pencher pour déposer des baisers de son menton à ses lèvres. Monica poussa un soupir de plaisir.

— Ce qu'il y a entre nous va se produire à nouveau, dit-il près de son oreille avant de venir goûter sa bouche.

L'excitation la rendait presque fébrile.

— Juste... encore... une fois, prononça-t-elle contre sa bouche.

Gabe s'écarta d'elle et lui tendit la main.

— Alors partons d'ici.

Monica se mordit la lèvre inférieure et sourit en glissant sa main dans la sienne.

Le soleil se levait sur Manhattan, projetant sa lumière zébrée de rouge, rose et orange sur la ville. Monica admirait la beauté du décor par la fenêtre de sa chambre d'hôtel tandis que Gabe pressait des baisers ardents d'une épaule à l'autre. C'était sa manière de la réveiller après la nuit de sexe la plus électrique de sa vie.

Le premier round eut lieu dans l'une des cabines privées du yacht. Cela avait été rapide et frénétique et ils en étaient sortis transpirants et essoufflés.

N'étant pas rassasiés l'un de l'autre, ils avaient pris l'une des voitures de la famille pour rejoindre sa suite, où le deuxième round avait été lent et passionné. Contre la porte. Sur le sol.

Sur le canapé. Sur le rebord de la fenêtre. Et finalement, dans le lit. Quelques fois, il avait pris les rênes. D'autres, c'était elle qui s'en était chargée.

Du plaisir à l'état pur.

Et là, à en croire son sexe long et dur contre ses fesses, il était prêt pour le troisième round.

Elle roula sur le dos, emportant le drap qui découvrit ses seins. Elle allait le rattraper pour le remonter, se sentant timide à la lumière du jour.

Il secoua la tête avant de prendre un téton brun dans sa bouche.

— C'est le matin, lança-t-elle, même si son dos semblait se cambrer de son plein gré. On avait dit juste une fois.

Après un dernier coup de langue délicieux, Gabe libéra ses seins et la regarda à nouveau.

— Oui, mais cette partie de mon corps n'est pas d'accord, objecta-t-il en serrant le drap blanc contre son érection.

— Elle aussi regrette l'accord qu'on a passé, dit-elle en riant quand il leva le drap pour regarder le buisson ras qui couvrait son entrejambe.

J'ai bien fait de demander une épilation au Spa.

— Alors peut-être qu'on devrait le refaire ? demanda-t-il en la regardant brièvement dans les yeux avant de s'allonger sur le dos et l'inciter à monter sur lui.

— Maintenant ?

— Et dans le futur.

Elle baissa les yeux sur lui, Gabriel Cress, Gabe, et repensa à toutes ces nuits au cours des cinq dernières années où elle avait rêvé de l'avoir nu et dur sous elle. Elle ne cherchait pas l'amour qui était pour elle synonyme de chagrin. Mais peut-être pouvait-elle simplement profiter du plaisir charnel en sachant qu'un jour, quand la passion aurait tiédi, ils repartiraient chacun de leur côté et se diraient affectueusement adieu ? Elle ne doutait pas un instant que ce serait très facile pour lui.

— Sans obligation, affirma-t-elle pour lui faire savoir qu'elle avait bien compris les règles.

— Aucune, renchérit-il en s'asseyant pour enfouir son nez dans son cou.

— La seule chose que j'attends de toi, c'est du sexe quand j'en aurai envie, lui dit-elle pour le provoquer, surprise et séduite par sa propre audace.

— Et moi ? demanda-t-il avec une voix et un regard aguichants.

Qui suis-je devenue ?

Elle se sentait coquine et séductrice. Désirable et sexy. Était-ce sa fortune soudaine ou l'effet qu'elle savait lui faire ? Elle se sentait puissante.

Monica se retourna et se mit à quatre pattes devant Gabe. Elle sentit le lit bouger quand il vint s'installer à genoux derrière elle. Elle serra les draps dans ses mains et pressa son visage contre le lit tandis qu'il glissait son membre en elle jusqu'à ce qu'il la remplisse complètement. Ils sifflèrent tous les deux en ressentant leur connexion. Quand Gabe passa sa main devant elle pour caresser son clitoris, elle ferma les yeux et se mordit légèrement la lèvre, puis fit des mouvements de va-et-vient sur son manche en roulant des hanches quand elle atteignit la base. Chaque coup était si bon et indécent qu'il faisait monter lentement la pression.

Dix mouvements, peut-être même moins, suffirent pour qu'elle le sente trembler de satisfaction. Il jura et elle le sentit durcir encore en elle. Comme de l'acier. Entre ça et les cercles doux que ses doigts décrivaient sur son bourgeon érogène, elle se mit à crier contre le matelas et à le battre avec son poing alors qu'elle le rejoignait dans l'extase.

6

Deux mois plus tard

Les règles avaient été posées. Pas de longues conversations au téléphone. Pas de rendez-vous officiels. Pas de nuit complète ensemble. Et ils tinrent chacun leur part de l'arrangement. Mais cela ne les empêchait pas de penser l'un à l'autre lors des nombreuses heures qu'ils passaient séparés.

Gabe était obsédé par des souvenirs d'elle à différents moments de la journée. Le contact de son corps. Ses baisers. Ses soupirs contre sa bouche. Et le fait de ne jamais savoir si elle gémirait ou pousserait des cris rauques au moment de l'orgasme.

Il estimait qu'il était de son devoir de la faire hurler si fort que sa voix s'enrouait.

Cette pensée le fit rire doucement.

— Qu'est-ce qu'il y a de drôle, Gabriel ?

Il leva les yeux des rapports trimestriels pour découvrir que tout le comité de Cress Inc. le regardait.

— Une pensée comme ça.

— Tu veux la partager ? demanda Nicolette à l'autre extrémité de la table de conférence ovale.

— Absolument pas.

Gabe fut soulagé quand la réunion se poursuivit. Sa famille n'était pas du tout au courant qu'il couchait avec leur ancienne gouvernante. Qu'il était impatient de la voir. La sentir. La toucher. La goûter.

— S'il n'y a pas d'autres sujets à aborder…, commença Phillip Sr.

— Une question : y a-t-il une date estimée pour le jour où vous quitterez officiellement le poste de président et nommerez un successeur ? demanda l'un des membres du comité.

Gabe observa ses parents échanger un regard avec toute la table. Il remarqua aussi que son frère aîné, Phillip Jr., semblait particulièrement heureux que cette question soit posée.

— Non, il n'y a pas de date, parce que je ne suis pas encore prêt à me retirer, dit Phillip Sr. Et je n'ai pas le sentiment que l'un de mes fils soit prêt pour occuper ce poste, ajouta-t-il en se redressant dans son fauteuil.

Cela mit Gabe en colère. La compétition pour gagner les faveurs de leur père battait son plein et montait les frères les uns contre les autres. Tout ça pour obtenir l'approbation de leur père. Gabe en avait assez de tout ça et avait l'impression qu'on le considérait comme un pion.

Il perçut les mêmes sentiments sur les visages de ses frères.

Il n'avait connu que le règne de Phillip Cress Sr. Sa fermeté. Ses exigences. Ses attentes élevées. Plus de discipline que de douceur. En tant qu'homme, Phillip Sr. était charmant. En tant qu'époux, il était aimant et dévoué. En tant que père, il avait toujours été strict. Peut-être même manipulateur.

La course au poste de P-DG n'avait fait que révéler ces traits.

Regarde-moi. Approuve-moi. Dis-moi que je suis aussi bon que toi. Dis-moi que je suis le meilleur de tes fils.

— Si nous en avons fini, j'aimerais clore cette réunion, dit Phillip Sr.

— Et combien de temps sommes-nous censés rester dans ce schéma où tu joues avec nos vies, au juste ? demanda Cole, l'éternel rebelle.

Gabe enviait son audace.

La mâchoire de Phillip Sr. se contracta.

Nicolette se leva et se dirigea vers la porte pour l'ouvrir.

— Pouvez-vous laisser la famille seule, s'il vous plaît ? dit-elle avec un sourire censé adoucir son ordre aux membres du conseil ne faisant pas partie de la famille.

Quand ils partirent, les frères se levèrent de leur place et se mirent à arpenter la salle comme si on venait de les libérer.

— Alors vous êtes tous contrariés ? demanda Phillip Sr., toujours assis à sa place, observant chacun de ses fils. Vous soutenez discrètement les propos de votre frère ? La même audace et le même manque de respect ?

Placé devant la baie vitrée, Gabe le regardait. Voir sa mère se précipiter au côté de son mari et lui murmurer quelque chose à l'oreille en français avant de déposer un baiser sur sa tempe l'agaça. Ses parents avaient le don de faire sentir à tout le monde, y compris leurs enfants parfois, que les autres étaient de trop.

La plupart du temps, c'était mignon. Là, Gabe trouva ça gênant. Son père aurait dû être réprimandé, pas consolé.

— Puisque tout le monde est pressé de me voir partir à la retraite et disparaître comme si je n'avais plus rien à offrir, dit Phillip Sr. en embrassant la paume de sa femme avant de se lever, pourquoi chacun d'entre vous ne me dirait pas pourquoi il désire être P-DG ?

— Je suis l'aîné et le plus expérimenté dans la compagnie, affirma immédiatement Phillip Jr.

— Sean ?

— Honnêtement ? demanda Sean, marquant une pause pour se servir un verre de Perrier au bar. Je suis la star de la compagnie. Le plus connu, et mon image fera briller la marque.

Gabe se retourna, supposant qu'il serait le prochain, par ordre d'âge.

— Cole ? dit Phillip Sr.

Surpris par le choix de son père, il lui tourna le dos.

— Parce que tu penses que je n'en suis pas capable, et je veux te prouver que tu te trompes là-dessus comme sur plein d'autres points, déclara Cole.

— Coleman ! intervint Nicolette qui le trouvait insolent.

— Laisse, chérie, dit Phillip Sr. dans la langue maternelle de sa femme.

« Laisse. »

Comme tout le monde, leur père était habitué au numéro de Cole.

— Lucas ?

— Parce que tu veux que l'un de tes fils suive ta voie.

— Gabriel ? dit enfin Phillip Sr.

Il regarda par-dessus son épaule en glissant ses mains dans les poches de son pantalon.

— Pour développer la compagnie sur d'autres marchés culinaires qui assureraient l'avenir de Cress Inc. pour les générations à venir, répondit-il avec aisance et honnêteté.

Phillip Sr. acquiesça et déplia les mains.

— Et c'est pourquoi Gabriel serait mon premier choix si je devais me retirer, affirma-t-il.

Gabe détesta le plaisir que lui procura ce témoignage d'approbation de la part de son père.

— Mais imagine ma déception quand tu nous as dit, à ta mère et moi, la semaine dernière, qu'être chef te manquait et que tu aimerais trouver un moyen de le faire tout en travaillant pour Cress Inc. Une absurdité que je ne soutiendrai *jamais*.

— J'ai précisé « dans un monde parfait », dit-il en serrant le poing dans sa poche. Et croyez-moi, je sais que c'est loin d'être le cas.

Cela fit rire doucement Cole.

— Attention, Gabe, tu vas perdre ta première place et ton titre de fils parfait.

— Ça suffit, Cole, dit Phillip Sr. d'une voix basse, mais dure et intransigeante.

Gabe soupira, ravalant sa colère alors que la tension dans la pièce était palpable.

— Mais je n'ai pas la garantie d'obtenir le poste de P-DG, alors pourquoi est-ce que moi ou n'importe lequel d'entre nous devrait mettre sa vie entre parenthèses en risquant de ne rien y gagner ?

— Pourquoi devrais-je mettre l'avenir de la compagnie entre les mains de quelqu'un qui n'est pas prêt à faire des sacrifices ? riposta Phillip Sr.

— Parce que le bonheur de tes fils devrait compter à tes yeux, dit Gabe.

Phillip Sr. leva les mains, exaspéré.

— Alors sois heureux et va cuisiner, Gabe, mais tu ne peux pas avoir deux amours. L'un des deux finira toujours par en souffrir.

— Bon conseil, papa, intervint Cole, plein de sarcasme.

Tout le monde dans la salle regarda Phillip Sr. et Cole échanger un long regard avant que Cole se retourne pour s'approcher de la porte.

— Je ne suis plus là, dit-il avant de partir.

Les membres de la famille Cress le suivirent, mais Gabe pensait que cette discussion n'était pas terminée ; ils devraient la poursuivre plus tard.

Il était toujours aussi contrarié, et il eut du mal à se concentrer sur le projet à présenter au comité pour le deuxième restaurant Cress à Paris.

La pilule était dure à avaler ; ses parents se fichaient de son bonheur.

Ça pourrait être pire. On me donne la liberté de faire ce que je veux et j'en suis reconnaissant.

Il s'assit au fond de son fauteuil derrière son bureau en se souvenant de l'occasion à laquelle il avait entendu ces mots...

Monica était allongée sur le ventre au milieu de son lit tandis que Gabe était sur le côté près d'elle, les draps en satin anthracite jetés sur le bas de leurs corps. Il promenait ses doigts sur son dos, ce qui lui donnait une légère chair de poule pendant qu'elle regardait la vue époustouflante de la nuit qui se répandait sur les hauteurs de Manhattan.

La vue était aussi belle que le nouvel appartement de Monica, mais ne rivaliserait jamais avec sa beauté quand il la pénétrait et qu'il voyait la satisfaction dans ses yeux marron.

Ils avaient adoré faire l'amour comme des bêtes. La dernière fois qu'ils s'étaient retrouvés remontait à une semaine. Même si une heure avait passé, ils étaient encore au lit, profitant de ce moment privilégié ensemble.

Ding.

Il se pencha pour déposer un baiser dans le creux de son dos alors qu'elle tendait la main pour attraper l'iPad sur la table de chevet.

— Le room service *arrive.*

Monica avait acheté un appartement dans l'un de ces immeubles qui étaient avant tout des hôtels mais dédiaient plusieurs étages à des appartements combinant le luxe et le confort de l'hôtellerie au fait d'être propriétaire.

Gabe lui massa une fesse avant de lui donner une petite tape. Elle protesta d'un ton taquin en haussant les sourcils.

— *Je me venge de la gifle que tu m'as donnée, dit-il tandis qu'elle descendait du lit, nue.*

Il profita de la vue sur ses fesses arrondies alors qu'elle se penchait pour récupérer son peignoir par terre. Au cours de ces quelques mois depuis qu'ils étaient devenus amants, il avait vu son côté timide s'effacer peu à peu. La femme craintive qui prenait soin de rester en retrait par rapport à la vie de sa famille avait presque disparu. Il ne savait pas si c'était dû à sa richesse et son indépendance soudaine ou à l'assurance acquise en sachant qu'il la considérait comme la meilleure partenaire qu'il ait jamais eue (chose qu'il avait admise à plusieurs occasions, pendant et après le sexe).

— *Oui, mais je n'étais pas dans le bon état d'esprit, rétorqua-t-elle en enfilant le long peignoir en coton blanc.*

Il adorait la manière dont la matière fine effleurait ses tétons durs et moulait ses hanches. Il était habitué à la dentelle et à la soie, mais trouvait du plaisir chaque fois qu'elle oubliait son innocence et prenait vie sous ses mains. Son excitation montait tandis qu'elle passait ses doigts dans ses cheveux décoiffés et les tirait derrière ses épaules avant de quitter la chambre.

Gabe se retourna pour attraper l'iPad et allumer l'immense téléviseur fixé au mur au-dessus de la cheminée. Il parcourut les chaînes à la recherche d'actualités économiques, mais s'arrêta en voyant une photo de Monica en train de traverser une rue new-yorkaise animée. Il allait l'appeler, mais se ravisa en sachant qu'elle ne parlait jamais des rumeurs les concernant, elle et son présumé père.

La caméra montra le visage d'une charmante septuagénaire noire aux cheveux bouclés et à l'expression amicale qui lui paraissait très familière. Elle discutait avec une femme plus jeune en marchant sur la plage.

— Alors, madame Maynard, vous confirmez les rumeurs qui disent que Monica Darby est en fait votre nièce, la fille de votre frère, Brock Maynard ? demanda la présentatrice tandis que la femme s'arrêtait pour admirer le soleil qui se couchait sur l'océan.

— Absolument, répondit Phoebe en plaçant ses mains sur ses hanches.

Elle portait un ensemble pantalon-chemisier en lin bleu pastel.

— Et elle a dû signer un accord de confidentialité qui l'empêche d'en parler, mais pas moi. Je suis fière de l'avoir comme nièce et je regrette juste qu'on n'ait pas eu l'occasion de se connaître plus tôt.

Gabe resta bouche bée. Il se leva du lit et traversa la chambre pour se mettre devant le téléviseur. C'est là qu'il remarqua que Monica ressemblait beaucoup à cette femme.

— Et vous voulez partager la véritable histoire de sa naissance ?

— C'est une histoire que je ne partagerai qu'avec ma nièce quand elle sera prête à l'entendre, affirma Phoebe après s'être retournée pour adresser à la caméra un sourire éclatant et un clin d'œil que Gabe crut être destinés à Monica.

Quand il regarda autour de lui, il trouva celle-ci dans l'encadrement de la porte, les mains sur le chariot qui contenait ce qu'ils avaient commandé à la carte du restaurant.

Elle contourna le chariot pour rejoindre le lit et éteignit le téléviseur avec l'iPad.

— Gabriel, lui dit-elle avec un ton plein de reproches, face à lui, les bras croisés sur sa poitrine.

— Pourquoi ne m'as-tu pas simplement dit que tu avais signé

un accord de non-divulgation ? demanda-t-il en s'approchant du chariot pour retirer les cloches des plats.

Elle haussa les sourcils.

— Oui... Parce que tu as signé un accord de non-divulgation.

Elle ne dit rien.

— Comment te sens-tu dans ta nouvelle vie ?

— Ça dépasse mes rêves les plus fous, reconnut-elle en prenant bien soin de choisir ses mots.

— Mais ?

— Mais tu sais que je ne peux pas en parler... même si je le veux. J'aimerais tout faire sortir de ma tête pour passer à autre chose, mais je ne peux pas. Alors n'en parlons plus. S'il te plaît.

— On dirait que ta tante a très envie de discuter avec toi. Peut-être qu'il est temps d'accepter sa proposition, dit-il en tirant sur le nœud de son peignoir avant de passer un bras autour de sa taille pour presser son corps contre le sien.

Monica émit un râle de plaisir en le sentant contre elle et pencha la tête en arrière en se mettant sur la pointe des pieds pour mieux apprécier les baisers qu'il déposait dans son cou.

— Il y a une chose que je peux dire.

Gabe leva la tête pour la regarder et découvrit de la mélancolie dans ses yeux.

— Ça pourrait être pire. On me donne la liberté de faire ce que je veux et j'en suis reconnaissante.

Gabe ne s'autorisa pas à visualiser la suite de son souvenir, comment il l'avait portée dans ses bras et avait pressé son corps contre le sien pour effacer la tristesse dans ses yeux. L'empathie qu'il avait ressentie lui avait causé une douleur intense dans la poitrine. D'une certaine manière, Brock Maynard n'avait pas été présent une seule journée dans la vie de sa fille. Il semblait qu'il n'avait même jamais évoqué son existence auprès de sa sœur avant de se retrouver sur son lit de mort.

Mais il lui avait légué une belle somme d'argent dont elle pouvait disposer à sa guise. De son côté, le père de Gabe avait fait constamment partie de sa vie, mais il refusait de lui laisser la liberté de vivre ses rêves.

Gabe remarqua l'ironie de la situation, puis se souvint de la soirée au Cress à Paris, où il avait repris contact avec sa passion pour la cuisine. Ce bonheur qu'il avait mis de côté pour le bien de l'entreprise familiale. Un sacrifice qui n'était pas apprécié à sa juste valeur par ses parents.

Peut-être qu'il est temps de faire ce que je veux et d'être libre...

— Je n'arrive pas à croire que vous ayez fait un album, dit Monica à Phoebe en parcourant les pages où étaient collés des extraits de journaux la concernant.

— Un album ? En fait, j'en ai deux. Celui-là est pour toi, précisa Phoebe. Ton appartement est magnifique.

Monica jeta un coup d'œil à l'appartement qu'elle avait acheté, décoré et meublé en teintes élégantes de gris clair ; il lui rappelait la maison des Cress et c'était ce qui lui avait aussitôt plu quand l'agent immobilier le lui avait montré.

— J'ai parfois du mal à croire qu'il m'appartient, avoua-t-elle d'une voix douce tandis qu'elle se levait et se déplaçait dans le vaste séjour pour toucher des objets ici et là.

Des œuvres d'art. Une cheminée. Des canapés et fauteuils moelleux.

— Tout est si différent.

— Es-tu heureuse ici ? demanda Phoebe.

Monica s'appuya contre l'encadrement de la porte du balcon qui surplombait le jardin floral de l'immeuble au centre de Manhattan. Elle essayait encore de trouver ses marques dans sa nouvelle vie où la richesse lui apportait son lot de nouveautés, comme le fait de ne pas travailler et avoir tout son temps pour soi.

Pour réfléchir.

À la révélation concernant son père.

Au fait que sa tante dévoile la vérité.

À l'irruption des paparazzis et de la presse à scandale dans sa vie privée.

À l'identité de sa mère.

Et aux compétences passionnées de son amant.

Cette dernière pensée la fit sourire.

J'ai un amant.

— Gabe, murmura-t-elle alors que tout son corps frissonnait en pensant à lui.

— Pardon ? demanda Phoebe.

Monica se retourna avec le sourire.

— Je suis heureuse, répondit-elle finalement.

Ils pouvaient rester une ou deux semaines sans se voir. Sans attentes particulières. Sans rendez-vous galant. Sans prendre le risque de mélanger les sentiments et d'avoir le cœur brisé. Sans qu'elle craigne d'être abandonnée.

Ou laissée pour compte, se dit-elle en pensant à son ex, James.

Ils savaient tous les deux que la flamme s'éteindrait doucement et que leur flirt prendrait fin sans que ni l'un ni l'autre soit blessé. C'était l'idéal puisqu'elle avait Gabe Cress sans avoir Gabe Cress. C'était leur petit secret coquin et sensuel.

Elle imaginait la réaction des proches de Gabe s'ils l'apprenaient, surtout celle de sa mère. Elle avait passé cinq ans dans leur maison et avait fini par bien les connaître. Nicolette Cress était clairement contre l'idée d'une relation entre sa famille et le personnel. Monica doutait que sa richesse soudaine ou la célébrité de son père change le fait qu'elle serait toujours Monica la gouvernante à ses yeux. Mme Cress ne voudrait jamais considérer une ancienne femme de ménage comme son égale.

— J'ai terminé, madame Darby.

Monica se retourna vers la femme de ménage de l'immeuble.

— Merci, Olive, dit-elle après avoir lu son nom sur son badge.

— Je vous en prie, répondit la domestique avec un signe de tête poli.

Monica fut surprise quand la femme d'âge moyen s'arrêta alors qu'elle allait partir et se retourna.

— Oui ?

Elle avait l'impression d'être dans la peau de Nicolette Cress et cela ne lui allait pas bien.

— J'ai juste remarqué que nous n'avions jamais rien à nettoyer pour vous. C'est toujours impeccable, expliqua Olive en fixant ses pieds.

Monica connaissait bien cette démonstration de déférence. Encore une fois, son changement de statut la mettait mal à l'aise.

— Je suis trop habituée à tout faire moi-même, c'est tout.

— Oui, mais si nos supérieurs venaient à l'apprendre, ils pourraient en conclure que notre travail n'est pas à la hauteur de vos exigences.

C'est vrai.

— Je comprends et j'essayerai d'en faire moins, dit-elle, consciente de la sécurité que représentait un emploi.

Olive continua son chemin vers la porte et la referma silencieusement derrière elle.

Monica adressa un petit sourire à Phoebe qui la regardait d'un air entendu.

— Donne-toi le temps, lui dit-elle.

— Je m'ennuie tellement. Mes seules occupations sont le shopping et le Spa. J'ai envie, j'ai *besoin* de plus. J'ai toujours travaillé. Toujours. Je n'ai jamais eu d'autre choix. Même en voyageant avec James, je travaillais avec lui ou trouvais des petits boulots de serveuse ou de caissière.

— James ?

— Mon ex. C'est une longue histoire.

— J'ai connu beaucoup de longues histoires dans ce genre en soixante-dix ans.

— Pas moi, et j'ai bien l'intention que ce soit la seule.

Cela fit rire Phoebe.

— La vie est trop longue pour croire que tu ne tomberas amoureuse qu'une seule fois, l'avisa-t-elle, les yeux pétillants.

— Je préfère me concentrer sur ma future entreprise ou association, affirma-t-elle. Pas sur l'amour.

— Et qu'est-ce que tu comptes faire ?

— Je me souviens de la peur et de la solitude que j'ai ressenties en approchant de l'âge limite pour les foyers d'accueil sans recevoir de véritable aide financière de l'État pour entrer dans la vie d'adulte. J'envisage de demander à mon avocate, Choice Kingsley, de m'aider à créer une entreprise à but non lucratif pour aider les enfants des foyers dans ce sens.

— Je trouve que c'est un projet qui mérite que tu y investisses du temps, et cela te donnera du temps pour t'habituer à ta nouvelle vie.

— On pourrait croire qu'en ayant grandi dans diverses familles d'accueil, j'arriverais à m'adapter rapidement, dit Monica qui retraversait le séjour baigné de lumière pour reprendre sa place sur le canapé en face de sa tante.

Phoebe affichait un regard triste, même si elle lui adressait un doux sourire.

— Je t'aurais élevée et aimée si j'avais su, mais ce n'était pas le cas. Je te le jure, dit-elle tout bas.

— C'est exactement pour ça que je vous ai appelée, déclara Monica après avoir pris une grande inspiration. Pour vous demander ce que vous savez exactement, ajouta-t-elle l'estomac noué.

— Tu es prête aujourd'hui ?

Monica s'assit contre les coussins moelleux et croisa une jambe sur l'autre.

— Quelqu'un que je connais m'a suggéré qu'il était temps, répondit-elle en pensant à Gabe.

« On dirait que ta tante a très envie de discuter avec toi. Peut-être qu'il est temps d'accepter sa proposition. »

— Ce n'est pas facile à admettre, mais c'est la vérité, et je dis toujours : « Pourquoi mentir quand la vérité suffit ? », commença Phoebe. Mon frère a toujours eu un penchant pour les femmes plus jeunes. Pas des adolescentes, mais des jeunes femmes. Je suppose qu'elles lui rappelaient ses jours de gloire, lui qui faisait comme si ses cheveux ne grisonnaient pas et que ce qu'il y a en dessous de la ceinture fonctionnait aussi bien que dans le passé, dit-elle avec un petit sourire avant de marquer une courte pause. Il a rencontré ta mère dans son *diner* préféré, où elle était serveuse.

— Quel âge avait-elle ?

— Vingt ans.

— Et lui ?

— Quarante-deux.

Monica grimaça.

— Était-il marié ?

— Non, mais lui et la chanteuse Roz Garnet avaient un arrangement. Ils s'étaient rencontrés sur le plateau d'un film à Hollywood. Elle était venue s'installer à New York pour être avec lui. En gros, elle avait abandonné sa carrière pour lui.

Stupide femme amoureuse. J'ai connu ça. On ne m'y reprendra plus.

Monica attrapa son iPhone pour chercher une photo de la chanteuse de disco. Elle découvrit une beauté à la peau couleur moka, aux cheveux bouclés et aux lèvres pulpeuses. *Qu'elle est belle.*

— Ils sont restés ensemble sans être ensemble pendant des années, et personne n'était au courant. Ça leur convenait comme ça. Il a quitté son appartement de Tribeca pour elle, expliqua Phoebe. Elle n'a jamais eu d'enfant.

Monica leva les yeux de son téléphone.

— C'est pour ça qu'il n'a pas voulu de moi ? Pour éviter de la faire souffrir ? Était-ce la faute de ma mère ? Ou la mienne ? demanda-t-elle, incapable de se contenir. Et même dans la mort, il l'a protégée de la vérité. De moi. De mon existence. C'est fou.

Phoebe se leva et vint s'asseoir à côté de sa nièce.

— Je n'excuserai jamais mon frère pour les décisions qu'il a prises. Je te donne simplement la vérité, dit-elle en couvrant la main de Monica avec la sienne.

Cette dernière se leva pour s'éloigner alors que le ressentiment contre son père lui provoquait une douleur intense dans la poitrine.

— Et le reste ? Mon père a refusé de me reconnaître pour que sa copine ne se sente jamais trahie. Mais quelles sont les raisons de ma mère ? Pourquoi m'a-t-elle abandonnée ?

Phoebe détourna le regard.

— Quoi ? demanda Monica, les sourcils froncés.

Sa tante baissa les yeux.

— Pourquoi mentir quand la vérité suffit ? lui rappela Monica.

Phoebe poussa un soupir.

— Ton père m'a avoué sur son lit de mort que ta mère ne pouvait pas s'occuper de toi. Elle était seule et avait du mal à s'en sortir.

Monica croisa les bras sur la poitrine, s'armant pour la suite.

— Il lui a promis qu'il t'élèverait, mais il t'a finalement abandonnée, admit-elle, des larmes dans les yeux quand elle les leva finalement vers ceux de sa nièce.

Monica se raidit pour s'empêcher de s'écrouler en apprenant la trahison de son père.

— Comment s'appelait-elle ? demanda-t-elle à voix basse. Comment s'appelait ma mère ?

— Ça, il ne me l'a pas dit.

Monica leva la tête tandis qu'une larme coulait sur sa joue.

— Des secrets jusqu'à la fin, c'est ça ? fit-elle avec amertume.

Phoebe se leva, mais Monica secoua la tête et leva la main pour la dissuader de s'approcher. Elle ne trouvait plus les mots.

— Vous pouvez partir, s'il vous plaît ?

— Je n'en ai pas envie, répondit Phoebe.

Monica émit un rire amer.

— Bienvenue dans mon monde. Beaucoup de choses que je ne veux pas arrivent quand même, dit-elle en haussant les épaules et en faisant la moue. Faites comme moi et acceptez-le.

— Je sais que tu es blessée et en colère. Moi aussi. Cet homme était mon frère, et je ne l'aurais jamais cru capable de tourner le dos à son propre enfant. Je n'approuve pas ce qu'il a fait. Je pense que tu mérites d'être reconnue et acceptée. C'est pour ça que j'ai annoncé au monde que tu étais l'enfant de mon frère et que je t'aime...

— Vous ne me connaissez pas ! hurla Monica qui laissait sortir des années de frustration et de chagrin.

— Je *sais* que tu es ma nièce. Tu es mon sang. Et... ça me

suffit pour t'aimer, Monica Darby, dit-elle avec émotion. Tu as une famille. Tu m'as, moi.

Monica s'essuya la joue.

— Vous n'êtes pas ma mère, et même avec tout ce qu'on peut voir sur moi dans la presse, elle n'est pas arrivée en disant : « Je suis ta mère ».

— Mais je suis ta famille, insista Phoebe, en faisant un pas vers elle.

Encore une fois, Monica la repoussa en secouant la tête.

— D'accord, dit Phoebe en joignant les mains avant de reculer et se retourner pour récupérer son sac sur le canapé. Je rentre à Santa Monica demain. Tu seras toujours la bienvenue chez moi. Toujours.

Monica ne dit rien et se contenta de regarder la vieille dame partir à contrecœur. Le clic de la porte qui se ferma derrière elle semblait si définitif. Pendant un moment, elle envisagea de courir après sa tante et la supplier de rester.

Au lieu de cela, elle sécha ses larmes, chassa son chagrin comme elle avait appris à le faire pendant toute son enfance et attrapa son iPhone pour appeler Gabe. Il répondit à la troisième tonalité.

— Gabe, je sais qu'on s'est déjà vus cette semaine, mais j'ai besoin d'une distraction ce soir. Tu peux m'aider ?

— Qu'est-ce qu'il y a ?

— Rien que tu ne puisses me faire oublier quelques heures, répondit Monica qui avait très envie d'être avec lui.

— J'arrive, indiqua-t-il avant de raccrocher.

Elle eut à peine le temps de prendre une douche, se brosser les cheveux et enfiler un peignoir en satin que Gabe était à sa porte. Elle sauta dans ses bras et prit ses lèvres d'assaut dès qu'il posa un pied dans l'entrée. Avec un râle profond, il dénoua son peignoir et le laissa ouvert pour révéler sa nudité avant qu'il la porte sans aucune difficulté jusqu'à la chambre alors qu'elle se cramponnait à lui comme si elle mourait de faim.

7

Un mois plus tard

Gabe regarda Monica qui l'observait préparer le dîner, appuyée contre le plan de travail, vêtue seulement de sa chemise d'homme. De son côté, il ne portait qu'un tablier blanc qui exposait ses fesses. Elle lui adressa un regard malicieux et lui donna une petite tape avant d'attraper sa chair ferme. Elle se pressa contre son bras et leva les yeux vers lui.

Merde.

Impossible de détourner le regard. Il se sentait piégé dans le sien. Et quand son air taquin disparut pour laisser transparaître une autre émotion, il sentit son estomac se nouer. Ce n'était pas du désir. Il connaissait bien cette expression. Elle ressentait autre chose que de l'attirance et risquait d'attendre plus que du plaisir charnel.

Cela lui faisait ressentir un mélange étrange d'excitation et d'inquiétude.

Bzzzz.

Soulagé d'avoir une distraction, Gabe retira du feu la poêle où grillait le faux-filet de bœuf et attrapa son téléphone sur la table. Un appel en FaceTime.

— C'est Cole. J'étais censé prendre un verre avec eux.

Il sortit de la cuisine et se rendit dans l'entrée avant d'accepter l'appel, en s'assurant de garder son corps nu hors du cadre.

— Quoi de neuf, Cole ? dit Gabe en regardant son frère avant de reconnaître le bar chic du Cress X derrière lui.

— Nous sommes tous là. Où es-tu ? demanda Cole en faisant pivoter son téléphone pour montrer les frères Cress alignés au bar de cuivre.

— Je ne peux pas venir, dit-il en jetant un coup d'œil vers la cuisine où Monica l'observa avant d'aller se laver les mains dans l'évier.

— Ouais, mais tu es où ? insista Cole. Et avec qui ?

La dernière chose que Gabe voulait, c'était que Monica devienne un sujet de conversation pour ses frères. Le fait qu'elle était leur ancienne employée deviendrait un prétexte à leurs blagues et moqueries. Ils penseraient qu'elle était sa maîtresse pendant tout le temps où elle avait travaillé chez eux. Son instinct lui disait de la protéger de tout ça. Des commérages. Du jugement et des interprétations hasardeuses.

— Je suis toujours au travail, mentit-il. On se voit à la maison plus tard.

— Mais ce n'est pas...

Bip.

Gabe mit fin à l'appel et retourna dans la cuisine. Il observait avec plaisir les jambes douces de Monica et la manière dont le bord de sa chemise tombait juste sous ses fesses. Quand elle se retourna et plongea ses yeux dans les siens, il ne détourna pas le regard.

— Si tu avais des projets, tu n'étais pas obligé de préparer le dîner, fit remarquer Monica.

Gabe prépara les assiettes de steaks accompagnés de légumes grillés et assaisonnés, les posa sur l'îlot, puis versa du vin rouge dans un verre.

— Je suis exactement où je veux être, déclara-t-il en le lui tendant avant de se servir à son tour pour trinquer.

Monica appréciait l'ombre qu'offraient les arbres sur la terrasse du bistro français au centre de Manhattan.

— Je vais prendre un verre de vin blanc, s'il vous plaît, dit-elle au serveur.

Elle venait de commencer à parcourir le menu quand son invitée la rejoignit.

— Salut, Choice, dit-elle en se levant pour l'embrasser. Pas trop chaud ?

Choice Kingsley releva ses lunettes de soleil sur sa tête et posa sa serviette de cuir sur une chaise vide.

— Il n'y a que toi qui puisses me faire quitter l'air conditionné de mon bureau, fit-elle remarquer avec un sourire.

Choice lui avait été recommandée par Marco Villar. Leur relation professionnelle s'était lentement transformée en amitié quand Monica avait compris qu'elle appréciait l'intelligence et le sens de l'humour de la jeune femme. Il était facile de parler avec elle. Du coup, c'était probablement la première personne à qui elle avait vraiment accordé sa confiance.

Elles commandèrent toutes les deux de la quiche lorraine et Choice choisit de l'eau pétillante avec des fruits frais.

— Le travail avant tout, commença-t-elle en attrapant sa serviette pour en sortir un dossier noir. L'inscription est officiellement validée. Félicitations.

Monica accepta le document, consciente que cette certification n'était qu'une étape supplémentaire dans la création de son organisation caritative. À l'origine, Monica voulait simplement faire don de son argent, mais Choice l'avait convaincue d'aller plus loin en sollicitant des fonds pour créer une bourse et embaucher une petite équipe.

— Maintenant, le plaisir, dit Choice en enfonçant sa fourchette dans la quiche. Comment va Gabe ? Ou mieux, comment ça va entre toi et Gabe ?

— Ça me fait peur, avoua Monica avant de prendre une grande gorgée de vin. On se voit beaucoup. On discute beaucoup. On s'appelle beaucoup. Il prépare le dîner. Nous partageons des trucs, des rêves ensemble. Parfois, on ne fait même pas l'amour quand on se voit. On enfreint toutes les règles qu'on s’est fixées… Enfin, toutes sauf une. Ne jamais passer plus d’une nuit ensemble.

— Et ça te fait peur ? La plupart des femmes donneraient un rein pour avoir Gabriel Cress dans leur vie.

— La plupart des femmes n’ont pas été abandonnées par leurs deux parents, ce qui a annihilé leur sentiment d’être dignes d’être aimées, répondit-elle doucement avant de s’efforcer d’afficher un sourire triste devant le regard plein de compassion de son amie.

Monica pensa au jour où Gabe avait menti à ses frères concernant l’endroit où il se trouvait une semaine plus tôt. Elle s’était sentie blessée… même si elle savait qu’elle n’aurait pas dû. D’une certaine manière, cela avait renforcé son manque de confiance en elle. Quand bien même il ne faisait que respecter les limites qu’ils s’étaient imposées, la petite fille blessée au fond d’elle avait le sentiment qu’il avait honte de leur relation.

— Est-ce qu’il voit quelqu’un d’autre ? demanda Choice.

Monica eut le souffle coupé.

Et si c’était le cas ?

— Ça ne me regarde pas, se força-t-elle à dire comme pour s’en convaincre. Si c’est le cas, elle n’est pas très douée pour l’empêcher de se pointer chez moi.

— Certains hommes sont insatiables.

— Je n’ai vraiment pas besoin d’un autre chagrin d’amour, dit Monica plus pour elle-même que pour son amie.

— Tu ne pouvais rien y faire quand tu étais enfant, mais ce n’est plus le cas maintenant, lui conseilla Choice.

— Oui, mais le piège, c’est de laisser mon cerveau avoir le contrôle et pas mon cœur.

— Je suis d’accord, dit Choice en levant son verre d’infusion de fruits.

Deux semaines plus tard

Gabe se réveilla en sursaut. Il faisait noir et il lui fallut un moment pour reconnaître les moulures du plafond de sa chambre. Il s'assit au milieu de son lit et se frotta les yeux en bâillant.

Il se figea en entendant un léger bruit de ronflement. Il se pencha à gauche puis à droite pour fouiller le sol à côté de son lit, souleva les couvertures et les oreillers. Il trouva son iPhone, toujours en mode haut-parleur, le nom de Monica affiché à l'écran. Il rit doucement en le portant à son oreille. Ils avaient discuté jusqu'à tard dans la nuit et s'étaient endormis. Ça ne lui était pas arrivé depuis le lycée.

Il raccrocha d'un air songeur.

Monica avait appelé pour lui demander son avis sur son association alors qu'une nouvelle dispute entre deux de ses frères avait éclaté. Il lui confia que la compétition dans sa famille lui pesait et qu'il désirait de plus en plus se reconnecter à son amour pour la cuisine. Il se demandait maintenant pourquoi il ressentait le besoin de partager ce genre de préoccupation avec elle.

Elle l'avait encouragé à trouver un équilibre. À vivre sans avoir de regrets. À chérir sa famille. Cet échange entre eux avait été naturel.

La simple idée de cette aisance grandissante le faisait réfléchir.

Une semaine plus tard

— Ma mère a surpris l'une des partenaires d'une nuit de mon frère à la maison, dit Gabe assis en face de Monica à sa table.

Elle prit une bouchée du plat de pâtes aux œufs à la sauce tomate accompagnées d'épinards et de saucisses qu'il avait préparé pour le dîner.

— Laisse-moi deviner. Lucas ?

— Bravo, dit Gabe en riant doucement. Depuis sa perte de poids, il profite de l'attention que les dames lui portent.

— Et qu'est-ce qu'elle a fait ?

Nicolette Cress tenait à la bienséance et pour elle, la façade de la famille et de leur empire devait toujours rester impeccable.

— Elle les a poliment raccompagnés jusqu'à la porte.

— Lucas aussi ? demanda Monica, surprise.

Il acquiesça.

— Puis elle a réveillé toute la famille avant de se lancer dans un monologue de dix minutes sur le respect, le savoir-vivre, les hommes et les femmes convenables, et le fait que toutes ces qualités manquaient cruellement à la maison des Cress cette nuit-là.

— Mais Lucas a raté son discours, fit-elle remarquer.

— Il était 3 heures du matin, précisa Gabe en prenant la bouteille de vin pour remplir leurs verres. On l'a tous entendu une deuxième fois au petit déjeuner quand il est revenu.

— 3 heures ?

— Tu crois que tout ce grabuge a pu arriver aux oreilles de la nouvelle gouvernante ?

— Absolument. Les conduits d'aération permettent d'entendre de nombreux détails croustillants, affirma-t-elle avec un clin d'œil.

Elle pensa au petit mot de la chef Jillian et allait partager ce secret avec lui mais se ravisa, préférant le garder pour elle, comme tant d'autres secrets de la famille Cress. Premièrement, elle estimait que ce n'était pas son rôle. Deuxièmement, elle avait signé une clause de confidentialité. Et troisièmement, elle avait le sentiment que cela ne ferait que rendre les relations familiales encore plus tendues.

Comme le rapport de surveillance que j'ai vu dans la chambre des Cress.

— Parfois, j'oublie..., commença Gabe.

— Que j'ai été votre femme de ménage ? Pas moi.

Il posa son verre et sa fourchette et s'enfonça dans sa chaise pour la regarder.

— Tu regrettes ?

— D'avoir dû travailler pour gagner ma vie ? Jamais, soutint-elle, revendiquant sa fierté d'avoir été gouvernante.

Bzzzz.

Monica retourna son téléphone posé sur la table. Elle reconnut le numéro. C'était Bobbie Barnett.

— Mince.

— Quoi ?

Elle regarda Gabe.

— Il y a deux semaines, j'ai engagé une détective privée pour retrouver ma mère, expliqua-t-elle en sentant son cœur battre avec la force d'un marteau-piqueur. C'est elle.

Bzzzz.

Les yeux de Gabe se rivèrent sur le téléphone.

— Décroche, dit-il avant de remonter son regard vers elle.

Sa présence lui donna la force d'attraper son portable pour répondre.

— Allô, prononça-t-elle en se levant avant de traverser la cuisine et le salon jusqu'à la fenêtre.

Tandis qu'elle écoutait la détective, diverses émotions passèrent dans ses yeux dans le reflet sur la vitre. La peur et une légère excitation. Puis le choc. Le chagrin. La tristesse. Et finalement, elles laissèrent place à une sorte d'abattement.

Monica ferma les yeux et souffla fébrilement, son téléphone serré dans la main.

— Madame Darby ? Vous êtes toujours là ? demanda Bobbie.

Monica fit un signe de tête avant de se souvenir qu'elle ne pouvait pas la voir.

— Oui, répondit-elle alors d'une voix caverneuse.

— Je viens de vous envoyer le rapport par mail. N'hésitez pas à me dire si je peux faire quoi que ce soit pour vous aider.

La colère monta rapidement. Irrationnelle. Elle refusait de connaître une autre déception.

— Madame Darby, je n'avais pas l'intention de vous blesser et je suis vraiment désolée que vous ayez à vivre cette perte.

Cette perte ? Plutôt « ces » pertes.

Monica raccrocha et laissa le téléphone tomber par terre,

assommée par la nouvelle de la mort de sa mère, survenue seulement un an plus tôt. Elle avait déjà connu le deuil si souvent dans le passé... C'était tellement cruel. Et quand les larmes commencèrent à couler et que la douleur se répandit dans sa poitrine, Monica utilisa un truc de son enfance pour ne pas ressentir la peine. Ne pas laisser les émotions la rendre vulnérable.

— Mince, jura-t-elle à nouveau quand elle sentit que ça ne fonctionnait pas.

Elle croisa les bras sur sa poitrine et appuya sa tête contre la fenêtre.

Ma mère et mon père sont morts.

L'espoir de la petite fille au fond d'elle-même, celle qu'elle s'efforçait d'ignorer, s'éteignit comme une bougie. Pendant des années, elle avait espéré qu'ils réapparaîtraient dans sa vie. Ce n'était pas arrivé.

Ça n'arrivera jamais maintenant.

Ça faisait mal.

Je ne les connaîtrai jamais.

Elle fronça les sourcils et ferma les yeux.

Juste quand j'osais espérer qu'elle entrerait dans ma vie...

Une larme tomba. Les morts se succédaient. Comme des dominos.

Mon Dieu.

— Monica ? Qu'est-ce qui ne va pas ?

Elle ouvrit les yeux et le vit traverser la pièce. Gabriel Cress. Beau. Talentueux. Riche. Sexy. Convoité.

Elle eut un mouvement de recul et ferma les yeux en resserrant ses bras. À cet instant, elle ne vit en lui qu'un être cher qu'elle risquait de perdre.

— Ma mère est morte l'année dernière, annonça-t-elle en luttant contre le besoin de pousser un long gémissement et exprimer toutes les émotions qui bouillonnaient en elle.

La submergeaient.

L'abandon et maintenant, la mort. Encore une fois.

Et un cri sortit. Comme un rugissement. Comme si on le lui

arrachait. Résonnant contre les hauts plafonds et les murs. Gabe se précipita auprès d'elle et la fit se retourner pour la serrer dans ses bras. Une main massa sa nuque sous ses épais cheveux et l'autre était appuyée dans son dos.

— Laisse tout ça sortir. Je suis là, lui dit-il à l'oreille. Je suis là.

Mais pour combien de temps ?

Monica enfouit son visage dans le creux de son cou et s'autorisa à imaginer un instant que ça durerait toujours. Qu'il pourrait vouloir d'elle dans sa vie et pas seulement dans son lit. Qu'elle pourrait vivre sans craindre d'être blessée.

Elle déposa un baiser dans son cou et ferma les yeux pour inhaler profondément son parfum chaud et familier tandis qu'elle acceptait ce qu'elle tâchait d'ignorer depuis tout ce temps. Elle avait fini par se reposer sur lui. Par l'attendre. Il lui manquait.

Et si tout ne s'arrêtait pas rapidement, elle finirait par tomber amoureuse de lui. Et par le perdre.

La peur la paralysa dans ses bras.

Elle ne pourrait pas supporter une autre perte.

— Tu es à la fois la dernière chose et la seule chose dont j'ai besoin à cet instant, avoua Monica d'une voix douce alors qu'elle forçait son corps à se détendre.

Quand elle sentit Gabe faire un pas en arrière, elle respira profondément et leva les yeux vers son beau visage avant de faire ce qu'il fallait.

— Gabe, c'est fini. Ce qu'il y a entre nous. C'est terminé. Fini, dit-elle en s'éloignant de lui.

Il fronça les sourcils.

— Quoi ? Pourquoi ? demanda-t-il en s'avançant.

Elle secoua la tête et leva les mains.

— Je mets fin à notre relation avant que tu le fasses. Avant que je sois blessée. Avant que je me repose sur toi, dépende de toi et m'habitue à toi plus que ce n'est déjà le cas.

Gabe glissa les mains dans les poches de son pantalon et se raidit en la toisant un temps qui lui parut une éternité.

— Alors c'est moi le méchant ?

— Je me trompe ? riposta-t-elle.

Il baissa les yeux en contractant sa mâchoire. Les secondes semblaient passer à une lenteur extrême.

— Nous nous sommes mis d'accord sur le fait que si l'un de nous disait que c'était fini, alors ce serait fini, dit-il.

— Exactement, dit Monica en luttant contre l'envie de courir dans ses bras.

Gabe releva les yeux et les riva aux siens.

— C'est ce que tu veux ? demanda-t-il d'une voix grave, sérieuse et catégorique.

Au fond, c'était un ultimatum. Elle savait qu'à l'instant où elle donnerait sa réponse, il passerait la porte et ne reviendrait jamais.

— Oui, mentit-elle avant de lui tourner le dos et fermer les yeux.

Monica se tenait près de la cheminée, la main sur le rebord. Elle l'écouta récupérer sa veste de costume, sa cravate, sa serviette et ses clés, et entendit ses pas résonner sur le parquet avant qu'il atteigne la porte et l'ouvre. Elle osa naïvement jeter un coup d'œil par-dessus son épaule et le vit marquer une pause sur le pas de la porte, dos à elle. Il tourna la tête et elle vit son profil. Il serrait les dents.

— Je suis sincèrement désolé pour ta mère. Si je peux faire quoi que ce soit pour t'aider, demande-le, et je le ferai.

Elle le croyait. C'était bien ça le problème. Il était si facile de l'aimer.

Elle détourna le regard.

Quelques secondes plus tard, la porte se referma doucement derrière lui.

Monica lâcha le rebord de la cheminée et laissa ses genoux fléchir. Là, sur le tapis moelleux, elle se recroquevilla sur elle-même en position fœtale et pleura. La mère qu'elle ne connaîtrait jamais. Le père qui l'avait abandonnée. Et l'amour qu'elle avait peur de ressentir.

Une autre perte.

Au moins, cette fois, c'était mon choix.

Un mois plus tard

Gabe sortit de la salle de bains de la résidence de ses parents à Saint-Germain-en-Laye, à trente kilomètres de Paris, une serviette nouée autour de la taille. Il s'approcha des grandes fenêtres et contempla la beauté du paysage. Le soleil commençait juste à se coucher et le ciel revêtait des couleurs douces tandis que le jour faisait place à la nuit. Le vent soufflait sur les champs et faisait bouger les fleurs sauvages dans l'herbe émeraude. Au loin, il voyait les toits rouges des maisons du village. Des arbres aux feuilles vertes, or et bordeaux se dressaient, offrant de l'ombre et un peu de fraîcheur.

Avec l'approbation du conseil de Cress Inc., Gabe avait passé ce dernier mois à Paris pour superviser la construction et l'inauguration du Cress XI. Parfois, cette grande résidence accentuait son sentiment de solitude, mais la plupart du temps, il était heureux d'être débarrassé des rivalités continuelles entre ses frères. Et le travail le tenait occupé et distrayait ses pensées.

Il aurait aimé pouvoir contrôler son sommeil. Ses rêves la concernant le trahissaient.

Bzzzz.

Il regarda par-dessus son épaule son iPhone posé sur la commode en pin. Il traversa la chambre et accepta la déception qu'il ressentit en constatant que ce n'était pas elle qui l'appelait.

Évidemment.

Il ne ferait pas le premier pas. Et peut-être que c'était mieux comme ça. Quel avenir pourraient-ils avoir ? Elle n'avait pas confiance et lui était animé par l'ambition. Ni elle ni lui n'avaient ce qu'il fallait pour aller plus loin ensemble.

8

Une semaine plus tard

Monica descendit la vitre teintée à l'arrière du SUV noir.

— Gabe, appela-t-elle une fois que le véhicule dont il venait de descendre s'était écarté.

Le cœur de Monica s'emballa rien qu'en le voyant. Sa peau mate semblait plus bronzée. Sa barbe plus épaisse. Son corps encore plus beau dans son T-shirt à manches longues bleu marine et son jean foncé.

Il se retourna, surpris, et parcourut la rue des yeux avant d'enfin la remarquer dans le SUV garé sur le trottoir à quelques maisons de celle des Cress. Son sourire transforma son visage.

Le cœur de Monica battit plus fort encore et tout son corps se réchauffa.

Ce mois passé sans lui n'avait fait que prouver que ses sentiments pour Gabe dépassaient la simple attirance physique. Ce qui allait à l'encontre de son instinct et de sa raison. Elle était accro. Elle ne pouvait pas le lâcher.

Elle lui fit signe d'approcher avant de remonter la vitre et disparaître. Ses yeux restèrent rivés sur lui tandis qu'il traversait la rue. Tout son corps était comme une boule de nerfs. Il y avait le bonheur de le voir. Le désir de le toucher. Mais aussi de la peur.

Elle chassa cette dernière alors qu'il ouvrait la portière arrière.

— Je ne suis pas prête à te dire adieu pour toujours, Gabe, admit-elle, avec le sentiment que c'était tout ou rien.

Il la fixa intensément.

Le temps ralentit.

Elle passa sa langue sur ses lèvres qu'elle sentait soudainement sèches.

Les yeux de Gabe descendirent sur sa bouche.

Elle retint son souffle quand il figea son regard dans le sien et lui tendit la main. Elle la suivit des yeux et les remonta vers lui avant de glisser sa main dans la sienne.

— Sortons, dit-il d'une voix grave.

C'était si bon de l'entendre.

Il l'aida à descendre de la voiture. Dès que ses pieds touchèrent le sol, il la tira contre lui et baissa la tête vers la sienne.

Inquiète, elle regarda par-dessus son épaule la maison familiale.

— Et si quelqu'un nous voit ? murmura-t-elle, paniquée.

— Ça m'est égal.

Et là, appuyés contre la voiture, ils s'embrassèrent avec toute la passion qu'ils ressentaient l'un pour l'autre, le souffle court et l'excitation exacerbée.

— Qu'est-ce qu'on fait, Gabe ? demanda-t-elle entre deux baisers électriques.

Il lui fit lever la tête en mettant un doigt sous son menton et la regarda dans les yeux.

— On se donne une chance.

Monica poussa un râle de plaisir en remuant contre le corps chaud de Gabe qui était positionné derrière elle. Elle devait admettre que les nuits qu'il passait avec elle étaient les meilleures. Cela faisait longtemps qu'elle n'avait pas dormi avec quelqu'un, mais rien n'était comparable à la sécurité qu'elle ressentait dans les bras de Gabe. Cela faisait seulement deux semaines qu'il était rentré de Paris, et les rares nuits qu'il ne passait pas avec elle, il lui manquait.

Cela lui faisait peur, mais elle enfouit ce sentiment et profita de la chaleur de ses baisers sur son épaule. Elle leva le bras pour lui frotter l'arrière de la tête avant de soulever ses cheveux pour lui montrer son cou. Il y déposa un baiser qui lui donna un frisson. C'était un point sensible qu'il avait découvert et largement exploité.

Monica s'allongea sur le dos pour le regarder et lui sourit en lui caressant le visage.

— Je suis contente que tu te sois débarrassé de cette barbe. Je te préfère avec les poils courts.

Il souleva le drap.

— Moi aussi, plaisanta-t-il en regardant la fine couche de poils doux qui couvraient son pubis.

Elle retira le drap qui le couvrait lui aussi et contempla sa nudité.

— Tu pourrais utiliser une tondeuse, fit-elle remarquer en jouant avec les poils bouclés qui entouraient son gros membre.

Gabe rit doucement.

— Tu ne t'en plaignais pas cette nuit.

Monica rougit d'embarras et lui donna un petit coup dans les côtes.

— Attention. Ne te vante pas ou ça risque d'être la dernière fois.

— Si tu me menaces, je pourrai en faire de même, répliqua-t-il en la caressant intimement et se mordillant la lèvre inférieure.

— Touché, dit-elle avec le sourire.

Elle aimait tant leurs badinages.

Gabe la prit dans ses bras et la fit rouler pour qu'elle se retrouve sous lui.

— Une petite douche et ce serait le bonheur, reprit-il, des étoiles dans les yeux avant d'enfouir le nez dans son cou.

— Une douche ensemble, ça me va. Il faut encore que je trouve une tenue pour la soirée de cocktail de tes parents.

— Ne stresse pas. Tu es toujours sublime, rétorqua-t-il en glissant sa main sous elle pour attraper une fesse douce et moelleuse.

Monica lui adressa un sourire indulgent.

— Et si on parlait du fait que c'est une très mauvaise idée que j'aille à cette fête ?

Gabe grogna en secouant la tête.

— Je croyais qu'on en avait assez discuté hier, dit-il en la lâchant pour qu'elle puisse s'asseoir sur le lit.

Elle se leva et prit son peignoir dans le fauteuil où il s'était agenouillé pour s'installer entre ses cuisses et lui donner du plaisir. Ils avaient dîné au Cress X et elle lui avait servi de dessert.

— Nouveau jour. Nouveau débat, objecta-t-elle en nouant son peignoir.

Gabe s'assit contre la tête de lit et croisa les jambes devant lui.

Monica croisa les bras sur la poitrine et réprima un sourire.

— Pourquoi veux-tu que je vienne ? demanda-t-elle.

— Parce que je veux que tu fasses partie intégrante de ma vie, et il n'est pas nécessaire de le cacher à ma famille.

— Plus nécessaire, le corrigea-t-elle.

— Plus nécessaire, concéda-t-il.

Elle se tut en traversant la pièce jusqu'à la baie vitrée. Monica avait assisté à de nombreuses soirées que les Cress avaient données pour leur famille et leurs amis riches. Et elle n'avait jamais vraiment ressenti l'envie d'y participer en tant qu'invitée. De faire semblant d'appartenir à ce monde.

Faire semblant. Les apparences.

Que des conn...

— Qu'est-ce qu'il y a, Monica ? demanda-t-il, la sortant de ses pensées.

— Qu'as-tu dit précisément à tes parents ?

— Ils savent que je viens accompagné.

Elle le regarda par-dessus son épaule.

— Par moi ?

— Non, reconnut-il.

— Ça va mal se finir, Gabe.

Elle ne fut pas surprise quand il la rejoignit par-derrière et l'enlaça. Elle s'appuya contre son corps puissant.

— Quel est le pire qui pourrait se passer ? lui demanda-t-il en posant délicatement le menton sur sa tête.

— Que l'un d'eux essaye de me tuer ?

— Sérieusement ?

Elle riva ses yeux à son reflet dans la vitre.

— Qu'ils me mettent dehors.

— Ma mère ? Mme Bienséance ? dit-il avec un petit rire.

— D'accord… Elle m'accompagnera poliment jusqu'à la porte d'entrée en me souhaitant une bonne soirée avant de me refermer la porte au nez.

— Ça me semble plus probable. Raquel n'a pas vu ma mère montrer vraiment ses sentiments jusqu'après le mariage, et elle est sortie avec Phillip Jr. pendant trois ans.

— Bon sang, j'ai vécu avec vous pendant cinq ans et je n'ai jamais vu ça, mais si on fait bien attention, il y a des signes qui trahissent ce qu'elle pense vraiment.

— Comme quand elle serre un objet dans sa main en te souriant par exemple ? proposa-t-il.

— Exactement !

Gabe pencha la tête pour déposer un baiser sur sa tempe avant qu'il la fasse se retourner pour le regarder.

— Viens avec moi ce soir, juste parce que je veux pouvoir te voir si je tourne la tête, dit-il à voix basse. Et rien ni personne ne pourra me faire regretter de t'avoir auprès de moi.

Elle se mit sur la pointe des pieds pour frotter sa joue contre la sienne avant de lui attraper la main et le guider vers la salle de bains pour prendre une douche sensuelle.

Mais ses craintes et son anxiété concernant la soirée ne disparurent pas. Elle ne pouvait les ignorer. Pas pendant qu'ils prenaient leur petit déjeuner ou faisaient le trajet en voiture jusqu'à un entrepôt reconditionné dans Brooklyn qu'elle envisageait d'utiliser comme bureau pour son association. Ni quand ils prirent un dîner léger dans un restaurant avant de retourner chez elle pour qu'elle s'habille. Ni même quand leur voiture avec chauffeur arriva devant la maison des Cress.

Tandis que Gabe l'aidait à descendre de l'arrière du SUV et

étudiait l'architecture sophistiquée de la bâtisse, elle chercha au fond d'elle si, avec du recul, elle avait été heureuse pendant la période où elle avait travaillé ici. C'était le cas. Avec ce travail, elle avait eu une stabilité qu'elle n'avait jamais connue avant.

— Prête ?

Monica regarda Gabe, puis baissa les yeux sur sa robe à manches longues en mousseline de soie. Avec son décolleté plongeant, son imprimé rose pâle et crème et ses petits volants, elle se sentait belle et sexy. La coupe mettait bien en valeur ses petits seins et ses hanches arrondies.

— À quoi je ressemble ? demanda-t-elle.

— Tu es parfaite, la rassura-t-il en portant sa main à sa bouche pour l'embrasser.

— Bien.

La porte d'entrée s'ouvrit et Cole sortit sur le porche dans un costume-cravate bleu marine.

— J'arrive dans vingt minutes, dit-il au téléphone avant de raccrocher.

Monica se sentait si nerveuse qu'elle se concentrait sur chaque marche pour ne pas risquer de trébucher sur ses talons de dix centimètres.

— Bonsoir, étranger, salua Cole en sortant un cigare d'un étui doré qui était dans sa poche intérieure.

— On s'est vus hier soir, lui rappela Gabe.

Le regard de Cole dévia vers Monica. Il dut la regarder à deux fois et ses yeux s'écarquillèrent de surprise avant qu'il remarque leurs mains entremêlées.

— La fortune et le fait de t'être éloignée de cette famille, enfin, de la majorité d'entre nous, t'ont fait du bien, fit-il remarquer.

— Salut, Cole.

Il lui sourit, puis se retourna pour ouvrir la porte.

— Tu ne devais pas partir ? demanda Gabe.

— Et risquer de rater la transformation de maman en véritable épouse parfaite ? Non. Ça va être marrant.

Ils entrèrent dans l'entrée couverte de marbre.

Gabe serra la main de Monica.

Elle prit une profonde inspiration.

— Ça va aller, dit-elle en espérant que ce serait vraiment le cas. La vie en foyers d'accueil m'a appris à m'adapter aux nouvelles situations.

Une musique délicate au piano se mêlait à la conversation de ceux qui les accueillirent quand ils entrèrent dans le séjour.

— Bonne chance, lui dit Cole avant de les dépasser pour aller se servir un verre au bar.

Il y avait une cinquantaine de personnes éparpillées dans la pièce, toutes sur leur trente et un. Monica reconnut beaucoup d'entre elles. Les papotages s'atténuaient et elle réalisa qu'elles la reconnurent aussi, que ce soit par rapport à son poste de gouvernante pour les Cress ou aux images que les paparazzis diffusaient régulièrement depuis plusieurs semaines. En tout cas, les regards de surprise rivés sur elle étaient déconcertants.

Gabe fit un pas en avant, mais Monica resta paralysée. Il caressa sa peau avec son pouce et elle se força à avancer avec lui vers ses parents, près de la grande cheminée. L'air réprobateur de Phillip était évident et Nicolette serra suffisamment la flûte qu'elle tenait à la main pour que la peau au niveau de ses articulations blanchisse.

Nous y voilà.

— Gabriel et Monica, vous voilà enfin, lança Nicolette avec un sourire factice.

Monica la vit murmurer quelque chose à l'oreille de Phillip Sr. qui fit alors de son mieux pour ne pas froncer les sourcils.

Les discussions reprirent, mais Gabe et Monica étaient bien conscients que tous les regards étaient braqués sur eux alors qu'ils s'approchaient des hôtes de la soirée.

Gabe lâcha Monica pour embrasser la joue de sa mère et serrer la main à son père.

— Vous vous souvenez tous les deux de Monica ?

— Bien sûr, répondit Phillip Sr. en se penchant pour l'embrasser dans le vent. Vous êtes superbe.

— Bonsoir, monsieur et madame Cress, dit Monica d'une voix nerveuse. Vous êtes très belle, comme toujours.

Et c'était le cas. La robe métallique rose doré de Nicolette allait parfaitement avec sa peau mate et ses cheveux blond cendré méchés d'argenté.

Mais au-delà de sa beauté, au fond de ses yeux bleus, Monica perçut son agacement. Sa colère. Le choc. Derrière le sourire, un million de questions tournaient dans sa tête. Dont qui, quoi, où, quand et ce qui était peut-être le plus important, pourquoi.

Monica le savait pertinemment. Elle releva le menton et trouva la force qu'elle avait développée enfant. *Ça va aller*, se rassura-t-elle.

Nicolette remarqua ce mouvement subtil et sourit avant d'adresser à Gabe un regard qui lui promettait que la suite viendrait plus tard.

— Amusez-vous bien, dit-elle en passant son bras dans le creux de celui de son mari pour l'éloigner.

— Ta mère mérite un oscar, dit Monica.

Cela fit rire Gabe.

— Et mon père donne l'impression d'avoir besoin d'un lavement.

— C'est vrai.

Il se plaça face à elle et lui tendit la main.

— Tout le monde nous regarde, murmura-t-elle.

— C'est parce que tu es magnifique, dit-il en caressant l'intérieur de sa main avec son pouce.

Alors pourquoi t'a-t-il fallu cinq ans pour me voir ?

— Du champagne ?

Monica regarda une femme d'âge moyen en uniforme gris portant un plateau de flûtes remplies de champagne.

— Non, merci, dit-elle avec un sourire chaleureux.

Elle se sentait mal à l'aise d'être servie en ayant si longtemps été à sa place. Elle se souvenait trop bien comme elle détestait cette partie de son travail. Elle était sûre que la nouvelle gouvernante des Cress pensait la même chose.

— Merci, Felice, dit Gabe en prenant une flûte.

— Oui, merci, Felice, renchérit Monica en s'assurant de la

regarder dans les yeux et de lui témoigner plus de reconnaissance qu'elle n'en avait jamais reçue dans la même situation.

— Je vous en prie, répondit Felice avec un petit signe de tête et un sourire avant de poursuivre sa route.

— Tu ne veux rien boire ? demanda Gabe.

— En fait, commença-t-elle avant d'attraper sa flûte pour la boire d'un coup, tu sais que...

— ... tu adores le champagne, finit-il.

Mais Gabe se demandait pourquoi elle n'avait pas pris une flûte sur le plateau de Felice.

Monica observa la salle par-dessus son verre. Phillip Jr. et Raquel détournèrent le regard. Lucas était assis à côté du pianiste, les yeux fermés, se balançant d'avant en arrière au rythme d'une version accélérée de « You Are So Beautiful ». Deux femmes dont elle avait préféré oublier les noms, mais dont les visages prétentieux étaient gravés dans sa mémoire lui adressèrent un regard bizarre. Sean était au milieu d'un petit groupe qui buvait ses paroles. Et Cole, toujours assis sur l'escalier, leva son verre d'alcool doré pour lui porter un toast, ce qui la fit sourire.

Felice revint vers eux avec un plateau de hors-d'œuvre.

Encore une fois, Monica déclina poliment, ce qui lui valut un coup d'œil curieux de la part de la domestique.

— M. Cress, votre père, aimerait que vous et vos frères le rejoigniez dans le bureau.

— Merci, Felice.

Puis la gouvernante poursuivit sa tournée dans la salle, proposant aux invités ces bouchées apéritives et informant chaque frère de la demande de leur père.

— Une réunion de famille en pleine soirée de fête ? demanda Monica. Je pense que mes oreilles vont siffler.

Elle sentit la chaleur de la main de Gabe à travers le tissu fin de sa robe quand il la posa dans le creux de son dos.

— Sincèrement ? C'est fort probable.

Elle sourit pour cacher sa nervosité en redressant sa cravate en soie avant de passer ses mains sur les revers de sa veste.

— Tu ne te laisseras pas faire ?

— Et toi, ne te laisse pas affecter par qui que ce soit.

— Tu me laisses seule dans la jungle ?

— Je te tiendrai compagnie.

Ils se retournèrent et découvrirent Raquel à côté d'eux. Phillip Jr. passa près d'eux pour monter l'escalier et tapota l'épaule de Cole.

— Merci, Raq, dit Gabe avant de s'éloigner pour suivre ses frères.

— Intéressant, dit Raquel en levant sa flûte de champagne.

— Vraiment ? demanda Monica avant de prendre une autre gorgée.

— C'est parfois sympa de voir une autre façade de Nicolette s'ébrécher légèrement. Et ce soir, elle a bien du mal à se contenir.

Monica était entièrement d'accord. Seules les personnes qui connaissaient vraiment Mme Cress pouvaient savoir que sa manière de toucher constamment ses cheveux, de se mordre les lèvres, de serrer dans ses mains tout ce qu'elle touchait et de se déplacer constamment dans la pièce trahissait sa fébrilité et le fait qu'elle aurait aimé que son mari réprimande Gabe.

Oui. C'était amusant de la voir lutter pour garder la face.

Monica sourit dans son verre.

— Alors ? demanda Raquel. Avant ou après ?

Monica n'était pas dupe. Raquel voulait savoir si sa relation avec Gabe avait commencé avant ou après qu'elle avait arrêté de travailler pour les Cress. Elle était catégorique sur le fait que cela ne regardait pas Raquel... ni qui que ce soit d'autre. Elle n'avait plus aucune obligation envers eux.

— Après, mentit-elle.

— Maman, je veux aller à la fête !

Monica leva les yeux vers la fille de Phillip Jr. et Raquel, Collette, qui se tenait en haut de l'escalier dans une robe rose à paillettes, une paire d'escarpins de sa mère aux pieds et du rouge à lèvres rouge étalé partout autour de la bouche.

— Oh ! elle s'est faite belle pour la fête, dit Monica alors que tout le monde riait.

— Laisse-la venir, Raq, cria une femme dans l'assemblée.

— Oui, autorise-la à participer à la fête, insista une autre personne.

— Hors de question, dit Raquel en tendant sa flûte à un serveur qui passait avant de traverser la pièce pour prendre l'escalier, attraper la main de Collette et la ramener dans sa chambre.

Se retrouvant seule et se sentant observée, Monica se fraya un chemin dans la foule pour se rendre dans la cuisine. Jillian s'essuyait les mains sur un torchon qu'elle balança sur son épaule gauche.

— Salut, grand chef, lança-t-elle.

Surprise, Jillian sourit.

— Qu'est-ce que tu fais là ? lui demanda-t-elle en contemplant la robe et la nouvelle coiffure ondulée de Monica. Invitée ?

— Par Gabriel.

Jillian eut l'air surprise, puis contente, et enfin curieuse.

— Avant. Une fois, dit sincèrement Monica avant même qu'elle l'interroge. Après, beaucoup.

Jillian ne dit rien et se toucha légèrement le menton en regardant au loin.

Monica repensa au petit mot qu'un membre de la famille Cress avait laissé pour elle : « J'ai encore ton goût sur la langue. »

Peut-être que c'était Gabriel.

— À quoi penses-tu ? demanda Monica en entrant dans la cuisine pour se placer de l'autre côté de l'îlot.

Les deux femmes se regardèrent.

Jillian afficha un sourire un peu triste. Mélancolique.

— Pendant. Beaucoup. Si un jour je démissionne ? Plus rien.

Elle comprit que Jillian venait de lui avouer sa relation avec l'un des hommes Cress.

— Avec qui ?

— Pas Gabe, la rassura Jillian.

— Ouf.

Jillian rit doucement et se retourna pour sortir des plaques des fours.

— Pourquoi cela devrait-il se finir si tu arrêtais de travailler ici ?

— Pour différentes raisons, répondit Jillian en utilisant des pinces en silicone pour garnir les plaques de pâtisseries. Principalement parce que je pense qu'il ne me verra jamais autrement que comme la cuisinière.

Monica s'adossa contre l'îlot et tourna la tête pour regarder vers le jardin. La vue sur la cascade illuminée était apaisante alors que ses propres craintes faisaient surface.

— Alors crois-tu que Gabe peut me voir autrement que comme une femme de ménage ?

— C'est différent, objecta Jillian. L'argent change tout.

Monica regarda les pâtisseries qui avaient l'air délicieuses.

— Je peux ? Je meurs de faim.

À cet instant, Felice entra dans la cuisine et posa son plateau de service vide sur l'îlot.

— Mme Cress voudrait d'autres tranches de rôti de bœuf, lança-t-elle d'une voix ferme. Peut-être que vous devriez en proposer à la dame avant de les poser sur le plateau.

Elle avait l'air vexée.

— Felice, j'étais la gouvernante des Cress avant vous...

— Je sais. Vous êtes au centre de toutes les conversations ce soir.

— Je n'en doute pas, dit sèchement Monica.

— Moi, je le *sais*, riposta Felice. Difficile de ne pas le remarquer quand on se déplace dans la foule et qu'on entend ce qui se dit.

— Et que disent-ils ? demanda Monica qui détestait que cela l'affecte.

Jillian et Felice échangèrent un regard autorisant la gouvernante à répéter ce qu'elle entendait.

— Ils se moquent de M. Cress qui sort ouvertement avec une domestique, répondit-elle à contrecœur.

— Je parierais que ceux qui tiennent ce genre de propos sont ceux qui me regardaient avec un air mauvais, dit Monica.

Felice ne dit rien. Il était évident qu'elle n'appréciait pas Monica.

— Écoutez, ce que je détestais le plus dans ce travail, c'était de servir dans ce genre de fêtes, poursuivit Monica qui ressentait le besoin de s'expliquer. Si je n'ai rien pris à boire ou à manger, c'est parce que je me souviens avoir été dans votre position et détesté ça. Je ne suis pas à l'aise avec le fait d'être servie. C'est tout.

Le visage de Felice s'adoucit.

— Sur le moment, j'ai eu l'impression que ce que j'avais touché était sale.

— *Jamais*, s'écria Monica en tendant la main pour la poser sur celle de Felice.

— Si vous intégrez le monde des riches, il va être difficile de garder la mentalité des pauvres, dit Felice.

Traduction : ma place est-elle là-bas avec les invités ou dans la cuisine avec les employés ?

Elle savait où elle se sentait le plus à l'aise.

Felice utilisa les pinces pour préparer un ensemble de hors-d'œuvre et le tendit à Monica.

— Je ne vous ai rien dit et je nierai tout si on me questionne, mais la petite réunion à l'étage ne concerne que vous, dit-elle avant d'apporter le plateau aux invités.

Tandis que Jillian se remettait à cuisiner, Monica prit un petit quelque chose à manger et regarda vers l'ascenseur. Elle s'essuya les doigts sur un torchon et s'assura que personne dans le salon ne la remarque quand elle s'en approcha. En montant au premier étage, elle parvint *presque* à se convaincre qu'elle avait le droit d'entendre ce qu'on disait sur elle. Sachant que l'ascenseur s'ouvrait directement dans la chambre de Nicolette et Phillip Sr., elle continua jusqu'au deuxième étage en vérifiant bien que la double porte menant à la suite de chambres était fermée.

— Est-elle à l'origine de ton comportement insensé ces derniers temps ?

Monica grimaça en entendant la voix grave et râpeuse de Phillip Sr. Elle se rapprocha de la porte et pria pour que personne n'en sorte et ne la surprenne.

— Elle est à l'origine de mon bonheur, riposta Gabe.

Oh. Pareil.

— De ton bonheur ou de ta débauche ?

— Les deux.

Quelqu'un rit et Monica devina que c'était Cole.

Le silence tomba et elle se demanda ce qui se passait et qu'elle ne pouvait pas voir.

— Il y a des femmes qu'on épouse et d'autres qu'on met dans son lit. Tu devrais savoir faire la différence, dit Phillip Sr.

— Je t'interdis de lui manquer de respect comme ça, dit Gabe d'une voix dure et pleine de colère. Je tolère beaucoup de choses de ta part, mais je n'accepterai pas...

— Tolérer !

Monica sursauta comme si la voix de Phillip Sr. qui avait résonné contre les murs eût pu faire s'écrouler la maison. Elle courut vers l'escalier, ne voulant pas en entendre davantage. Elle aurait même préféré ne pas avoir osé écouter leur conversation.

Elle s'arrêta au premier étage et s'adossa au mur pour tâcher de faire ralentir sa respiration. Méprisée par les amis de Gabe. Jugée par Nicolette. Insultée par Phillip Sr. Défendue par Gabriel.

Cette dernière affirmation la fit sourire.

Elle retourna à la cuisine par l'ascenseur et fit de son mieux pour que les autres ne puissent pas exploiter ses peurs. Mais quand elle revint dans le salon et prit une nouvelle flûte de champagne sur le plateau de Felice, elle se sentit exposée.

— Levez la tête, lui conseilla Felice.

Elles échangèrent un sourire.

— Oh ! la nouvelle et l'ancienne gouvernante partagent un petit moment.

Monica se raidit avant de se retourner et découvrir qu'une invitée fortunée se tenait derrière elle. Elle remarqua aussitôt tous les détails clichés, de sa coiffure sophistiquée à sa tenue haute couture. Tout cela constituait clairement une armure. Elle se demanda juste ce que cette femme cachait. Un sentiment d'insécurité ? À cette idée, Monica lui adressa un sourire plein de pitié.

Le visage de la jeune femme fut déformé par la colère.

— Pouvez-vous aller me chercher un Martini sec ? lui demanda-t-elle d'un ton moqueur.

Monica n'était pas sûre de connaître la raison de son aigreur. Elle prit une gorgée de champagne en se retournant pour s'éloigner. Quand elle tomba sur Gabe, elle en eut le souffle coupé. La main rassurante qu'il posa dans le creux de son dos lui fit l'effet de recharger ses batteries.

Ne te laisse pas affecter par qui que ce soit.

— Dieu merci, tu es là, dit-elle en se tournant vers la femme qui avait décrété qu'elle était sa pire ennemie. L'air est soudainement moins vicié.

La femme se raidit et souffla.

Gabe la fusilla des yeux.

— Va jouer ailleurs, Naomi, lui lança-t-il d'une voix menaçante.

Elle glaça même le sang de Monica. Elle se sentait soulagée comme une petite fille sauvée d'une petite brute dans la cour d'école.

— Je ne suis pas à ma place, Gabe, constata Monica en prenant une gorgée de champagne dans l'espoir de soulager son malaise.

Le comportement de la famille et des amis de Gabe était la preuve que le respect ne pouvait pas s'acheter avec de l'argent. Pour eux, elle était toujours la gouvernante. Elle portait juste une tenue hors de prix.

— Je suis ici et tu as ta place à mes côtés, affirma-t-il.

Elle trouva dans ses yeux la force dont elle avait besoin. Être avec Gabe voulait dire mélanger leurs deux mondes et prendre ce qui en résultait... jusqu'à un certain point.

— Comment s'est passée la réunion ? lui demanda-t-elle.

L'éclat dans ses yeux faiblit légèrement.

— C'était instructif.

— Tu veux en parler ?

Il afficha un sourire forcé qui n'atteignit pas ses yeux.

— Pas pour le moment.

Monica lui attrapa une main et se mit à se balancer d'avant en arrière en faisant une tête amusante pour lui remonter le moral.

Il rit doucement sans enthousiasme avant de la serrer dans ses bras et l'embrasser dans le cou.

— On y va, dit-il subitement.

— Où ?

— Tu es venue ici avec moi, et maintenant, je te suis où tu veux.

Monica s'écarta pour le regarder.

— N'importe où ?

— N'importe où, promit-il.

Dans la pénombre, Gabriel s'appuya contre le cadre de la porte de leur bungalow sur pilotis au complexe Four Seasons de Bora-Bora. Il regarda par-dessus son épaule Monica qui dormait au milieu du grand lit, avant de contempler devant lui l'ombre du mont Otemanu au loin. Il avait besoin de calme et n'avait pas réussi à dormir même s'ils étaient partis juste quelques heures après s'être échappés de la fête.

Pendant leur vol de treize heures, une minitempête médiatique avait éclaté. Des photos d'eux au cocktail avaient été publiées dans la presse. Leur relation alimentait les ragots. Il semblait impossible de passer à côté de l'histoire croustillante de cette ancienne femme de ménage, fille secrète d'une star de Hollywood, qui sortait aujourd'hui avec l'un des fils de la famille pour laquelle elle avait travaillé pendant cinq ans.

Son téléphone ne cessait de lui signaler des appels de sa famille, mais il les ignorait.

« Il y a des femmes qu'on épouse et d'autres qu'on met dans son lit. Tu devrais savoir faire la différence. »

Il était en colère contre son père comme s'il venait d'entendre ces paroles pour la première fois. Cette insulte l'avait profondément blessé et cette mentalité le décevait… surtout venant de son père. Le respect et l'admiration qu'il éprouvait pour lui, pour son talent, sa sagesse, et l'amour profond qu'il avait pour leur mère étaient immenses. Tout cela était remis en question par les propos qu'il avait tenus lors de cette réunion. Gabe se demandait s'ils étaient si différents au fond d'eux et pourquoi l'approbation de son père comptait autant pour lui.

Il décida qu'il était temps de suivre ses propres conseils.

Ne te laisse pas affecter par qui que ce soit.

Et dans le silence, la réponse qu'il cherchait vint à lui. L'idée n'était pas nouvelle, cependant il avait longuement hésité à l'accepter. Mais maintenant, il était sûr de lui.

Il était temps de s'éloigner de Cress Inc. et d'ouvrir son propre restaurant.

Après un dernier coup d'œil à la lune qui se reflétait sur le lagon, il se retourna et traversa la chambre pour prendre sa place dans le lit auprès de Monica. Sa décision prise, et se sentant inspiré par sa force, sa résilience et sa gentillesse malgré toutes les difficultés que la vie avait mises sur son chemin, il la prit dans ses bras et réussit enfin à s'endormir.

9

Deux mois plus tard

Monica s'arrêta devant la porte à la vitre en verre dépoli. Elle tendit la main et effleura les mots gravés. « The Bridge », lut-elle à haute voix en se souvenant que Gabe l'avait aidée à choisir un nom pour sa fondation.

Aujourd'hui, grâce à son héritage, elle avait un petit bureau dans un immeuble de deux étages dans le quartier historique de Dumbo, à Brooklyn, et s'apprêtait à y entrer et saluer sa petite équipe.

Ce n'est qu'un nouveau commencement. C'est tout. Tu gères, se dit-elle.

Monica roula des épaules avant de poser sa main sur la poignée.

Attends, se dit-elle en fouillant dans sa serviette en cuir pour trouver ses lunettes à la monture en écaille de tortue.

Avec sa queue-de-cheval, elle espérait que cela lui donnerait l'air plus âgé, sérieux et élégant.

Elle ouvrit la porte et entra. Quatre femmes assises derrière leurs bureaux se tournèrent vers elle.

— Bonjour, lança Monica en posant son sac à main et sa serviette sur une chaise.

Elle s'approcha d'abord de Kylie Branch, sa secrétaire administrative et Nylah Hunt, son agent financier. Puis Choice, qui s'était portée volontaire pour offrir ses services d'avocate. Et enfin Montgomery Morgan, son agent de communication.

Elle leur serra la main avant de reprendre sa place originale. Elle était nerveuse et cela se voyait à son comportement.

Choice, qui était aussi son amie, lui adressa un sourire encourageant.

— Contrairement à moi, vous êtes toutes très expérimentées dans vos domaines respectifs et je reconnais la chance que j'ai de vous avoir à mes côtés pour faire en sorte que de nombreux enfants sortant du système des foyers d'accueil reçoivent l'aide qu'ils méritent et dont ils ont besoin, dit-elle, un léger tremblement dans la voix.

Toute l'équipe lui sourit.

Monica ne leur révéla pas qu'elle avait suivi des cours de business et de développement web en candidat libre. Elle espérait que cette formation ajoutée à ses deux années à l'université lui fournirait des bases solides pour travailler avec elles.

— Je suis tellement nerveuse, admit-elle en riant. Veuillez m'excuser, s'il vous plaît.

— Tu t'en sors très bien, dit Kylie qui avait toujours un accent de Charleston, même si elle avait déménagé depuis plus de vingt ans.

— Et le bureau alors ? Vous aimez ? demanda Monica en regardant la décoration kaki agrémentée de corail, turquoise, citron et doré.

— C'est très joli, répondit tout le monde.

Elle traversa la pièce pour rejoindre le petit bureau qu'elle se réservait. Elle poussa le fauteuil ergonomique pour le placer au bout de la large allée entre les bureaux.

— Faisons le point avant que Montgomery et Choice doivent partir.

— Les services sociaux de plusieurs comtés nous ont déjà envoyé une liste de dix candidats, commença Kylie. Je l'ai posée sur ton bureau.

Monica finançait personnellement une aide de cinq mille dollars par jeune.

— Contacte d'autres agences de la région. Il y a plus de personnes qui ont besoin d'aide. Il faut qu'on les trouve.

— Tout de suite, patronne, dit Kylie.

Patronne ? Je suis patronne ! J'aime bien.

Elle se tourna vers Nylah qui ouvrit un dossier sur son bureau.

— Je pense qu'on devrait contacter les grosses entreprises qui proposent des subventions locales. J'ai fait des recherches et je peux déposer des dossiers dans les temps auprès de dix d'entre elles. Il faut juste que j'ajuste le courrier que j'ai déjà rédigé pour correspondre aux critères spécifiques.

— Je ne savais même pas que ces entreprises proposaient des aides financières de ce genre, avoua Monica après avoir accepté le dossier pour regarder la liste.

— C'est mon boulot, assura Nylah. Et je crois en ce que tu fais. Souviens-toi, je viens moi-même des foyers d'accueil.

— Merci, dit Monica avec un sourire chaleureux avant de se tourner vers Choice.

— La majorité de mon travail a été faite lors de la création de la fondation. Je ne serai pas présente ici, mais la fondation The Bridge est un client et Monica sait comment me contacter si un problème dans le domaine légal survient.

— Et Montgomery, dit Monica en s'adressant à la jolie femme aux tresses.

— Comme Choice, je travaillerai de mon propre bureau, mais j'ai voulu être là ce premier jour pour mettre un visage sur vos noms, déclara Montgomery en adressant à chacune un sourire charmant avant de fixer son regard sur Monica. Les kits de presse que nous avons envoyés ont bien marché, mais nous avons reçu surtout des demandes d'interviews de toi.

— Je refuse, fit Monica en secouant la tête.

L'agent de communication avait été claire sur le fait qu'elle voulait que Monica, de nature si réservée, devienne le visage de cette organisation. Qu'elle raconte son histoire. Qu'elle essaye de se connecter avec ces personnes qu'elle voulait aider. Qu'elle essaye de toucher la corde sensible (et les portefeuilles) de riches donateurs.

Et que j'utilise mon lien avec mon père pour promouvoir tout ça.

Chose que la clause de confidentialité ne permettrait pas. Elle échangea un bref regard avec Choice, qui, en tant que son avocate, était au courant de cet accord.

— Pas forcément d'interviews en direct, suggéra Choice. Mais des interviews enregistrées avec des directives précises et un contrôle éditorial peut-être ?

Monica avait l'air songeur.

— Ou tu pourrais prendre la parole sans répondre à des questions, proposa Montgomery. Surtout pendant la préparation du gala de charité qui aura lieu dans quelques mois.

Monica soupira en se tournant légèrement dans sa chaise pour regarder par la fenêtre. Dans cet instant de calme, elle affrontait et tentait de dompter ses peurs...

De parler en public.

D'être le centre d'attention.

Qu'on lui rappelle encore que son père était décédé.

Mais elle n'y arrivait pas.

— Non, répéta-t-elle en s'efforçant de prendre un ton catégorique alors qu'elle ressentait un réel soulagement à l'idée de ne pas sortir de l'ombre. Mon intention n'a jamais été d'être le visage, la tête d'affiche ou quel que soit le terme marketing. Je veux juste aider les enfants placés, pas devenir une pseudo-célébrité. Souvenez-vous que pendant les cinq dernières années, j'ai travaillé comme gouvernante et vécu en toute discrétion.

— Je comprends, dit Choice en lui adressant un sourire chaleureux et encourageant.

— Donne-moi juste un peu de temps pour m'ajuster à tout ça et on verra. D'accord ?

Montgomery acquiesça.

— C'est toi la patronne.

Je suis la patronne.

Monica regarda de nouveau par la fenêtre et sourit. Elle mit fin à la réunion, Choice et Montgomery partirent et Monica récupéra sa serviette et son fauteuil pour retourner dans son bureau. Elle installa ses affaires et s'approcha de la fenêtre, les bras croisés sur la poitrine pour observer ce monde dans lequel elle essayait de se frayer une place.

Suis-je folle ? En suis-je vraiment capable ?

Elle déplaça son regard pour le fixer sur son reflet dans la vitre. *Le seul moyen de le savoir, c'est de le faire.*

Bzzzz.

Monica sursauta. Elle se retourna brusquement et vit la lumière bleue de l'Interphone.

Du calme, Mo.

Elle revint vers son bureau pour appuyer sur le bouton et s'éclaircit la voix.

— Oui ?

— M. Cress est là.

Monica sentit une chaleur agréable l'envahir et son sourire s'élargit.

— Qu'il entre. Merci.

Elle prit successivement plusieurs poses. S'appuyant sur le coin de son bureau. Près de la fenêtre. Dans son fauteuil. Finalement, une seconde avant que la porte s'ouvre, elle contourna le bureau et s'avança simplement vers lui.

— Salut, beauté, lança-t-il en refermant la porte avant de déposer un baiser sur sa joue, tandis qu'elle glissait ses bras autour de sa taille.

Elle inhala profondément son parfum et poussa un gémissement grave.

— Tu sens toujours si bon, soupira-t-elle en s'autorisant à l'embrasser dans le cou avant de s'éloigner à contrecœur. Je croyais qu'on devait se retrouver pour le dîner ?

Il lui adressa son regard charmeur, celui qui la captivait toujours. Mais qui annonçait souvent une mauvaise nouvelle. Et il y en avait beaucoup ces derniers temps.

Elle se raidit. Les annulations et les reports étaient devenus communs depuis qu'il se concentrait sur l'ouverture de son propre restaurant. Il devait rassurer les investisseurs, repérer des locaux… et la liste était longue.

J'espère que ce n'est que ça.

Ces dernières semaines, leurs entrevues s'étaient faites rares. Les appels téléphoniques et les FaceTime avaient remplacé les contacts physiques. Elle ressentait un vide.

— Je dois annuler notre dîner, finit-il par admettre.

— Encore, dit-elle en s'efforçant de sourire tout en se rasseyant derrière son bureau.

L'énergie dans la pièce changea. Il aurait été difficile de ne pas le remarquer. Et ces derniers temps, c'était devenu courant.

— Monica.

Elle leva les yeux vers lui.

— À une époque, tu m'encourageais à poursuivre mes rêves, remarqua-t-il sur un ton un peu dur.

— Tu penses que j'essaye de te décourager ? Vraiment, Gabe ?

Il leva brièvement les yeux au plafond avant de s'approcher d'elle. Il fit tourner son fauteuil vers lui et s'accroupit devant elle pour poser les mains sur ses genoux.

— Je suis venu te dire que je suis fier de toi. Pour la fondation. Ton assurance. Ton besoin d'aider, dit-il en la regardant dans les yeux.

Monica se mordit la lèvre inférieure pour empêcher ses émotions de la submerger. Elle croyait chaque mot qu'il disait, ainsi que la fierté qu'elle lisait dans son regard.

— Le restaurant va me prendre de plus en plus de temps, convint-il en lui caressant la joue avec le pouce, ce qui lui donna un frisson. Mais je ne vais nulle part. Je suis là. Avec toi. Entièrement. Pour nous. Pour la première fois, je veux tout. Réussir, prouver à ma famille qu'ils se trompent et me battre pour toi.

Elle tourna la tête pour embrasser la paume de sa main.

— D'accord ? demanda-t-il.

Elle souffla en tremblant. Dernièrement, elle avait commencé à croire que Gabe avait voulu d'elle parce qu'elle s'était élevée au-dessus du rang de femme de ménage, mais qu'il romprait quand il aurait réalisé que sa fortune soudaine ne suffisait pas à la rendre assez bien pour lui.

Et si je n'avais jamais reçu cet héritage, se serait-il intéressé à moi ?

— D'accord, répondit-elle en se sentant idiote d'avoir douté de lui.

Gabe sentit six paires d'yeux se river sur lui. Ils étaient tous réunis dans le séjour, silencieux. Il n'essaya pas de briser ce silence. Il avait dit ce qu'il avait à dire. Maintenant, il attendait. Il observa son père qui remuait les glaçons dans son verre de scotch.

Phillip Sr. regardait par la fenêtre en se grattant la barbe, les dents serrées.

— Un candidat de moins dans la course au poste de P-DG, alors, lança Cole.

Gabe baissa les yeux. Le bruit du verre explosant contre le mur résonna violemment. Quand il leva la tête, son père baissait son bras. Il essayait de l'intimider en le fusillant du regard.

Gabe se sentit offensé. Ridiculisé. Il releva le menton et fixa son père à son tour.

Je ne reviendrai pas sur ma position. Je ne ferai pas passer tes besoins avant les miens. Pas pour essayer de te rendre fier en vain, puisqu'il n'y a pas de moyen de te satisfaire.

Après un long moment de tension où tout le monde dans la pièce semblait retenir son souffle, Phillip Sr. sortit en trombe. Gabe prit une grande gorgée de son verre en se tournant vers sa mère, abasourdie.

— Aucun homme ni aucune femme ne devraient diviser notre famille de la sorte.

Monica.

— Aucune femme ne l'a fait, affirma-t-il d'une voix plus dure pour prendre sa défense. C'est amusant de constater que tout le monde dans notre maison a fait confiance à Monica pendant cinq ans, mais maintenant qu'elle est avec moi…

Nicolette émit un petit rire méprisant.

— Faire confiance. Je dirais plus « tolérer » par nécessité, dit-elle en français.

— Vous devriez voir plus loin, mère, la réprimanda-t-il en français à son tour.

Sa mère rougit de colère, ses yeux plongés dans ceux de Gabe. Il avait plutôt l'habitude de les voir pleins d'adoration.

— Tu pourrais en faire de même, mon fils, dit-elle d'une voix douce.

Gabe tourna le dos à sa mère et ses croyances classistes. Il n'avait jamais compris que ça allait si loin et était profondément déçu.

— La famille devrait rester unie, dit-elle dans son dos, toujours en français.

— Et pas être en guerre, contra-t-il, exprimant sa frustration concernant le caractère autoritaire de son père.

Silence.

— Ton père a ses raisons, se contenta-t-elle de dire.

— Et il a aussi des fils adultes qui méritent son respect, lança Gabe, incapable de cacher l'amertume dans sa voix. De ne pas être traités comme des pions sur un échiquier.

Nicolette se leva et alla caresser la joue de chacun de ses fils.

— Nous vous aimons tous profondément. Plus qu'on n'en a conscience. Plus qu'on ne le montre. Ne l'oubliez pas, s'il vous plaît. S'il te plaît, dit-elle en arrivant à Gabriel et plaçant son doigt sous son menton.

Et comme toujours, sa mère partit rejoindre son père, qu'il ait raison ou tort. S'il y avait bien une chose indéniable, c'était leur loyauté l'un envers l'autre. Même quand cela la montait contre ses fils.

— Tu es un idiot, dit Phillip Jr. en secouant la tête avant de se lever pour partir. Tu croyais vraiment qu'il allait financer ton restaurant après ton départ de chez Cress Inc. ?

— Et tu es encore plus idiot de croire que je n'ai pas déjà trouvé des investisseurs, dit Gabe d'une voix froide et implacable. J'espérais juste que ma famille me soutiendrait dans ce projet. De la même façon que j'encouragerais n'importe lequel d'entre vous à poursuivre ses rêves...

L'un après l'autre, ses frères partirent, très probablement

pour retrouver leurs parents et s'assurer qu'ils avaient bien compris qu'ils n'étaient pas d'accord avec leur frère. Tous, sauf Cole.

— Tu ne vas pas embrasser sa bague, toi aussi ? demanda Gabe qui ne s'était jamais senti aussi isolé de sa famille ni plus déterminé à faire de son propre restaurant une réussite.

— Tu aurais plus de chance de me voir lui embrasser les fesses et tu le sais, plaisanta Cole en se levant du canapé.

Gabe remarqua un petit sourire sur le visage de son frère et suivit son regard jusqu'à la chef Jillian qui sortait du garde-manger pour entrer dans la cuisine.

— Voilà un postérieur que j'aime embrasser, dit Cole.

Gabe haussa les sourcils de surprise.

— La chef Jillian ?

Cole s'arrêta net avec un faux air incrédule.

— Monica, la gouvernante ? lui lança-t-il.

Gabe sourit.

— Bien vu.

Il sortait avec la gouvernante et son frère avait une relation sérieuse avec la chef. Leur mère piquerait une crise. La tête de leur père pourrait littéralement exploser.

— Comment ça se passe ? demanda son frère dans l'encadrement de la porte.

Gabe pensa à Monica. La manière dont ses émotions se reflétaient dans ses yeux de biche. Que ce soit le bonheur, la colère, la contrariété ou la passion. Et son parfum. Il aurait pu la retrouver dans la foule les yeux fermés, juste au nez. Il pensa à son intelligence, qui, il devait l'admettre, le surprenait quand elle partageait sa perspicacité et son point de vue unique sur des choses qu'il tenait pour acquises. Et le sexe. Il n'avait jamais connu mieux. Il n'avait jamais eu ce sentiment de lâcher complètement prise au lit. Et il aimait ça.

— Ça va bien, se contenta-t-il de dire. Et avec la chef ?

Cole haussa ses larges épaules.

— C'est ce que c'est et ce n'est pas ce que ce n'est pas, répondit-il en sortant son iPhone de sa poche de derrière.

— Attention, petit frère. Parfois, ce que tu penses que ce n'est pas, ça le devient. Et avant de t'en rendre compte, tu es dedans jusqu'au cou et tu as besoin de quelqu'un que tu ne savais même pas que tu pourrais désirer, avertit Gabe, en en dévoilant un peu plus sur ce que Monica était devenue pour lui.

Il regarda la chef alors que son frère était occupé sur son téléphone.

Jillian sortit son propre téléphone portable. Elle leva les yeux. Elle et Cole échangèrent un regard bref, mais très révélateur avant qu'elle tape quelque chose sur l'écran en retournant dans le garde-manger, laissant la porte ouverte.

Ding.

Cole lut le message qui venait à l'évidence de Jillian et sourit si fort que ses fossettes se creusèrent.

— Pour être honnête, je pourrais être prêt à avoir plus, grand frère, répondit-il avant de traverser le salon, puis la cuisine.

Il vérifia qu'il n'y avait pas d'autres témoins que Gabe avant de rejoindre leur jolie chef dans le garde-manger.

Gabe n'osa pas penser à ce qui se passait de l'autre côté de la porte.

— Non, fit-il à voix haute en se dirigeant vers l'ascenseur pour remonter au troisième étage.

Là-haut, il se posta devant l'immense baie vitrée, les bras croisés, et contempla le jardin couvert de neige.

Elle était presque aussi pure que ses intentions quand il avait ravalé sa fierté pour demander le soutien de son père pour le lancement de son propre restaurant. La décision de quitter Cress Inc. n'avait pas été facile à prendre. Demander à son père de le soutenir financièrement avait été encore plus dur. Voir la majorité de sa famille se liguer contre lui avait été encore pire. Tenant toujours son verre à la main, il se détourna de la vue et regarda le petit salon, s'arrêtant sur les photos de famille en noir et blanc sur les étagères. Des souvenirs de ces quarante dernières années. Des liens qui se défaisaient lentement sous ses yeux à cause de l'avidité, de la compétition et d'une loyauté forcée.

Contrarié, il resserra sa main sur son verre. S'il était honnête avec lui-même, il avait de la peine et des regrets. Il se sentait bête d'avoir eu l'espoir que sa famille le soutiendrait.

Gabe sortit son téléphone et appela Monica. Elle répondit au bout de deux sonneries.

— Salut. Tu es occupée ?

— Je peux ne plus l'être si on me donne une bonne raison.

Cela le fit sourire.

— Je t'envoie une voiture pour t'amener où je t'attendrai.

— Et c'est où ? demanda-t-elle d'une voix douce et voilée.

Gabe entra dans sa chambre et fit rapidement un petit sac.

— C'est une surprise.

— Avec ou sans culotte ? le taquina-t-elle.

Il marqua une pause, le cœur battant.

— Sans. C'est toujours la meilleure réponse.

— Parfait.

Ils raccrochèrent.

Il balança son sac sur l'épaule et alla prendre l'ascenseur. Il descendit jusqu'au sous-sol avec un petit sourire narquois en repensant à la vitesse à laquelle il était revenu à ses années d'adolescent où il faisait le mur pour éviter sa famille en utilisant l'entrée du personnel au sous-sol. Il n'était simplement pas d'humeur pour une nouvelle confrontation.

Et puis, sa mission ne devait pas être interrompue.

Gabe sortit de l'ascenseur et jeta un coup d'œil vers les appartements qu'occupait autrefois Monica. Pendant toutes ces années, il n'était venu ici que pour aller chercher du vin à la cave et n'avait pas une fois pensé à elle. Pour lui, elle était invisible. C'était juste quelqu'un qui faisait le ménage et aidait à garder son espace de vie en ordre. Avant qu'ils deviennent intimes, il n'avait jamais pensé à sa vie en dehors de celle qu'elle occupait dans la leur.

« Je dirais plus «tolérer» par nécessité. »

En se remémorant les paroles de sa mère, il se dit qu'il n'était peut-être pas très différent de ses parents.

Dérangé par cette idée, il se dirigea vers la porte vitrée de la buanderie pour sortir. Il s'assura que la porte était bien refermée avant de descendre les marches deux à deux pour atteindre la rue. La voiture de service qu'il avait demandée l'attendait. Gabe prit une grande inspiration d'air hivernal et vivifiant et s'autorisa à lever les yeux vers la maison de famille avant de monter à l'arrière du SUV.

Le trajet fut bref, moins de vingt minutes. Et cela lui convenait très bien.

Il vit Monica sortir de son véhicule garé en double file devant l'immeuble. Le vent fouettait ses cheveux et agitait la doudoune en fourrure qu'elle portait avec un jean et des cuissardes. Elle se retourna et lui sourit alors qu'il descendait de la voiture, son sac à la main, et montait sur le trottoir pour la tirer vers lui et l'embrasser. Elle le surprit en approfondissant leur baiser. Le bruit et l'animation de la ville disparurent. Le froid et la neige glaciale semblaient se mêler. Les corps qui se déplaçaient à vive allure autour d'eux sur la rue n'étaient plus là.

— Montons, dit Gabe en rompant leur connexion avec réticence, mais en attrapant sa main pour la guider à l'intérieur de l'immeuble.

— Où ça, exactement ?

Le concierge en uniforme leur adressa un sourire chaleureux avec un petit signe de tête.

— À mon appartement, finit-il par répondre alors qu'ils atteignaient les ascenseurs.

Elle se figea.

Il la regarda en appuyant sur le bouton. Elle avait l'air circonspect.

— Qu'est-ce qui ne va pas ? demanda-t-il alors qu'elle faisait un dernier pas pour le rejoindre.

Comme les portes s'ouvraient et qu'ils montaient dans l'ascenseur, elle afficha un sourire forcé qui n'atteignit pas ses yeux. Il attrapa sa main et lui caressa la paume avec son pouce tout en appuyant sur le bouton du vingt-troisième étage avec sa main libre.

— Qu'est-ce qui ne va pas, Monica ? répéta-t-il.

Elle secoua la tête et lâcha sa main pour l'enlacer.

— Rien, *Gabriel*, dit-elle en prononçant son prénom en entier pour le taquiner avant d'embrasser son menton. Félicitations pour ton nouvel appartement.

Il sourit, mais se sentit mal à l'aise.

Une fois l'ascenseur arrêté, tandis qu'ils se dirigeaient vers l'appartement, il garda les yeux rivés sur elle. Il avait appris à bien la connaître, et quand quelque chose l'inquiétait, elle devenait distante et silencieuse. S'il insistait pour qu'elle s'ouvre à lui, cela semblait généralement l'inciter à se renfermer encore plus.

— C'est joli, Gabe, commenta-t-elle en enlevant son manteau alors qu'elle visitait l'espace de cent quatre-vingts mètres carrés dans un immeuble de Park Avenue South. Je ne savais même pas que tu cherchais à déménager de chez tes parents.

Il posa son sac sur le canapé d'angle et retira son pardessus et ses chaussures.

— C'était le moment.

Qu'est-ce qui la dérange ? Que je déménage ou que je ne lui aie pas dit ?

Monica le regarda par-dessus son épaule la rejoindre devant les immenses fenêtres qui offraient une vue spectaculaire sur le paysage urbain nocturne.

— La situation avec ta famille a empiré ?

— Ils changeront d'avis, affirma-t-il en l'embrassant dans le cou avant de s'approcher de la cheminée électrique pour l'allumer.

— J'espère. La dernière chose que je veux pour toi, c'est que tu connaisses ce que ça fait de ne pas avoir de famille.

Il pensa à cette enfance dont elle parlait rarement et regretta que sa vie ait été si triste. Elle passa ses bras autour de lui, et ils se regardèrent dans les yeux. Il voyait toute sa douceur dans son regard où se reflétaient les flammes. Elle afficha un sourire timide en glissant ses mains sous son pull pour masser le bas de son dos, ce qui lui donna la chair de poule.

Gabe se sentait fébrile, et quelque chose de profond lui

serra la poitrine alors qu'il étudiait chaque détail de son visage. Fasciné.

Ils se regardaient avec un air taquin quand leurs lèvres s'effleurèrent. Ils se savouraient l'un l'autre avec des gémissements de plaisir profonds et rauques. Lentement, ils se déshabillèrent, éclairés par la lumière du feu tandis que la nuit tombait.

Quand Gabe la souleva, elle enroula ses bras et ses jambes autour de lui. Le contact de sa peau douce et son parfum sucré firent s'allonger et dresser son sexe contre les fesses de Monica.

Elle se pencha en arrière pour le regarder. Elle l'embrassa. Doucement. Avec un sourire aguicheur qu'il n'oublierait jamais, elle lui caressa l'arrière de la tête tout en guidant sa bouche vers ses seins. Il en saisit un et suça son téton en attrapant ses hanches pour la faire descendre sur lui. Le premier contact avec sa chaleur humide lui coupa le souffle juste avant qu'elle se cambre pour l'accueillir entièrement.

Gabe s'efforçait de garder le contrôle, ne voulant pas que le plaisir qu'il ressentait au simple contact de son intimité le pousse à aller trop vite. Quand elle commença à décrire lentement des cercles avec ses hanches, montant et descendant sur son manche, il plia une jambe et appuya une main contre le mur pour éviter de perdre l'équilibre, emporté dans un tourbillon de passion et de désir.

Ils ne disaient rien et se contentaient de haleter et émettre des râles qui résonnaient tandis que la sueur recouvrait leurs corps. Elle utilisait ses muscles pour serrer et relâcher son sexe en le chevauchant. Avec sa main libre, Gabe saisit sa fesse alors qu'il continuait à lécher et sucer ses seins, appréciant chaque tremblement et chaque ronronnement de plaisir qu'il lui tirait. Il sentit qu'elle approchait de l'orgasme et se retourna pour les installer sur le canapé. Il s'enfonça alors soudainement en elle, si bien qu'ils crièrent à l'unisson avec une brutalité qui n'avait d'égal que la violence de leur orgasme simultané.

Et longtemps après que leurs cris s'étaient atténués, que leurs pouls avaient ralenti et que le brouillard de la jouissance s'était évaporé, elle s'allongea sur lui, sur le canapé. Gabe avait les genoux pliés et écartés alors qu'il écoutait ses longues respirations pendant son sommeil. Il tourna la tête pour plonger son regard dans le feu en repensant à ce moment où il avait ressenti quelque chose de profond pour Monica. La fascination. La chaleur qui se répandait dans sa poitrine. Cette difficulté à respirer.

Il ferma les yeux en chassant ce souvenir et tout ce que cela pouvait signifier. Un soupçon de sentiments qu'il n'était pas prêt à accepter.

10

Trois mois plus tard

Était-il vraiment possible de se sentir comme Cendrillon ?

C'était le cas de Monica.

En regardant son reflet dans le miroir, elle ne voyait pas la vue panoramique sur New York et l'Hudson, ni les gens bien habillés qui profitaient du gala sur le thème du carnaval derrière elle. Sa robe bustier en soie blanche semblait chatoyer et les cristaux Swarovski cousus dans le corsage scintillaient comme de la poussière d'étoiles. Sa coupe cintrée à la taille lui faisait une silhouette plantureuse et la longue fente exposait sa jambe de manière sensuelle. Ses cheveux étaient attachés en chignon sur le dessus de sa tête, rallongeant son cou et mettant en valeur ses épaules nues.

Elle sourit en se souvenant de l'époque où elle imaginait la vie qu'elle vivait actuellement. Quand elle ne pouvait toucher le genre de robes qu'elle portait ce soir que si elle s'autorisait une minute de folie dans les dressings de Nicolette et Raquel. Parfois, elle avait le sentiment d'être dans un conte de fées et que quelqu'un allait refermer le livre et mettre fin à tout ça. Elle laisserait alors une chaussure de verre dans l'escalier.

— Félicitations, Monica.

Elle se raidit en reconnaissant aussitôt la voix de Nicolette Cress. Elle jeta un dernier coup d'œil dans son reflet avant de se retourner vers la mère de Gabe. Celle-ci était magnifique dans sa longue robe en mousseline de soie bleu foncé avec un décolleté plongeant.

— Merci... Nicolette, répondit-elle, utilisant son prénom pour la première fois.

— Je ne savais pas que vous aviez pris un billet, poursuivit Monica, fière de n'avoir montré aucune appréhension ni curiosité en voyant Nicolette à sa soirée.

— Vous avez capté l'attention d'un grand nombre de mes amis présents ce soir et j'ai pensé que ce serait peut-être ma seule chance de voir mon fils, dit Nicolette en s'approchant d'elle près de la fenêtre.

L'estomac de Monica se noua.

— Il va arriver tard. Il y a eu un problème avec le restaurant, et une inspection importante est prévue demain matin à la première heure, expliqua-t-elle, lui donnant la même excuse que Gabe lui avait fournie une heure plus tôt.

Nicolette lui adressa un sourire crispé.

— Je n'avais jamais imaginé qu'un jour j'aurais besoin que la maîtresse de mon fils me donne de ses nouvelles, fit-elle en soupirant.

Monica serra son petit sac dans sa main.

— Sa maîtresse ? On dirait que vous avez besoin d'être mise au courant des dernières nouvelles à ce propos aussi.

Une émotion emplit les yeux de Nicolette.

Monica n'arrivait pas à déterminer ce que c'était.

— Je ne veux que le meilleur pour Gabriel... et pour tous mes fils, dit-elle avec son fort accent français.

Monica le trouvait fascinant autrefois.

— Et je n'en fais pas partie ? demanda-t-elle.

— Sur le long terme ? Non.

Monica se raidit ; elle détestait la façon dont Nicolette exprimait ses doutes sans aucune retenue. Ces derniers mois, sa relation avec Gabe s'était tendue parce qu'il se consacrait à l'ouverture prochaine de son restaurant. Il semblait constamment annuler leurs rendez-vous ou arriver en retard, et quand ils étaient ensemble, son esprit était clairement ailleurs. Elle se disait qu'il se concentrait sur sa réussite et que les choses reviendraient à la normale, mais elle ne pouvait pas s'empêcher de croire que le play-boy sexy s'était lassé de leur relation et allait l'abandonner.

En vérité, elle avait déjà commencé à prendre ses distances, à limiter ses attentes et se préparer pour une rupture, mais elle doutait qu'il l'ait remarqué.

— Ne serait-ce pas une conversation que vous devriez avoir avec Gabe ?

— Pourquoi ? Quand il est clair que vous êtes la cause de cette division ?

Monica ne put s'empêcher de froncer les sourcils.

— Vous vous trompez, Nicolette, parce que la dernière chose que je veux, c'est que Gabe soit séparé de sa famille, dit-elle avec une conviction évidente.

— Pourtant, je n'ai pas vu mon fils pour Thanksgiving, Noël ni pour le nouvel an.

— C'est vrai, Gabe et moi avons passé ces fêtes ensemble, mais je l'ai encouragé à les passer avec sa famille, objecta-t-elle sincèrement. Surtout après l'enfance que j'ai eue.

Nicolette fit tapoter ses ongles contre sa flûte en contournant Monica.

— C'est exactement à cause de votre enfance que ça ne fonctionnera pas entre vous. L'argent ne peut pas effacer la marque indélébile que votre passé a laissée sur votre vie.

— Vous ne savez rien de ma vie. Ça ne vous a jamais intéressé, dit Monica, se sentant vexée et jugée.

Nicolette haussa un sourcil.

— Vous étiez ma femme de ménage, pas mon amie.

— Et cela me suffisait aussi, mais ne prétendez jamais me connaître. Ce serait une grossière erreur, *Nicolette*, dit-elle sur un ton glacial.

Cette dernière sourit, mais cela n'effaça pas la colère qu'on voyait dans ses yeux.

— Vous avez vécu et travaillé chez moi pendant cinq ans, alors n'allez pas vous persuader que je vous déteste.

— Et s'il vous plaît, n'allez pas vous persuader que je vous enviais, répliqua Monica. Parce que si mon intention était de me glisser entre Gabe et votre famille, alors je lui aurais révélé que lui et ses frères sont sous surveillance à votre demande ou celle de votre mari.

Nicolette eut l'air surprise que Monica soit au courant.

Monica baissa les yeux et vint à son tour se placer de l'autre côté de Nicolette.

— Ce n'est pas le moment pour parler de cela. Après ces cinq années à travailler et vivre chez vous, je sais que vous êtes une femme attachée à l'étiquette et au comportement approprié. Cette soirée est très importante pour moi et ma fondation. C'est une célébration. Pas une opportunité pour me rabaisser, juger ma relation avec votre fils ou me manipuler pour que je fasse ce qui vous conviendrait. Alors par respect pour Gabe, en tant que sa mère, je vous demande de partir et de me laisser profiter de cette soirée. Vous êtes la bienvenue si vous voulez rester et apprécier les festivités, mais s'il vous plaît, partez si votre but est de me donner le sentiment que je suis inférieure à vous.

Nicolette arrêta un serveur et posa sa flûte presque vide sur son plateau.

— Je vais partir. Vous avez raison, je n'aurais pas dû. Acceptez mes excuses. Mais tenez compte de ma mise en garde. Rien de sérieux entre Gabe et vous ne durera.

— Bonne soirée, Nicolette.

— Je vois dans vos yeux que vous savez que j'ai raison.

Monica ne dit rien ; elle détestait voir cette femme évoquer ses doutes concernant sa relation avec Gabe.

— Bonne soirée, répéta-t-elle sur un ton ferme.

Dans le miroir, elle observa le reflet de Nicolette qui se retournait enfin pour partir.

Monica ferma les yeux et secoua un peu la tête en se pinçant l'arête du nez. Elle avait très envie de sortir son téléphone de son sac pour appeler Gabe, mais elle se retint. Elle était profondément déçue qu'il rate presque toute la soirée. En fait, elle ne voulait même pas entendre sa voix. Même pas pour lui dire que sa mère venait de lui tendre une embuscade.

Maintenant, elle se sentait vraiment comme Cendrillon, avec sa méchante belle-mère.

Mais il n'y a pas de prince charmant.

— Prête ?

Elle rouvrit les yeux au son de la voix de Montgomery. Dans le miroir, elle regarda le reflet des quatre femmes qui se tenaient derrière elle. Choice, Montgomery, Kylie et Nylah. Son équipe. Elles avaient toutes travaillé très dur pour faire de cette soirée une réussite. Elle leur était reconnaissante. Leurs relations professionnelles s'étaient transformées en amitiés.

C'était un autre signe de la guérison de ses blessures du passé. Elle n'avait jamais ressenti le besoin de se faire des amis tant qu'elle savait qu'elle devrait bientôt changer de famille d'accueil et déménager.

Elle prit une grande inspiration avant de se retourner. C'était l'heure. Elle avait évité sans difficulté les questions sur son père et sa relation avec Gabe. Prétendu ne pas être éblouie par la longue liste d'acteurs et chanteurs, célébrités et influenceurs des réseaux sociaux que Montgomery et son équipe avaient convaincus de venir. Salué ses invités. Pris des photos avec les cinquante enfants de foyer qui avaient été choisis pour recevoir les bourses.

Mais le plus gros challenge était à venir.

— Oui, déclara-t-elle, nerveuse. C'est maintenant ou jamais.

Ensemble, les filles traversèrent la foule. Après que Montgomery eut fait un signe au groupe pour qu'il ralentisse et baisse le volume, Monica prit le micro qu'elle lui tendait. Elle regarda les lumières colorées, les arrangements floraux et la salle pleine de personnes habillées avec élégance qui étaient là pour soutenir son projet. Elle plaqua sa main libre sur son ventre en espérant calmer les papillons.

— Bonsoir, tout le monde. Juste une petite pause dans

la soirée pour vous remercier d'assister à cet événement, et d'avoir fait de généreuses donations qui nous permettront de soutenir financièrement de jeunes adultes qui, comme moi dans le passé, ont atteint l'âge limite pour faire partie du système de foyers d'accueil et sont abandonnés à leur sort. Et cela représente une étape effrayante, je vous le garantis.

Elle marqua une pause. À cet instant, elle aurait aimé voir Gabe dans la foule. En train de la regarder. L'encourageant à combattre ses peurs. Ses yeux parcoururent rapidement le public. Elle fut déçue, mais pas surprise de ne pas le voir. Cela lui faisait mal.

— À ce jour, nous avons pu aider plus d'une centaine de jeunes intrépides à se rapprocher de leurs rêves malgré les circonstances. Je ne vous remercierai jamais assez de votre soutien. Je suis émue au-delà des mots et plus qu'honorée... qu'elle qu'en soit la raison, ajouta-t-elle en sachant que de nombreuses célébrités étaient là par admiration pour son père et par pitié pour son histoire.

Les serveurs entrèrent dans la salle, portant des plateaux de flûtes en cristal pleines de champagne. Monica en accepta une.

— Je veux juste remercier toute mon équipe de son soutien et vous tous d'avoir fait du lancement de cette fondation caritative une réussite, dit-elle en levant son verre. À The Bridge.

— À The Bridge, répéta tout le monde à l'unisson.

Elle sourit et trinqua avec Choice, Montgomery, Kylie et Nylah avant de prendre une grande gorgée alors que des applaudissements emplissaient la salle. Avec un dernier sourire, Monica rendit le micro tandis que Montgomery indiquait au groupe qu'il pouvait se remettre à jouer. Tendue, ne sachant pas si elle avait eu les mots qu'il fallait et se demandant ce que ces inconnus disaient d'elle à voix basse, elle traversa la salle pour rejoindre l'ascenseur qui la mènerait au toit-terrasse.

En arrivant dans le froid glacial, elle soupira en frissonnant. Elle repensa pendant un instant à la vie qu'elle avait seulement un an plus tôt et comme tout, absolument tout, avait changé.

— Merci, murmura-t-elle aux cieux.

Elle contempla la ville. Les lumières dans la nuit. La neige qui couvrait les rues et les toits des gratte-ciel. Les bruits familiers. Elle adorait Manhattan ; cette ville l'avait aidée à guérir, lui avait donné un endroit qu'elle considérait enfin comme sa maison.

Elle n'aimerait rien de plus que de partager ce moment avec...

— Monica.

Gabe.

Son cœur s'emballa comme il le faisait à chaque fois qu'elle le voyait. Elle se retourna et le vit traverser la terrasse couverte de neige et retirer son pardessus pour le poser sur ses épaules nues.

— Il gèle ici, dit-il en la prenant dans ses bras.

Elle accueillait avec bonheur sa chaleur, mais regrettait qu'il arrive si tard.

— Au moins, il est venu cette fois.

Gabe se raidit et s'écarta d'elle. Ses yeux étudièrent son visage alors qu'il fronçait légèrement les sourcils.

— Quoi ? demanda-t-elle, perplexe.

— Au moins, je suis venu cette fois ? répéta-t-il.

Elle resta bouche bée. Elle réalisa qu'elle avait prononcé cette phrase à voix haute.

— Oui, dit-elle, puisque c'était ce qu'elle pensait et estimant que cela méritait d'être dit.

Son air renfrogné s'intensifia et il glissa ses mains dans les poches de son pantalon de smoking.

Elle s'éloigna de quelques pas tout en essayant de ne pas remarquer comme il était beau dans son smoking noir. *Tellement beau.*

— Je t'ai appelée et expliqué ce qui se passait, dit Gabe avant de regarder la neige qui commençait à tomber.

Monica l'imita.

— Oui, c'est vrai. Tu appelles toujours pour me tenir au courant... me dire pourquoi tu es en retard, pourquoi tu annules, pourquoi tu ne fais même plus de projet pour me voir, dit-elle en levant une main pour accueillir un flocon. Je ne te reproche pas de ne pas m'appeler.

— Alors qu'est-ce que tu me reproches ?

Elle écrasa le flacon dans son poing.

— Je ne peux qu'essayer de deviner..., commença-t-elle en regardant partout sauf vers lui. Je ne sais pas pourquoi tu t'effaces de cette relation, mais c'est le cas. D'abord ta famille et maintenant moi.

— Ma famille ?

— Oui ! insista-t-elle avant de reprendre son souffle pour se calmer. Si tu peux te couper d'eux et déménager sans que cela te dérange, qui dit que tu ne vas pas me laisser aussi ?

— Alors maintenant, je ne suis pas loyal ? demanda Gabe d'une voix grave.

— Et moi, je suis source de discorde ?

— Quoi ? demanda-t-il, clairement confus.

Monica savait que ses propos partaient dans tous les sens. Comme ses émotions. Même dans la tempête de sa colère, elle savait qu'elle pourrait retrouver le calme temporaire dans ses bras. Ce serait facile d'oublier ses peurs et sa contrariété juste pour le retrouver. L'enlacer. L'embrasser.

— Tu refuses d'admettre que ta famille m'en veut pour la distance qui s'est instaurée entre vous.

Il détourna le regard.

Alors, Nicolette lui a parlé de moi.

— Tu n'as rien à voir avec la situation entre moi et certains membres de ma famille, affirma-t-il, sans vraiment répondre à sa question.

Gabe n'était pas un menteur.

— Mais je ne veux pas que tu les considères comme acquis parce que tu ne sais pas ce que ça fait de ne pas avoir de famille, dit-elle en regrettant que ce sentiment lui soit si familier.

— Je ne veux pas qu'ils me tiennent pour acquis non plus, Monica.

— Oui, mais si tu peux t'en éloigner si facilement...

— Tu penses que ma décision de prendre mon indépendance a été facile ?

— On dirait, rétorqua-t-elle en haussant les épaules.

Il rit doucement.

— Beaucoup de choses ne sont pas telles qu'elles le paraissent.

— Si tu dis ça pour moi, tu te trompes, parce que je suis exactement celle que je prétends être.

— Compréhensive ? Altruiste ? C'est toi qui te trompes.

— Pas compréhensive ? Pas altruiste ? Moi ? demanda-t-elle en enfonçant son index dans sa poitrine après chaque question. Tu es dingue ?

— Et toi ?

— D'avoir pensé que tu me verrais un jour comme ton égale après avoir été ta femme de ménage ? Oui, peut-être que j'ai été dingue.

Le visage de Gabe se durcit.

— J'ai abandonné mes employés au restaurant pour essayer de partager cette soirée avec toi, dit-il sur un ton aussi sévère que l'expression sur son visage. Et tu m'accueilles en te plaignant.

— Je ne me plains pas. Je dis la vérité.

— Je n'ai pas besoin de ces conneries en ce moment, Monica ! Pas venant de toi.

— Alors quand ? dit-elle calmement.

Gabe se figea, sa poitrine soulevée par sa respiration saccadée.

— Quoi ? demanda-t-il, confus.

— Ces derniers mois, c'est à peine si tu m'as adressé la parole, alors quand est-ce qu'on devrait discuter ? l'interrogea-t-elle en se souvenant des nuits où elle l'avait attendu, tout habillée, et avait été déçue parce qu'il y avait eu un contretemps au restaurant qui l'empêchait finalement de se présenter à leur rendez-vous.

Gabe la regarda avec intensité en passant sa main sur l'ombre de sa barbe avant de se retourner pour partir, mais se ravisa au dernier moment.

— Je pensais que tu comprendrais à quel point ce restaurant était important pour moi. Si je me suis trompé à ce sujet, je m'en excuse, mais je ne ferai pas comme si ce projet ne mérite pas mon attention, Monica.

— Et moi ? Je ne la mérite pas ?

Ils se regardèrent dans les yeux.

C'était comme si des kilomètres les séparaient.

— Est-ce que c'est une bataille perdue d'avance, Monica ?

Elle le fixa aussi longtemps qu'elle le put sans ressentir l'envie de courir vers lui.

— C'est-à-dire ?

— Mon temps est important aussi. Est-ce que je le perds avec toi ? demanda-t-il en levant une main avant d'abaisser ses doigts un à un. Je déteste ma famille. Je ne suis jamais là. Je disparais comme l'homme invisible. Je suis déloyal. Quoi d'autre ? Je t'écoute.

Serais-tu avec moi si j'étais encore femme de ménage ?

Elle mit de côté cette pensée tandis qu'une émotion passait dans les yeux de Gabe. Pendant un bref instant, elle crut que c'était de la peine, mais décida qu'elle devait se tromper. Tout comme elle s'était trompée sur le reste.

Comme croire que ça pouvait marcher.

Elle repensa à la mère de Gabe… à ses paroles, à son désir de les voir séparés. Entre les doutes de Monica et l'ambition de Gabe, les objections que Nicolette Cress murmurait à l'oreille de son fils pouvaient-elles signer la fin de leur relation ? Elle savait par expérience que les Cress étaient extrêmement unis.

Elle se tut. La fracture entre Gabe et sa famille était de plus en plus profonde. Elle avait le sentiment d'avoir joué un rôle important là-dedans. Elle ne savait que trop bien ce que ça faisait de ne pas avoir de famille. C'était quelque chose qu'elle ne souhaitait à personne.

— Si tu as une si basse estime de moi, pourquoi être avec moi ?

— Et si je ne te rends pas heureux, pourquoi ne pas me le dire ? riposta-t-elle.

Gabe secoua la tête, les dents serrées.

— Est-ce vraiment possible de te rendre heureuse ?

La froideur de son ton lui glaça le sang. En comparaison, il faisait chaud autour d'eux.

— Ne sois pas un connard, Gabe.

— Excuse-moi. Je l'ajouterai à ta liste de plaintes, marmonna-t-il en se mettant à faire les cent pas.

— Va te faire voir !

— Et prendre le risque que tu t'en plaignes ? Non merci !

— Tu es un abruti !

Il leva la main et abaissa encore un doigt.

Elle le fusilla du regard.

Gabe ouvrit la bouche, mais la referma en roulant des épaules comme s'il essayait de soulager les tensions. Il prit une grande inspiration, puis souffla.

— Qu'est-ce que tu attends de moi ? demanda-t-il.

Tout.

Cette pensée lui vint si vite que cela l'effraya. Elle hésitait à révéler combien Gabriel Cress lui était devenu nécessaire. Elle n'était pas sûre que ce soit réciproque.

— De ne pas me donner l'impression d'être la cinquième roue du carrosse, lui confia-t-elle.

Gabe regarda la neige qui tombait autour d'eux.

— C'est vraiment la dernière de mes intentions, Monica Darby.

Le cœur de Monica gonfla.

— Mais...

Elle haussa un sourcil et inclina la tête sur le côté en l'observant épousseter les flocons de neige sur ses épaules.

— Mais ? répéta-t-elle pour emplir le silence.

— Je ne sais pas si tu voudras le croire, dit-il en tournant son regard vers elle. Et je ne sais pas comment te le prouver. Je refuse de négliger mes rêves. Je veux ce restaurant... J'ai *besoin* de ce restaurant... pour m'accomplir, et cela veut dire travailler dur et rester concentré.

— Et si je te demandais de faire marche arrière ? D'arrêter d'être aussi obstiné, de te raccommoder avec ta famille, de trouver un équilibre entre ce que tu veux et ce dont tu as besoin… ? dit-elle en s'approchant pour prendre l'une de ses mains entre les siennes.

— Et si je te demandais si tu seras un jour capable de me faire pleinement confiance ?

Ni l'un ni l'autre ne répondit à la question qui lui avait été posée.

— Alors tu choisis de faire passer ce restaurant avant tout et tout le monde, dit-elle en relevant les revers de son manteau pour enfouir son nez dans la laine noire légère.

Son parfum, celui qu'elle aimait tant, s'y était imprégné.

— Et tu choisis de dresser tout et tout le monde contre moi.

Vraiment ?

Puis elle se souvint de ce qu'elle avait ressenti toute la soirée sans lui et comment son absence lui était devenue familière. Comment elle avait commencé à envisager sa vie sans lui. Se préparant pour l'instant où tout serait fini et envisageant même de le faire elle-même pour éviter de se sentir impuissante.

Pour quitter et ne pas être quittée…

— Pourquoi avons-nous cru que ça marcherait ? demanda-t-elle à voix basse.

— Si tu penses que ça ne marche pas, alors pourquoi est-ce qu'on perd notre temps ! rugit-il en levant les mains avec colère. Au diable tout ça, si c'est ce que tu ressens !

La colère de Monica était à l'égal de la sienne.

— Alors au diable, Gabe.

— C'est ridicule !

— Penser que tu n'as besoin de personne, ça, c'est ridicule !

— Ce qui est sûr, c'est que je n'ai pas besoin de ça, là.

Elle le regarda, ses yeux s'écarquillant.

— Ne me force pas à te supplier de rester, lui dit-elle.

Il la fixa un long moment qui semblait durer une éternité avant qu'il se retourne pour rejoindre l'ascenseur.

— Gabe, le héla-t-elle tandis que son cœur s'emballait.

« Je vois dans vos yeux que vous savez que j'ai raison. »

Les paroles de Nicolette résonnaient dans sa tête. Se moquant d'elle.

« Vous savez que j'ai raison. »
« Vous savez que j'ai raison. »
« Vous savez que j'ai raison. »

Elle cligna des yeux et secoua la tête pour se débarrasser de cette voix. Elle enleva le manteau de Gabe et le rattrapa pour le presser contre son torse avant de le lâcher sans faire attention s'il le tenait ou pas. Elle sentit sa main essayer d'attraper les siennes, mais elle les retira en lui tournant le dos.

— Ça a commencé sur le toit, un soir où tu étais en smoking, et on dirait que ça se finit pareil, remarqua-t-elle avec un petit rire amer.

Comme il restait silencieux, elle regarda par-dessus son épaule et constata qu'elle était seule.

Quelques heures plus tard, Gabe était assis dans son appartement, contemplant Manhattan, un verre de son scotch préféré à la main. Ses pensées étaient troublées.

Quand il était arrivé au gala et s'était précipité sur le toit pour la retrouver, il n'aurait jamais deviné qu'ils se quitteraient en prenant des directions différentes. Il s'était senti piégé quand elle lui avait révélé toutes ses inquiétudes le concernant ; elle devait ruminer depuis longtemps.

Même s'il avait du mal à identifier les émotions qui l'agitaient, il ressentait de la colère. Et de l'indignation. Pour nombre de raisons. Pour son manque de confiance. Ce qu'elle pensait de lui. Et les obstacles qu'elle dressait quand tout ce qu'il voulait, c'était la réussite de son restaurant... ce qu'il lui avait déjà dit.

En tout cas, il pensait l'avoir fait.

Il poussa un lourd soupir et prit une autre gorgée de whisky.

Il était au courant de son lourd passé et savait que la loyauté et la confiance pouvaient représenter un problème pour elle, et donc pour eux, mais il n'avait jamais soupçonné que Monica pourrait douter de lui. Ne pas voir en lui. Ne pas le connaître. Ne pas le comprendre. Cela le dérangeait. Il savait qu'il avait perdu son objectif de vue et était tellement plongé dans son projet qu'il avait donné l'impression que rien d'autre que son restaurant ne comptait. Il pensait qu'elle comprendrait comme c'était important pour lui, surtout en sachant que sa famille ne lui avait offert aucune aide ni aucun soutien et, selon lui, ne souhaitait que son échec pour pouvoir dire : « On te l'avait dit ».

Il refusait l'échec et elle le savait.

Il avait déjà dû faire un choix entre sa vie amoureuse et sa carrière. À chaque fois, son ambition professionnelle avait gagné. Il n'avait pas fait sciemment en sorte qu'elle ne se sente plus désirée. Il n'avait jamais douté de sa volonté d'être avec elle.

Mais à l'instant où il avait voulu lui prendre la main, animé par l'envie sincère de se battre pour elle, pour eux, elle l'avait repoussé. Il n'avait alors rien fait.

Parce qu'il savait combien sa réussite était essentielle. Il savait qu'il devait faire un choix, et quand il s'était rendu compte qu'elle ne lui apporterait pas son soutien et ne le verrait pas comme un homme d'honneur, travailleur et passionné, il n'avait pas eu d'autre choix que de baisser la tête et se consacrer à son travail. Il avait fait le choix de ce en quoi il avait foi.

Pourtant, alors que les heures passaient, il n'était plus si sûr de son choix.

Mais il n'avait pas été le seul à le faire.

Elle avait semblé accepter le fait que c'était terminé et être prête à passer à autre chose.

Ce n'était pas ce qu'il voulait. Elle lui manquait déjà, mais il acceptait que leur rupture soit peut-être la meilleure chose à faire.

Il leva les yeux vers la photo de lui et Monica posée sur le rebord de la cheminée. Ils skiaient à Aspen, et Monica, qui s'était sentie complètement hors de son élément, était tombée ; il s'était volontairement écroulé près d'elle et avait sorti son téléphone pour capturer leurs rires avec un selfie.

Ils avaient joué dans la neige toute la journée et s'étaient réchauffés sous la couette toute la nuit.

— Merde, jura-t-il en posant le verre sur la table en métal près du canapé avant de se lever pour cacher la photo.

11

Deux mois plus tard

— Monica ?

Alors qu'elle rentrait, le cœur battant la chamade, d'une virée shopping où elle s'était rendu compte qu'elle était suivie par des paparazzis, Monica entendit son prénom. Les nouvelles et les ragots sur leur rupture les avaient propulsés de nouveau à la une des tabloïds.

Elle fut surprise de voir Phoebe se lever d'un fauteuil dans le hall de son immeuble. Sa présence et la compassion évidente qu'elle décela dans ses yeux émurent Monica. Sa tante lui sourit et lui ouvrit les bras, tout comme elle l'avait promis ce jour-là dans le bureau d'avocat.

« Sache juste qu'il n'y a pas de limite de temps pour me contacter. Que ce soit un jour, un an ou douze… si je suis toujours en vie, je t'accueillerai les bras ouverts ».

À cet instant, Monica eut le sentiment d'avoir quelque chose qu'elle n'avait jamais connu avant : une famille. En acceptant cette étreinte réconfortante, elle se sentait idiote de ne pas avoir laissé cette femme entrer dans sa vie plus tôt.

— Tu es venue, chuchota-t-elle.

— Tu avais besoin de moi, dit Phoebe en riant doucement. N'est-ce pas ?

— Oui, reconnut-elle, la tête appuyée contre l'épaule de sa tante.

— Alors je suis là.

Monica prit une grande inspiration avant de faire un petit pas en arrière pour regarder sa tante.

— Je l'aime, lui confia-t-elle tandis que ses yeux se remplissaient de larmes.

— Montons prendre un verre et discuter.

— Je n'ai ni jus de fruits ni thé, dit Monica alors qu'elles s'approchaient des portes des ascenseurs.

— Du thé ? Je pensais plutôt à un martini.

Cela fit rire Monica. Peut-être pour la première fois depuis des semaines.

Alors qu'elles s'installaient dans son salon, Monica se sentait réconfortée par la présence de cette femme qu'elle connaissait pourtant si peu.

— Te voir ici au moment où j'en avais le plus besoin me fait comprendre qu'en fait, j'ai toujours voulu que tu fasses partie de ma vie, admit-elle.

Phoebe croisa les jambes et tendit la main pour serrer celle de Monica.

— Quand j'ai appris votre rupture dans la presse et que j'ai vu que les paparazzis te harcelaient à nouveau, j'ai décidé de prendre l'avion pour venir te voir. Tu avais l'air si triste. Je l'ai bien vu.

— En fait, ça fait deux mois. Donc tout le monde est un peu en retard, fit-elle remarquer en pensant à la dernière fois où elle avait vu Gabe.

Avec chaque jour qui passait, son espoir qu'il revienne et se batte pour elle s'amenuisait. Pourtant, elle le désirait ardemment. Il occupait ses pensées si souvent. Elle n'avait jamais rien vécu de pareil. Rien. Son amour pour son ex semblait bien puéril en comparaison.

C'était comme ça qu'elle avait compris qu'elle aimait Gabe.

Sa force. Sa passion. Son intelligence. Sa compassion. Même son ambition.

Sans qu'elle s'en rende compte, Gabriel Cress lui avait volé un morceau de son cœur, et chaque jour, elle devait vivre avec cet amour, mais sans lui.

— J'ai été bête de penser que je pouvais ne pas tomber amoureuse de lui, dit Monica en enlevant ses escarpins pour glisser ses pieds sous ses fesses. Non, j'ai été bête de penser que je ne l'aimais pas déjà avant notre première folle nuit sur le toit.

— Le toit ? demanda Phoebe avant de s'éventer.

Monica sentit la chaleur lui monter aux joues en se remémorant cet épisode.

— Raconte-moi l'histoire de Monica et Gabe.

En un instant, elle eut l'impression de se souvenir de tous les moments qu'ils avaient partagés. De bons moments. De *super* moments.

— Je vais te raconter notre histoire, même si elle ne se termine pas bien, parce que le début et le milieu sont fantastiques, admit Monica à voix douce en sentant son pouls s'accélérer.

À certains moments, elle souriait. À d'autres, ses yeux s'embrumaient à cause de souvenirs torrides. De nombreuses fois, des anecdotes amusantes la firent rire. Et puis, en abordant les quelques semaines qui avaient précédé son gala de charité, elle sentit le poids de sa tristesse. Et le regret.

— Tu l'aimes vraiment, affirma Phoebe.

Monica leva les yeux vers elle.

— Je le vois dans ta manière de parler de lui et de te souvenir de lui. Et il te manque.

— Mais il m'a brisé le cœur. Il est parti. Il m'a quittée. Il m'a abandonnée.

Phoebe calma le mouvement frénétique de ses mains en les couvrant avec la sienne.

— *Ou...*

Monica releva la tête.

— Ou votre période ensemble est arrivée naturellement à sa fin, suggéra sa tante. Si on passe une grosse partie de sa vie avec quelqu'un et que ça se passe majoritairement bien, vraiment bien, alors on n'en arrive jamais à détester l'autre. On tourne la page et on garde les bons souvenirs, on apprend les leçons de la vie et on se prépare à la prochaine grande aventure.

— Un autre homme ? demanda Monica en fronçant les sourcils.

— Non, pas toujours. Parfois, on peut se découvrir d'une manière nouvelle. On peut voyager. Changer de carrière. Tenir un journal. Découvrir une religion. Écrire un livre, ou pour certains, lire un livre. Ou parfois, on découvre un membre de sa famille qu'on ne connaissait pas.

Monica lui adressa un sourire sincère et chaleureux.

— La vie n'est que changements et nouveautés, et quelquefois, les gens ne sont pas destinés à faire partie de ta vie éternellement... et il n'y a rien à regretter du temps passé ensemble, peu importe comment ça s'est fini.

— Comme les saisons qui se succèdent ? demanda Monica en se levant pour s'avancer vers la fenêtre et regarder Central Park au loin.

Le vert émeraude de l'herbe et les couleurs vives des fleurs lui en faisaient un décor idyllique.

— Exactement. Chacune étant tout aussi nécessaire que la précédente. Certaines plus dures que d'autres.

Monica croisa les bras sur sa poitrine. Elle cligna des yeux pour chasser les larmes qui menaçaient de couler. Elle avait assez pleuré pour remplir un étang.

En regardant la rue, elle repéra un couple bras dessus, bras dessous qui marchait en discutant. Ils rirent avant qu'il passe un bras autour de sa taille et la soulève pour la faire tourner en l'embrassant sur la joue. C'était comme une scène de film romantique. Elle avait presque l'impression que la scène passait au ralenti, mais elle savait que c'était le fruit de son imagination.

Combien de temps durera leur saison ? Et comment se terminera-t-elle ? En explosion violente ou en doux au revoir ? À moins qu'elle ne dure éternellement ?

Gabe.

Elle pensa à lui comme elle l'avait fait des millions de fois au cours des deux derniers mois, surtout le soir, quand le monde semblait silencieux et qu'elle n'avait pas de travail à la fondation, de dîner entre amies ou qu'il n'y avait rien d'assez bien à la télé pour garder son esprit occupé. Elle se concentra sur les bons moments qu'ils avaient partagés. Ces souvenirs heureux apaisaient quelque peu son cœur en miettes.

Peut-être même assez pour faire quelque chose qu'elle se croyait incapable de faire.

Monica regarda par-dessus son épaule le bureau contre le mur avant de se retourner pour s'en approcher, se pencher et sortir une grande enveloppe de la corbeille en papier. Elle était marron foncé, comme du chocolat, avec des lettres dorées. Elle s'humecta les lèvres en passant ses doigts sur son nom, son adresse et celle de « Gabriel ». Le restaurant... *Son* restaurant. Pas l'homme.

— Il l'a fait, dit-elle en esquissant un sourire.

— Qui ? demanda Phoebe sur le canapé.

Monica la regarda en tenant l'enveloppe entre son index et son majeur.

— C'est une invitation pour l'inauguration de son restaurant. Elle est arrivée cette semaine et je l'ai jetée.

Phoebe garda les yeux rivés sur sa nièce, mais ne dit rien.

— Je suis contente pour lui. Vraiment, assura Monica. Mais je ne veux pas voir ce qui m'a battue dans son cœur. Est-ce que j'ai tort ?

Phoebe s'approcha, prit délicatement l'enveloppe et la posa sur le petit bureau.

— Non, c'est juste que tu hésites.

Vrai.

— C'est quand ?

— La semaine prochaine. Ça paraît un peu tardif.

— Peut-être qu'il a hésité lui aussi, suggéra Phoebe.

— Peut-être, dit-elle en fronçant les sourcils avant de retourner près de la fenêtre pour se placer dans un rayon de soleil qui lui fit du bien sur la peau.

Presque autant de bien que Gabe.

Avait-il une nouvelle copine ? Ou le restaurant était-il son seul et unique amour ?

— Eh bien, tu as une semaine pour te décider, lança Phoebe dans son dos.

Monica resta silencieuse. Sa tête se remplit d'images de Gabe qui étreignait, embrassait et donnait de l'attention à une autre femme comme il le faisait autrefois avec elle. La jalousie qu'elle éprouvait à cette idée était révélatrice.

Elle l'aimait toujours.

— Et si sa réelle intention était de t'inviter pour vous réconcilier ? demanda Phoebe.

Les battements du cœur de Monica semblèrent résonner en elle alors qu'elle secouait la tête.

— Me blesser une fois, honte à lui ! Me blesser deux fois ? Honte à moi.

Quand elle sentit un petit coup dans le bras, elle fut surprise de voir sa tante à côté d'elle, un nouveau cocktail dans chaque main. Elle en prit un et la remercia d'un signe de tête.

— Tu fais de très bons cocktails, tatie.

— J'étais barmaid à Cuba, quand j'ai vécu une folle passion pendant deux ans avec Armando, dit Phoebe en se frottant la nuque avec un sourire que lui évoquait ce souvenir, avant de boire son verre et émettre un petit râle de plaisir.

— Armando ? interrogea Monica, curieuse d'en apprendre plus sur la vie qu'avait eue sa tante.

— Oui, mais aussi Frank, Marcus et Harry. Pour n'en nommer que quelques-uns, précisa-t-elle, son sourire s'élargissant à chaque prénom qu'elle donnait. J'ai eu plusieurs grandes passions dans ma vie. Et j'ai donné autant que j'ai reçu.

— Et l'amour dans tout ça ? demanda Monica à cette vieille dame qu'elle aimait de plus en plus.

— L'amour ? Il arrivait parfois, dit Phoebe en haussant légèrement les épaules. Mais même quand l'amour s'efface, les souvenirs restent, et c'est ça, ma nièce, qui fait que tout cela vaut le coup d'être vécu.

Avec Gabe, il y avait eu plus de positif que de négatif.

Tellement plus. Plein de passion, de rires, de conversations profondes. De voyages. D'aventures. De découvertes. Et de sexe. Leur connexion physique. Elle secoua la tête, émerveillée par les moments torrides qu'ils avaient partagés. Toutes ces choses qu'ils avaient faites ensemble.

Mais...

— J'ai trop mal pour apprécier les souvenirs.

— Bien sûr que tu as trop mal... pour le moment, la rassura Phoebe. C'est ce qu'il y a de bien avec les souvenirs, parce qu'ils ne vont nulle part. Ils attendront que tu sois prête à les savourer et alors, ils referont surface quand tu t'y attendras le moins.

Je crois que je le sais.

— Aux souvenirs, dit Phoebe en levant son verre, les yeux pétillants.

Monica afficha un sourire timide, attendant avec impatience le jour où ses souvenirs ne la feraient plus souffrir.

— Aux souvenirs, répéta-t-elle en trinquant avec sa tante.

Tchin.

Gabe répandit des oignons verts finement ciselés sur le plat-de-côtes braisé au vin rouge posé sur un gruau épais au brillat-savarin et au beurre à l'ail. Il fit un pas en arrière pour étudier son travail tout en jetant son torchon sur son épaule gauche, avant de caler les mains sur les hanches.

— Envoie, indiqua-t-il avec un signe de tête pour dire que le plat était prêt à être servi.

— Excellent travail, chef.

Gabe sourit en tendant une main à Lorenzo, qui avait humblement fait office de sous-chef encore ce soir. Ensemble, ils avaient servi sans effort les convives qu'il avait invités pour célébrer l'événement avec lui. Demain, il serait son propre patron. Gabriel était ouvert.

— Merci, chef.

— C'est bon de te voir sourire, *amigo*, dit Lorenzo qui se

dirigeait vers les doubles portes pour retirer son tablier et lâcher ses cheveux d'ébène longs jusqu'à la taille.

Cette fois, le sourire était forcé.

— Je vais bien, Zo, mentit-il en allant se laver les mains dans le lavabo avant de remplacer la veste de cuisinier marron foncé qu'il portait par une propre.

— On ne peut pas réveiller une personne qui fait semblant de dormir, dit Lorenzo en sortant une veste en lin bleu marine assortie à son jean et à sa chemise en soie.

Son ami lui avait répété ce dicton navajo de nombreuses fois au cours des deux derniers mois.

— Je vais de l'avant.

— Non, tu suis le mouvement, insista Lorenzo. Tu vis sans vivre.

Il n'avait pas tort. Le pire, c'était la nuit.

— Appelle-la, Gabe.

Le simple fait de penser à elle lui faisait l'effet d'un coup de poing dans le ventre. Il secoua la tête.

— Non, signifia-t-il sur un ton catégorique.

Lorenzo leva les mains.

— C'est ta vie.

— Oui, et une nouvelle aventure commence ce soir, dit Gabe, content de changer de sujet.

— Oui, c'est vrai. Profite bien, dit son ami avant de se retourner et le laisser seul dans la petite cuisine bien aménagée.

Gabe poussa un soupir court mais profond en remuant la tête comme un athlète dans les starting-blocks. La réussite ou l'échec reposait sur ses épaules parce qu'il avait tout sélectionné lui-même, de l'équipe aux menus, en passant par la mise en place et la décoration. Tout cela reflétait exactement la manière dont il voulait être perçu en tant que chef.

Son sacrifice avait été grand et il voulait que la récompense le surpasse.

Il repensa à un joli moment passé avec Monica qui riait à quelque chose qu'il avait dit alors qu'ils étaient au lit, mais s'obligea à chasser cette idée.

Gabe s'éclaircit la voix, poussa la double porte et sortit de sa cuisine. C'était un petit restaurant intime à la décoration propre et élégante sur des murs clairs, avec des meubles foncés, des chandelles et des arrangements floraux sur chacune des seize tables. De grandes fenêtres donnaient sur la rue pavée et le fleuve au loin. Il serait ouvert pendant quatre heures, six soirs par semaine avec un menu comprenant cinq plats de son choix. Il cuisinerait ce qu'il voudrait et proposerait un prix attractif, avec un nouveau menu imprimé chaque soir. Au gré de son inspiration.

Il ne s'était jamais senti aussi inspiré.

Il s'avança dans le restaurant et les applaudissements retentirent. Il regarda les visages souriants et les remercia d'un signe de tête, rassuré de voir sa famille. Pendant un instant, il s'était demandé si leur soutien était mû par un désir sincère qu'il réussisse ou parce qu'il avait réintégré Cress Inc. avec un rôle moins important, tout en étant clair sur le fait qu'il n'était plus intéressé par le poste de P-DG de son père. Il acceptait de faire partie de l'entreprise à condition de ne plus être dans la course. Sa famille et le travail formidable qu'ils faisaient au sein de Cress Inc. commençaient à lui manquer autant que d'être chef.

Arrête d'être aussi obstiné et ambitieux.

Raccommode-toi avec ta famille.

Trouve un équilibre entre ce que tu veux et ce dont tu as besoin.

Ce qu'il avait perçu comme un ultimatum ou une tentative de contrôler sa vie était devenu l'un des meilleurs conseils qu'il ait jamais reçus. Et quand il avait contacté ses parents, c'était avec la claire intention de faire en sorte que cela se passe selon sa volonté. Finalement, il avait défendu ses idées. Le fait que l'ensemble du clan se soit rangé de son côté lui avait fait un choc, mais surtout procuré une réelle satisfaction. Il leur avait manqué aussi. Pour une fois, il avait senti que son père reconnaissait sa valeur. Mais à cet instant, il s'était surtout senti gratifié, tout en étant conscient qu'il n'avait pas besoin de leur approbation.

Mais c'était quand même agréable d'avoir...

Le fil de ses pensées s'interrompit brusquement quand il vit Monica, assise à l'une des tables près des fenêtres. Sa poitrine se gonfla de surprise et il sentit une énergie nerveuse agiter tout son corps tandis qu'il l'étudiait, éprouvant une envie qui lui était familière. Elle portait plus de maquillage que d'habitude. Ses yeux charbonneux, ses pommettes hautes et ses lèvres brillantes mais naturelles étaient magnifiques. Ses cheveux tirés en arrière tombaient dans son dos, laissant apparaître des boucles d'oreilles pendantes en diamants. Mais ce fut quand elle se leva de sa chaise alors qu'il s'avançait vers elle qu'il eut vraiment le souffle coupé.

Sa robe bustier noire était cintrée à la taille, mettant en valeur sa silhouette, et s'arrêtait juste en dessous de ses genoux, révélant ses jambes hâlées.

Elle était époustouflante.

En s'approchant d'elle, il lut le doute dans ses yeux. Il ressentait la même chose.

— Salut, Monica.

— Félicitations, Gabe, lança-t-elle, ses yeux quittant un instant les siens pour regarder par-dessus son épaule.

Il suivit son regard et découvrit toute la famille qui les observait. Ils firent soudain semblant de s'intéresser à leurs verres. Gabe secoua la tête et la regarda.

— Je n'arrive pas à croire que tu es là, admit-il en se demandant si elle pouvait entendre son cœur tellement il battait fort.

— Merci pour l'invitation.

Gabe ne cacha pas sa confusion.

— Mais je ne t'ai pas envoyé d'invitation.

Monica se renfrogna, eut l'air déçu, puis son expression devint neutre. Elle baissa les yeux avant de les relever vers lui.

— Oh ! fit-elle avant de se retourner rapidement et attraper son petit sac noir sur la table.

— Gabe.

Quand il regarda par-dessus son épaule, il découvrit Frank Lawson, son agent de communication, juste derrière lui.

— Il est temps de porter un toast.

Gabe regarda les deux serveurs qui portaient des plateaux pleins de flûtes de champagne du bar. Comme prévu. Dans l'assistance se trouvaient des critiques culinaires reconnus et deux journalistes à qui ils avaient proposé l'exclusivité pour couvrir l'inauguration.

— Un instant, dit-il sans réfléchir.

Frank eut l'air inquiet.

— Je ne sais pas si je vais pouvoir les contenir, Gabe.

Celui-ci s'était déjà retourné vers Monica, mais découvrit qu'elle était partie. La déception qu'il avait vue dans ses yeux le poussa à sortir dans la rue. Son cœur battait sauvagement tandis qu'il regardait à gauche et à droite. Elle arrivait au coin de la rue et allait traverser.

— Monica !

Elle s'arrêta et se retourna.

Le lampadaire au-dessus d'elle fit briller une larme, comme une étoile sur sa joue. Une douleur viscérale se répandit dans sa poitrine alors qu'il courait vers elle.

— Je n'aurais pas dû venir, dit-elle en portant la main au visage.

Gabe l'attrapa pour qu'elle ne se cache pas. Avec sa main libre, il essuya la larme avec son pouce tout en contemplant son visage. Son regard s'attarda sur sa bouche.

— Je suis heureux que tu sois venue, murmura-t-il. C'est ton arrivée dans ma vie qui m'a donné le courage de faire tout ça.

Elle ferma les yeux et secoua lentement la tête en serrant sa main avant de l'écarter de son visage.

— Je suis venue. J'ai vraiment très bien mangé. Je t'ai vu. Je t'ai présenté mes félicitations. Et maintenant, je m'en vais, Gabe.

— Non, ne me quitte pas, la supplia-t-il, ne laissant pas la honte ou l'ego le faire se comporter comme un idiot une nouvelle fois. La pire erreur que j'ai faite a été de ne pas me battre pour nous ce soir-là. Pardonne-moi.

Monica retint son souffle, puis fit la grimace en respirant profondément.

— Gabe.

— Je croyais que tu étais en colère contre moi. Je croyais que tu ne voudrais plus jamais me revoir. Je croyais que je t'avais fait si mal que je n'avais pas le droit de te convaincre que j'avais compris que je t'aimais, dit-il en lui serrant de nouveau la main. Pardonne-moi.

Monica garda les yeux fermés comme si le regarder la faisait souffrir.

Mais il le comprenait.

— Mince, jura-t-elle.

Puis elle s'autorisa à appuyer sa tête sur son épaule.

Il posa son menton sur le haut de sa tête.

— Pardonne-moi, répéta-t-il.

— Gabe.

Il entendit Frank derrière lui, mais l'ignora en attendant que Monica honore sa requête. Il voulait plus que tout au monde qu'elle revienne dans sa vie, et il refusait de renoncer à cette opportunité de se battre pour elle.

— J'ai été idiot, bébé, s'il te plaît, insista-t-il en s'écartant d'elle juste assez pour poser sa main sur son visage et le relever.

Ses yeux étaient toujours fermés.

— Regarde-moi, susurra-t-il.

Ce fut à son tour de rester bouche bée quand il regarda dans la profondeur de ses yeux marron et vit tout l'amour qu'elle avait pour lui. Pur, réel... et violent. Il le sut sans qu'elle ait besoin de parler. C'était une évidence.

Il éprouva un tel soulagement qu'il se sentit plus fort et plus faible à la fois.

— Gabe !

Monica se pencha sur le côté pour regarder derrière lui.

— Ils ont besoin de toi au restaurant.

— Ça peut attendre. Rien ne compte plus pour moi à cet instant que toi.

Quand ses yeux s'écarquillèrent de surprise, il se retourna lui aussi et découvrit sa mère qui invitait Frank à rentrer dans le restaurant.

Gabe et Monica se regardèrent, perplexes.

Est-ce elle qui a envoyé l'invitation ?

— Non, prononcèrent-ils ensemble avant de partager un éclat de rire qui allégea l'atmosphère.

Monica reposa sa tête sur son épaule et plaça ses mains sur les hanches de Gabe.

— Gabe, je dois être honnête.

Il se raidit.

Elle sort avec quelqu'un d'autre ?

Cette pensée était une vraie torture.

— J'ai appris plusieurs choses pendant ces deux derniers mois.

Que c'était bon de la voir. Il la dévorait des yeux.

— Sur moi. Sur l'amour. La famille. Tellement de choses, continua Monica.

Il avait ressenti une réelle angoisse quand il avait cru l'avoir perdue pour toujours.

— Je t'aime, Gabriel Cress, déclara-t-elle. Je te pardonne.

Quel bonheur.

— *Si*..., poursuivit-elle.

Il se contracta à nouveau, se sentant complètement remué par cet ascenseur émotionnel. Son esquisse de sourire disparut.

— Si tu peux me pardonner d'avoir laissé mon passé poser un filtre négatif sur l'image que j'avais de toi, dit-elle en lâchant sa taille. Pardonne-moi.

Gabe relâcha la respiration qu'il avait retenue sans s'en rendre compte.

— La question ne se pose même pas, rétorqua-t-il d'une voix grave et éloquente en glissant ses mains sous ses cheveux pour la tenir par la nuque et poser ses paumes sur ses joues.

Ils se fixèrent. L'énergie, le courant qu'ils connaissaient si bien vibrait entre eux tandis que leurs expressions sérieuses étaient remplacées par des sourires. Un long moment à apprécier simplement la présence de l'autre à nouveau.

C'était ça, l'amour.

Pur et profond.

Il baissa la tête et succomba à son envie. Elle inclina la tête en arrière et accueillit ses baisers. D'abord lent et doux, avec des pauses où leurs lèvres s'effleuraient à peine et où ils inhalaient le souffle tremblant de l'autre. Puis quand les baisers s'intensifièrent, ils émirent des râles profonds en se cramponnant l'un à l'autre, jusqu'à ce qu'ils aient l'impression que leurs corps allaient fondre.

Gabriel sut à cet instant qu'il l'aimait comme il n'avait jamais aimé personne auparavant, et qu'elle avait volé un morceau de son cœur qu'aucune autre femme ne pourrait prendre. Il ne ressentait aucune peur. Aucune.

C'était ça, l'amour.

Pourquoi l'avaient-ils nié si longtemps ?

Ce fut Monica qui rompit leur baiser et lui sourit en essuyant avec son pouce le gloss qu'elle avait laissé sur ses lèvres. Elle glissa la main dans la sienne.

— Une soirée d'inauguration t'attend, lui rappela-t-elle.

— On ferait mieux de marcher lentement, dit-il en baissant volontairement les yeux vers l'endroit de son pantalon qui formait une bosse.

Elle rit doucement et se pressa contre lui.

— Mon désir n'est pas aussi facile à voir.

— L'imaginer ne m'aide pas, dit Gabe d'une voix encore plus grave.

— Peut-être que je devrais m'éloigner un peu, proposa-t-elle en lâchant sa main.

— Pas trop.

— Plus jamais, renchérit-elle en s'arrêtant quand ils arrivèrent devant la porte du restaurant.

Elle leva son petit doigt avant d'ajouter :

— Je te promets de ne jamais te repousser et tu promets de ne jamais me laisser. Marché conclu ?

Gabe accrocha son auriculaire avec le sien.

— Ça marche. Ça ne te fait pas peur ?

— Pas du tout.

Quand ils finirent par entrer, les bruits d'un restaurant

en ébullition les entourèrent. Les conversations se mêlaient à la musique jazz. Les fourchettes touchaient les assiettes et les verres étaient levés pour porter des toasts. Monica allait regagner sa place, mais Gabe lui tenait inébranlablement la main pour la tirer derrière lui au centre du restaurant où se trouvait sa famille.

Il vit Frank qui semblait soulagé quand il fit signe aux serveurs d'apporter deux autres flûtes.

— Qu'est-ce qui vous a décidé à envoyer l'invitation ? entendit-il Monica demander à sa mère.

— J'en avais assez de voir mon fils malheureux sans vous.

Alors c'est bien elle.

Gabe s'éclaircit la voix et regarda ses pieds pour se ressaisir avant d'enfin regarder sa mère. En envoyant cette invitation, elle avait accepté et accueilli Monica dans le clan. Pour lui.

Ça aussi, c'était l'amour.

Gabe prit deux flûtes sur le plateau et en tendit une à Monica avant de faire face à ses invités.

— J'ai la fierté et l'honneur d'annoncer que le Gabriel est complet pour les prochaines semaines. Merci d'être là pour ce qui, je l'espère, sera la première d'un grand nombre de soirées où les assiettes et les verres seront agréablement remplis et où l'on passera du bon temps. C'est le rêve de ma vie, et je suis honoré de partager cette soirée avec vous tous, avec ma famille qui m'a appris tout ce que je sais sur la cuisine, et avec cette femme à mes côtés, qui m'a appris tout ce que je sais sur l'amour, dit-il en posant les yeux sur Monica qui le regardait déjà.

C'était une soirée parfaite.

— Au Gabriel, lança Phillip Sr.

Tandis que tout le monde dans le restaurant levait son verre pour porter un toast à Gabe et son restaurant, le jeune homme vit la fierté dans les yeux de son père. Il avait dépassé son besoin viscéral de recevoir son approbation, mais c'était un honneur. Il trinqua avec son père avant de lever sa flûte au centre du cercle que sa famille créait autour de lui.

Sur la table, il couvrit la main de Monica avec la sienne et entremêla leurs doigts.

— À la cuisine. À la vie. À l'amour, dit-il en français en regardant chaque membre de sa famille dans les yeux.

— À la cuisine. À la vie. À l'amour, répétèrent-ils en chœur.

Alors que son pouce continuait à caresser le dos de sa main, il se pencha vers Monica pour lui chuchoter la traduction de la devise familiale avant de l'embrasser.

Il la sentit frissonner.

— Bientôt, lui promit Gabe.

Monica le regarda, ses yeux se remplissant de douceur et de chaleur.

— Une nouvelle nuit aussi folle que la toute première, monsieur Cress ? lui susurra-t-elle à l'oreille.

Son pouls accéléra et il rit doucement.

— Encore meilleure.

Épilogue

— Ne bouge pas. Je ne suis pas encore prêt à venir. C'est trop tôt, dit-il en appuyant son front contre l'oreiller près d'elle tandis qu'il serrait et desserrait la mâchoire en essayant de garder le contrôle de son corps.

Elle sourit en jouant avec les muscles de son intimité autour de son membre.

Il se tendit.

— Non, Monica, la supplia-t-il en levant la tête pour la regarder.

— Quoi ? demanda-t-elle en feignant l'innocence.

Il sourit avant de capturer sa bouche avec la sienne.

— Je pourrais rester en toi pour l'éternité.

— Vraiment ? dit-elle en frottant son talon contre son mollet et en caressant sa nuque du bout des doigts.

— Absolument.

— On ne ferait pas grand-chose de nos vies, lui rappela-t-elle en riant.

— Peu importe le reste.

Elle le fixa un long moment, épatée par la facilité avec laquelle elle acceptait l'amour qu'elle éprouvait pour lui. La confiance qu'elle lui faisait. Son désir que ça dure. Et comme elle croyait qu'il l'aimait aussi fort qu'elle.

— Monica Cress, hein ?

— Ça sonne bien, approuva-t-il en enfouissant son nez dans son cou et en l'embrassant tout en recommençant à rouler des hanches.

— Monica Darby-Cress, soupira-t-elle en se cambrant avant de fermer les yeux de plaisir.

— C'est sympa aussi, dit Gabe en levant la tête pour la regarder. Tant que je peux faire de toi ma femme, le choix du nom te revient.

Monica s'efforçait de rester concentrée sur ce qu'il disait alors que sa façon de lui faire l'amour mettait tous ses sens en ébullition. Tout comme son odeur. La sensation de son corps et de sa transpiration contre sa peau alors qu'il lui faisait l'amour lentement, sa virilité la remplissant et frottant son point sensible… Elle ouvrit les yeux pour regarder son profil tandis qu'il ouvrait la bouche contre son épaule.

— Ta femme, répéta-t-elle en enroulant ses jambes autour de lui et en enfonçant les doigts dans son dos.

Gabe la regarda.

— Ma femme, dit-il en la pénétrant profondément, ce qui les fit tous les deux retenir leur souffle.

Elle lécha ses lèvres asséchées par leur chaleur ardente.

— Mon mari, murmura-t-elle.

Il riva ses yeux fous aux siens.

— Ton mari, répéta-t-il à son tour.

— Absolument, dit-elle en soulevant sa tête pour capturer sa bouche.

Avec un râle primitif, il glissa ses mains sous elle pour attraper ses fesses alors qu'il accélérait le rythme en elle. Rapide. Profond. Palpitant.

Monica lui suça la langue, mais la lâcha pour crier. Son orgasme arriva brusquement. Elle céda à ce plaisir intense.

— Gabe ! lâcha-t-elle alors que des larmes de passion et d'amour lui montaient aux yeux.

Il rugit juste avant qu'elle sente son sexe devenir encore plus dur en elle et la remplir de sa semence. Encore sous l'effet de l'extase, alors que son corps tremblait toujours, elle continuait à bouger son bassin d'avant en arrière, lui tirant d'autres râles. Elle dépassa sa propre faiblesse et glissa contre son membre jusqu'à ce qu'il pousse un dernier cri rauque et que tout son corps s'écroule sur elle.

— Merde, jura-t-il. Merde.

Monica déposa des baisers dans son cou et sur son épaule, goûtant le sel de sa sueur et appréciant le tempo rapide et synchronisé de leurs battements de cœur.

— Mon amour ? dit-elle en décrivant des cercles dans la transpiration sur son dos avec le doigt.

— Hum ? fit-il, le sommeil rendant déjà sa voix plus grave.

— Une petite cérémonie de mariage intime ? suggéra-t-elle innocemment, pensant déjà à l'agitation de la presse.

Gabe embrassa son épaule, sa joue, puis sa bouche avant de rouler pour se mettre sur le dos.

— Des fiançailles courtes ? répliqua-t-il.

Monica s'assit pour attraper le drap tombé par terre et le tirer sur leurs corps, avant de se coucher sur le côté et poser sa tête sur le torse de Gabe.

— Une lune de miel aux Fidji ? demanda-t-elle.

Il ne dit rien et elle savait qu'il réfléchissait à ces quelques jours qu'il devrait passer loin de son restaurant et de Cress Inc.

— Une semaine ou deux ?

— Une, répondit-elle, en sachant que, quelle que soit la durée, son absence serait difficile à gérer.

— Non, deux, déclara-t-il.

Elle leva la tête pour le regarder, surprise.

— Deux ?

Il rit doucement en écartant ses cheveux de son visage.

— C'est mon rôle de vous rendre heureuse, future madame Cress.

Elle se déplaça pour se placer à califourchon sur lui et attrapa ses mains pour les placer sur ses seins.

— Alors, prêt pour le deuxième round, monsieur Cress ?
— Vos désirs sont des ordres, dit-il avec un sourire coquin alors qu'elle se penchait pour qu'ils puissent s'embrasser et s'offrir une fin très, très heureuse.